花の賦《ふ》

牧田龍一
Makita Ryuji

幻冬舎MC

目次

Ⅰ　創作（小説・詩）

Ⅱ　評論（評論・書評）

花の賦

Ⅰ

創作

（小説・詩）

花

ほととぎす我とはなしに卯の花の
うき世の中に鳴きわたるらん

豆腐のしぼりかすを、別名卯の花というらしい。空木は下町の朝の路地に、ときおり豆腐屋のたてる湯けむりを見るたび、ふと子供の頃を思いだした。母からときどき豆腐屋に使いを頼まれたことがあった。たいした距離ではないのだが、豆腐をいれる器をもって、その中の豆腐を家まで持って帰ることは、子供にはすこしばかり難儀なことであった。壊れないように豆腐と一緒に水を器にいれてくれる。その重たい器を大事に抱えて帰るのに、子供ながらもそうとうな緊張を強いられた。

豆腐屋にはおからという豆腐のかすが、店の隅に捨てられたように置かれて白くもりあがっていた。寒い朝に、ほんわりと湯気をあげている、おからの山をながめる気分はいいものであった。そういう豆腐屋を街角で見ることはもうほとんどない。だから一軒ばかり残っているような店のまえを通りたいばかりに、駅へいくいつもの道を変えることさえあった。つまらない道草である。が、空木にはそうでもしなければ散じられない思いがひとつあったのである。

卯の花は四弁の白い花である。五月の筑波山の山野に、白く浮き立っている梅に似たその花を指さし、空木に教えてくれた女はもうこの世にいない。そのすみえという女の妹から、急の電話で「昨夜姉が亡くなりました」と告げられ、あわてて葬儀に参列したのはもう三年まえのことである。すみえは茨城県の高岡という町に、妹と二人でひっそりと暮らしていた。最後にすみえに逢ってから十年ほどが経ち、どちらからともなく音信が絶えたのが七、八年も前であった。いつかまた逢えるだろうと勝ってに思いなして、歳月だけがいたずらに過ぎていった。あえて取り戻そうとしなければ、ひとの縁は陽炎のようにたわいなく消えていくものだと、それが自身の老いのあらわれとも知らずに、空木はそれでいいと思った。

「電車の吊革にぶらさがって、窓から空を焦がしている夕陽をみるたびに、都会がだんだん厭になっていくのがわかるの」

空木にあるときそうつぶやいてから半年後、虎ノ門の病院へ神経衰弱ですみえが入院した。二度目の見舞いのとき、「ここの食事は案外おいしい」と、薄暗い病室に白くうきだすように、ぼんやりと笑った顔を空木はときおり思いだした。するとこころの隅に冷たい風が流れこんだ。

すみえは一時顎の具合を悪くし、人と口をきくのも億劫そうであった。空木が耳を寄せ聞きとろうとしなければ、その声は慌ただしい都会の雑踏と騒音にまぎれてしまう。

「あまり耳鳴りが烈しくて、あたまが真中から張り裂けてしまいそうだわ」と、やっと聞こえるような低い声で空木に語ったときは、卵形の顔のなかの奥二重の目は、人並みの笑みを浮かべようと必死であったにちがいなかった。

「ねえ、三人目をおつくりになったら？」

空木の二人の娘も、この十年のあいだに成長していたが、そんな棘のある冗談で、小さな諍いを繰り返している頃が、空木とすみえのもっとも華やいでいたときだった。

とつぜんに、すみえが茨城にある筑波の山にふたりで登ろうといったのは、病気がちの母と妹が住んでいる実家が近くにあったこともあろう。その母に空木を引き合わせ、嘘でもいいから安心させてやろうとの、すみえの秘かな計らいがあったのかもしれない。

五月の晴れた日に、空木はすみえと上野駅で待ち合わせ、取手から水戸線に乗って土浦まで行った。駅前からバスに乗り、筑波の山裾から霞ヶ浦に流れこむ川を、右に左に見下ろしながら、ふたりは筑波の山へと上がっていった。そのとき、男体山と女体山が並んで峰をなしているその山が、古代から関東の霊山としたわれ、多くの歌に詠まれていることを空木はすみえに教えられた。急な坂をのぼると古ぼけた社があり、いかにも江戸の庶民が、信仰の山と慕ってこの山に登り、遠く東には太平洋の鹿島灘の海、また眼下にひろがる霞ヶ浦を眺め、さらにはちょうど真西の方角にひときわ高く聳え立つ富士の霊峰を仰いだにちがいないと、空木はいまさらのようにすみえとの登山が懐かしく思いだされた。

筑波山は万葉のむかしから、「かがい」で知られた遊楽と信仰の山で、「人妻にわれもまじらむ、わが妻に人も言問え」と伝えられた、おとことおんなの特別な集いの霊場であったことなど、もちろん空木は知るよしもなかった。

それでもすみえがバスの窓から、ほっそりと白い腕をさしのばし、あれが卯の花よと教えてくれた。白く浮き出した野山の、そのぼんやりとした湯けむりのような景色だけは、なぜか忘れたことはなかった。

「ここはむかしの桜の名所。この川の名は櫻川というの」と、すみえがその川の畔を歩き、そう言うのを聞きながらも、空木はそのあたりを見まわして、これという感慨も湧かなかった。

ただ五月の春の若葉が、その櫻川の川面にちらめいて、都会では想像もできない野と山ののんびりとした風景が、あたり一面をつつんでいた。

その日、すみえはすっかりと元気をとりもどし、水を得た魚のように精気にみちていた。しかし、空木がその地元にいると聞く、すみえの母と妹にとうとう会うことはなかった。

「あたしはずっとここで、ひとりで暮らしていくつもりよ」と、土浦の駅の喫茶店ですみえが言い、「うん」とはぎれのわるい返事を空木がして、駅前でそのまま別れたのが最後のすみえとの逢瀬となった。

空木はこの一年のあいだに、度々、めまいを起こして倒れた。その通院の帰途、空木はふと路地にあった豆腐屋の前を歩いてみたが、どこへいったのか豆腐屋はもうそこにはなかった。

（平成七年一月）

滝桜

バスから見える遠くの連山に、白い雲が二層に重なって浮かんでいた。

「あら、あの寒気団だわ」

年増の顔の浅黒いバスガイドが、大きい口を動かして、遠い空を指さした。その濁声にいかにもにくさげな口調がこもっている。ガイドは現地の天気が心配でならないらしい。その飾りっ気のない図太い話しぶりが、旅行客の笑いを誘った。

久保は窓側の妻が、ガイドが指さす方に顔を向けると、その横顔をみつめた。今年で会社を定年退職をする夫に、枝垂れ桜で有名な、福島県三春までのバスツアーに誘った妻の気持ちが、なんとなく思いやられたからである。

バスガイドの話では、田村郡三春町の昨日の天気は、強い寒風に雨と霰、それに雷までのおまけがつく、酷い天気だったようであった。せっかく咲きだした枝垂れ桜があたかも踊り獅子のように、雨に濡れ強風に煽られる様子を、ガイドは眼前に見えるかのように面白げに語るのである。昨日の観光ツアー客が見舞われた不運が、いかに大変だったか、それを同情を交えながらもおかしく話すガイドの話しっぷりに、ツアー客の顔から思わずに笑みがこぼれた。

樹齢一千百年の桜の巨木は、おそらくこの春の凄まじい嵐にさぞ驚いたにちがいない。それで髪を振り乱して咆哮したのだ。

そうした異常気象をもたらした元凶が、ガイドが指さした遠方の山々に棚引く、うっすらとした横雲、天女の衣のようなヴェールを曳いた、先刻目にした寒気団の雲であった。

しかし今日は多少の風はあったが、青い空に白い雲が走っているまずまずの天気で安心してよかった。が、昨日の寒風で桜の咲き具合の心配が皆の胸を去らない。

妻の陽子は疲労気味の久保に、栄養ドリンクを飲ませてみたが、久保は一口飲むともうそれ以上飲もうとしなかった。

久保は去年一年ほど、体調の不良をつらく感じたことはなかった。それは加齢のうえ定年まで後二年しか残りのない久保に、最後のチャンスだという上司の意向を入れ、異動した職場が意外に忙しいうえ、複雑な人間関係に余計な気づかいをしたせいかもしれない。それに、残りの二年を隅田川を越えた墨東界隈を最後の職場にするのも、自分らしい身の退きかたと思えなくもなかった。

あと一年の辛抱だという気持ちと、どこか遠くへ行ってほんのすこしでものんびりとした時間がほしいという気持ちとが、代わる代わる彼の心に浮かぶたびに、積もり積もった会社での三十余年の歳月の、その時の長さと重さがじわりと身にのしかかるような気がした。

一昨日まで、謡曲の発表会のために、年度始めの多忙な仕事から帰宅すると、すこしの時間を見つけて稽古をしたにもかかわらず、不器用な久保には容易に覚えられない仕舞の練習をしていたせいでもあった。その疲れが久保の身体の調子をくずし、両手に握ったステッキに顎をのせて座っているが、眠気が波状的に久保を襲いにきた。

「今日のことは前からの予定なのに、あまり無理をするからだわ」

と、そう妻にたしなめられた。それはもっともなことだが、謡曲の師匠の、これを最後の発表会に欠席するわけにはいかなかった。ましてわざわざ謡曲の他に、仕舞いもやる仕儀となれば、あまり恥ずかしい姿を師匠の前でみせるわけにはいかないと、寸暇を惜しんでの稽古をしたのである。

それにしても、なんとか謡曲の発表会は済んだが、最後に皆で謡った祝言も誰もが寂しさを隠しきれずに、なんとも哀れな幕切れであった。

――時雨をいそぐ紅葉狩《もみじがり》。時雨をいそぐ紅葉狩。

この出だしの詠唱が、一人足早に駅へ急ぐ師匠の最後ともなろう後ろ姿と重なり、やはり久保に一抹の寂しさを残した。

三春行きのバスはすこしぱらつく小雨がやみ、白い雲を浮かせた空の下を順調に走り続けていた。

「ほら見てごらんください。この両側の山々のみどり、水につかる田んぼ、黄色い連翹《れんぎょう》、ほらいま右手の山肌に白い花をつけた辛夷《こぶし》、それにその下の土に点々と咲く水仙を。このバスは今、三春へとひた走っておりますが、窓外の景色に映るこのやさしさを、どうかみてあげてください」

都会に住み、通勤の明け暮れに毎日を過ごしてきた久保の胸に、ガイドの言葉の、ひと言ひと言がしみいるようで、久保は思わず身を乗り出した。

　バスには久保のような夫婦連れもいたが、友人同士、それにひとりきりの客も交じり、年齢は五、六十代で、女性が多かった。そうした一団が、樹齢千百年の桜の花を咲かせた巨木を見ようと集まったのである。

　そうした一団を見るにつけ、久保はふと先だって妻と共に受けた人間ドックの待合室の光景を思い出した。幸い久保夫妻には別段これといった異常はなかった。ただ妻のコレステロールと久保の脂肪過多を注意されたぐらいである。ランチのあと二人は東京湾を望む公園を散歩した。

　春の日が燦々と公園を照らし、じっとしていると暑いほどの陽気である。

　久保は妻がまだ乗ったことがないというモノレールの駅が近間にあることを思い出し、この機会にと妻を誘った。浅草近辺に住む久保夫妻にはそれが帰るに便利だった。普段から健康診断が嫌いな妻は、疲れたようで無言で久保に従った。消化器系の診断は特に妻には苦痛なのである。

　人間ドックで、妻は血管にコレステロールが多いことから、早速に医者に薬を処方してもらうように注意されたのが、ふだん医者嫌いで病院へ行かない妻には、多少ショックだったようである。

　折角に浅草まで隅田川を遊覧船でのぼり、仲見世を歩いても、妻はどことなく元気がない。ふつうならどこか浅草の老舗に寄り夕食でもとって、歩きながら家に帰ってくるところだが、めずらしく妻のほうからタクシーで帰りましょうと言った。

　家に着き三和土を上がって部屋に入ったかと思うと、

「あたしが寝こむようになったら、よろしくお願いします」

軽い妻の口調にいつもはない重みがあった。それが寸鉄のように久保の胸を刺した。そういうことがあることは久保に想像できないことではない。いつそれが現実となり、久保の身辺を襲ってこないとも限らない。そうつめよる妻の顔は、強い視線を夫の顔へ注ぎ、瞳を見開く形相にはただならぬ気配があった。


近年、会社が行う団体旅行はむかしほどの活気はなくなっている。それで観光客相手のバスガイドを見かけることも、久保にも久しくなかった。ガイドはゆったりとした間をとり、このところかのところで窓外の風景を、張りのある声とユーモアを交えた語り口で案内した。それはまさしく長年磨き抜いてきた玄人の芸であった。一人参加の女性客がガイドの話に身をよじって笑っている。久保夫妻もそのガイドの話には、笑うよりも感銘して聞き惚れるほどであった。

日本諸国噺のひとつを語りながら、外を走る風景のあちこちを紹介し、またその地方出身の政治家の訛りの口調を真似る芸当には、涙が出るほどの笑いがバスの旅行客の胸を満たした。テレビドラマの「おしん」の悲しい一節、祖母が娘を諭すシーンの物真似では、胸が締めつけられながらも笑い、笑いながらも涙が頬を伝うのを止めることができない。

そこには、人と自然を一体に包む大きく温かなやさしさが溢れていた。苦しみながら生きている人間、そしてこの厳しさを深める世の中での人間への信頼と愛情とが、ガイドの語りの底に滾々《こんこん》と流れ、それが普段の緊張をほどき、和気に包むのである。

休憩所で時々バスは止まった。トイレに行く者、ただバスから出て戸外の空気にあたる者が、バスから降りていく。

妻はバスから降りたが、久保は座席のシートにもたれて、ステッキに片足をのせ、目をつぶった。

突然、一ヶ月ほど前に亡くなった、臨終間近の母の顔が目交《まながい》に浮かんだ。享年九十二歳であった。幸い五人の兄妹は一人も欠けることもなく、その母の末期を看取った。葬式の会場の隅に、大きめだが粗末な色紙が置かれ、その真ん中に母の俳句が書かれている。

白粥に　梅ひとつおく　春の朝

多分それが母が生前に作った最後の一句にちがいなかった。色紙はただそれだけで、まわりに白々とした余白が広がり、まるで母の俳句のような淋しい風情である。

幸い母は姉の嫁ぎ先の親戚筋が設立した瀟洒なケアハウスに入居することが叶った。そこは姉の家からも近いため、毎日のように姉に会い、また身のまわりの世話を姉に看てもらうことができたのだ。

久保は母の句の脇に、黒のマジックペンの下手な字で、一句を脇に付けた。棺は母の好きな花に埋められ、母と久保の句が並んだ色紙もそこに納められた。母が好きで持っていた一冊の歌集とともに、たくさんの花が母の顔のまわりを包んだ。

額を撫でると、ひとまわり縮んだ母の頭は、石のようにひんやりと固く、久保の手に異物のように触れた。

母はケアハウスの仲間と百人一首の歌留多取りや、歌を唄って数年をそこで過ごした。

子供の頃の歌を母はよく覚えていた。加齢も幼年期に覚えた歌の記憶だけは残してくれたらしい。

この福祉園で親しくなった男の老人仲間が、園を代表して母が書いた「私の忘れられない思い出」と題した一文を朗読して弔辞を述べた。入れ歯ががくがくするようで、はじめは心配していた弔問客は、そのしっかりと心のこもった朗読と弔辞には感銘したようだ。

母は朗読されたこの一文に、「最後に私の好きな歌を唄います」と断り、「大陸の花嫁」の一節を引いていた。

夕べに遠く　この葉散る
並木の道をホロホロと
馬のいななき
こだまして
はるか　かなたに消えてゆく

そして、久保が生まれ幼年期を過ごし、徳川家光公の霊廟がある静岡県掛川市の龍華院に触れている。ねずみ山と呼ばれた小山にあるこの寺は、むかしは女人禁制であった。この寺へいつか久保がわざわざ妻を連れて、訪れた一昔がふと思い出されたとき、妻の陽子がバスに戻ってきた。

「外は冷え込んでいるけど、雨は大丈夫みたい」

と彼女は戸外の新鮮な空気を吸った元気でそう言った。

「それはよかった」

久保は妻のいない一時、自分の胸を過ぎったものをさらりと忘れたかのように、そう応えた。


ガイドのマイクの声のうちに、どこかで聞いた温泉の名前が聞こえた。久保はおやと聞き耳をたてた。

「ほら、あの平家の落人が住んでいたという湯西川温泉のことよ」

妻が久保へ囁いた。ああ、あそこかと、久保は懐かしく思い出した。その温泉も妻に一年ほど前に連れていかれたところだ。

夕食時になると、川の両岸に張られゆさゆさと揺れる「かずら橋」を渡って、客達は古い木造りの家へ向かう。案外と広い畳の部屋には、いくつもの囲炉裏が切ってある。奥のほうが段々と高くなり、そこに畳一枚ほどの舞台のようなものが設えてあった。客のみんながそろうと、十二単を着た旅館の女将がしずしずと現れた。さほど明るくはないところへ、平安朝時代の長い黒髪を結った女将が座り、源氏との戦に敗れ、追っ手からやっとの思いで、川づたいに山へと逃げ隠れたところがこの湯西川で、幸い温泉があることから、平家の落人はここに住み暮らしたゆかりを、また囲炉裏で竹棒に刺され、肉が巻かれた料理について縷々と語り終える。囲炉裏の火は燃え、竹棒の肉も丁度食べ頃で、酒はまるで平安のむかしの酒を飲んでいる気分になるのである。

ガイドがまねたのが、この温泉の夕食時に女将が十二単を着て、延々と話した語りであった。ガイドの声につれ、そのときの情景が髣髴《ほうふつ》と甦ってくるようである。たぶんガイドもこの温泉での一夕を何度となく経験していたのに相違ない。だが単に模倣に終わらないガイドの独自な芸がそこにあった。

偶々、妻に誘われ訪れた温泉の一情景が、偶然にそれを語ったガイドによって甦る。なんと奇妙で面白い人生であることか、久保は不思議な思いに駆られた。あの温泉にしろ、この三春へのバスツアーにしろ、妻の陽子に連れられて、久保はどこかこの世ならぬところへ誘われているような気がした。それがどこであろうと、一緒についていくほかはないが、妻が冗談めかして言ったように、久保ひとりが妻に先立たれて残るかもしれないのだ。

久保の姪のようにまだ若く、結婚してしばらくも経たないうちに、突然交通事故で、あの世に旅立つものもいる。久保も六十ほどまで生きてきた。やっと子供の養育から手が離れ、夫婦で温泉へ行ったり、老木に咲く花をバスに揺られて見に行くことができる余裕のようなものが生まれた。これが人生というものかというおぼろな諦観が去来することもあれば、いやこんなはずではないという漠たる違和感が、焦燥と失望の波頭で久保を弄んだ。

長生きをした母に比べ、久保の父は案外と短命のほうであった。

「親父は今日入院した。癌なんだ」

五月の晴れた日、弟からの電話が職場にあった。

久保はそのとき、職場の窓からみえる青い空が、非情なまでに青い壁のようにみえた。

「俺は酒が飲めなくなったら、もうだめだな」

と、酒好きの久保の父はそんな冗談を時々言って笑っていた。

久保が小さな子供を連れて、実家を訪問したことがある。

テレビを見ながら、父の前のお猪口の酒は、なかなか減る様子がない。酒を注ごうとすると、

「もういいんだ」と久保の父は、お猪口に手をつけなかった。

その年の五月、父は実家の近くの病院へ入った。医者は父へ癌であるとの告知をしていなかった。いつもと変わらぬ温顔をうかべ、父はベッドに座り、手で腹のあたりをさすっている。そのまわりで、久保の家族は顔だけの笑いを作り、父をねぎらい眺めていたが、まともに父の顔をみられる者はいるはずはなかった。

それからすぐ父は、胃の手術を受けた。お腹を開けて診て医者は病状が相当に進行していることを知った。それでもまだ有効性の乏しい薬を点滴で投与するしかない。久保の母は、毎日病院の簡易ベッドに寝泊まりして、父の側を離れようとしなかった。

病院のカーテンごしに、猛々しいほど青い夏の空がみえた。

「都々逸でも唄って、冷えたビールでも飲みたいよ」

父はそう言った。夏が過ぎ、やっと小康を得たようにみえた久保の父は、秋頃に二度目の手術を施された。

胃は全部切り取られ、食道と腸が直接につながれた。

その年も暮れようとしている真夜中、久保は兄と共に病室に泊まりこんだ。

「もうだめだろう」。小水の瓶をみると兄はそうつぶやいた。

真夜中だった。父の小声に久保がベッドに近づくと、仰向けになっていた父がかすれた声を出した。兄は簡易ベッドに臥したままだった。

久保の耳に、半身を起こしてくれと訴える父の声が聞こえた。手を背中に入れ、抱き起こそうとしたが、すでに全身が硬直している父を起こすことは難しかった。

当直の看護士が病室に入ってきた。彼女もその夜が父の限界であることを承知しているようで、無言で首を横に振った。

「もういいんだよ」

久保はそう父へ告げた。父の目が一瞬久保の顔を凝視した。その目には最後のあがきを示す、強い眼光が暗く光っていた。が、そのまま父はベッドに沈んだ。言いようのない激しい苦しみから、半身だけでも楽になろうとしたのであろうか。それともまだ健康であった頃の夢でもみて、ベッドに起き上がろうとしたのか。

およそ八ヶ月、久保の父は苦しみながら病魔とたたかった。せめてすこしでも胃があるうちに、下町育ちの父の「遺言」のような、ビールを口に含ませてやればよかったと、久保は後悔した。

急いで家へ車を走らせた。車のブレーキ音で、母と下の姉が玄関へ飛び出し、無言で車に乗った。母と姉が病室へ駆け込んだとき、心臓の動きを示すモニターの線は、低い山を描きながら次第に横に流れた。

十二月二十九日午前、父の心臓は停止した。享年七十一歳。冬の薄青い空から、病室に陽があたっていた。

母だけを病室に残し、しばらくのあいだ兄妹は病室を出た。

突然、兄が子供のように廊下で泣きだしたが、久保には一滴の涙も浮かばない。

「もういいんだよ」

久保はそのときの父の鋭いような暗い眼窩が、自分を差し貫きみつめたような気がした。久保の父への一言は、母への看護の気づかいからであり、父の病魔の苦しみからの解放を願った感情から出たものであった。だがそのとき、久保の心中に湧き起こったものは、悲しみではなかった。それはなにものかへの瞋恚《いかり》のようなもの、理不尽やおぞましさを鎖のように引き摺り、その果てに死に至るこの人生というものに抗う熱いかたまりであった。父への最後の一言は、当時まだ若い久保にあった情熱、その石榴のような果実の裂け目から、放たれ洩れ落ちたものであった。それが「父を殺した」という忌まわしい意識として久保の中に残り、なかなか消えようとしなかったのだ。

父が死の床になるベッドで苦しみ喘ぐあの深夜、無言で病室に入ってきた当直の看護士に、久保は一人の女の顔を重ねみた。暗い闇の中に白い花のようにからだを開き、悦楽に悶え狂う女を妄想せずにはいられなかったのだ。ベッドに死んだように裸体を曝しながらも、艶めかしく久保をみつめる女のあの至福に満ちた両の目。

「もうこれで終わりだ」

久保は駅まで女を送りながら、これが女と関係する最後だという久保の決意が、街路の薄闇に浮かんだその女の目に一瞬の反応を映じた。断ち切れぬ未練と愛執が女の顔を歪めるとみえた。が、女は決然と久保に背中をみせたまま、駅の階段を足早にのぼっていった。

ある時、その女が久保の顔を真顔でみつめて言ったことがある。

「家へ電話一本かければ済むことよ」

それには久保は驚きもしたが、女がそうしたければ敢えてそれを止めさせようとする気は起きなかった。そうなれば、そこから出来する家庭の修羅場は避けがたかったが、女からの家への電話はついぞなかった。もしかして勝ち気で深謀遠慮の一面を持った妻の陽子が、その一事を久保に胸中深く隠していないとも限らない……。

久保を振り返りもせず、深夜の階段を駆けあがる女にも、苦渋に満ちた決意があったのにちがいなかった。女は忍従しそして遂にその愛の羈帯を断ち切った。それは燃え落ちる命が、夜の底で最後にみせるあのおぞましさに満ちた、父の暗い目の光を久保に思い起こさせた。

母の葬儀に継ぐように、事故で亡くなった久保の姪の一周忌が行われた。看護士をしていた姪は、瓜実顔の明るく可愛いい口から、伝法な物言いで気恥ずかしくなる類の冗談を面白半分に話しては親しい者を笑わせるおちゃめな一面があった。その姪の明るく頰笑んだ写真の前で、最初は長姉が「アベマリア」を歌い、そのうち故人の夫であった新潟の佐渡の家と、こちらの家同士のカラオケ大会の様相を呈し、酒で赤らんだ顔もまじり、マイクは幾つもの手を行ったり来たりした。最後は看護士学校の同期の女性たちの静かで美しい合唱でお開きとなった。

納骨の墓地にも、満開の桜木が晴天の陽射しを受けていた。

いつの間にか、家の中は妻の陽子と二人だけの淋しい生活となっていた。久保はペットでも飼う話を陽子にしたことがある。

「生きものは死ぬからいや」が妻の口癖であった。

だが、次女が一年ほどフランスへ行って留守のあいだ、娘の代わりに一羽のセキセイインコの面倒を見続けたのは妻であった。

「ドッコイショ」

そのうち、このインコが鳥籠の前で、妻が言う言葉をいつしか覚えてマネをした。餌や水を取り替え籠を掃除するさい、思わず妻が出す声が、これであった。娘が教えた「ボンジュール」にはなんの反応もしないのに、妙な言葉を覚えたものだと、久保は笑った。

「ドッコイショ」

餌がなくなると、ぴーこという名前のこのインコは、あまり明瞭ではないが、たしかにこのように鳴いたのだ。


華やかで美しい枝垂れ桜の花をみたい。久保はそんな思いで集まったバスの乗客を見回した。以前なら久保が妻の提案に素直に従っていたとは思われない。まして身体のだるさが、心身の負担となっている。自宅のベッドに横たわっているほうが楽であった。そんな心身の不調のせいか、今年は妻の誕生日に贈るはずの花束も忘れる始末だった。だが妻の陽子は久保の誕生日、久保の部屋の座卓の上に、花瓶に生けた薔薇の花束を黙って飾ってくれていた。

久保が重い身体をステッキで支え、妻の誘いに従ったのは、妻の陽子への負い目と感謝からであった。が、なによりもバスの一団と同じ年齢にある者が懐《いだ》く、枝垂れ桜の巨木を見たいという憧憬が、久保の心にも萌したからであった。

バスガイドはマイクを握り、いぜん立ったまま乗客へのサービスに余念がない。久保はそのプロ意識に敬服した。

「お母さん、この漬け物美味しいわね」

ガイドの嫁がそう言ったらしい。

「ああそうかい。あなたも自分で漬けてみることね」

と嫌味を承知で淡々とガイドはそれに応じ、

「嫁になんか負けていられるかいな」

と姑であるガイドはそこで啖呵を切った。

その絶妙なタイミングと声の調子に、どっとみんなが笑い興じた。

特に一人でツアーに参加した女性客数人が、一緒に笑っているのを見ると、久保は嬉しくなった。

こうした女性客は一生独身で通してきた者か、それとも夫に先立たれた者なのだろうと久保は想像した。

「あたしだってお母さんなんかに、負けませんからね」

と、嫁も負けじと憎まれ口を叩いたそうだ。そんなガイドが語る私生活にも、姑と嫁の確執を越えた人間的な感情につながれているようであった。


やがて、バスは田村郡三春町に到着した。狭い駐車場にひしめく大きなバスの車体をぬうように、「滝桜」と名を知られた桜の巨木へ至る、だらだらとした小高い坂を、いっせいに歩いてのぼっていく群衆。天気は青い空が見えるまずまずの日和であった。

開かれた丘の中腹に両手を広げたように、老木は千百年の歳月に耐えて、まるで老木そのものが翁のような微笑を湛え、艶なる風情をして立っていた。そのまわりに蝟集《いしゅう》する人、人、人。

今年の異常気象でまだ花は三分咲き程度で、満開にはほど遠い姿である。それでもその巨木は老若男女の目を吸いつける大らかな威容をみせていた。

太い根を四方に張りめぐらせ、老いているとはいえその巨木にはまだ生き生きとした豊艶が幹にこもっているようだ。そこから四方八方の空へ枝を伸ばし、花を咲かせようとしている。ガイドがバスの中で、最初に言った自然のやさしさが、その豊かな香気が大地から大きくからだを広げ、それが一本の巨大な枝垂れ桜となり、千百年の歳月に耐えたその命の明かりを、その自然の美々しい勇姿を、人々にみせている。

「おお！」

「うむ！」

溜息のような感嘆が、まわりを埋める人の輪から湧き、老木は満足そうに地に根を、あたり一面の空に腕を手を伸ばして広がっていくようである。

妻に誘われ久保は老木の樹幹をさすり、枝垂れ桜の一枝に咲く花びらに触れてみる。それは流れ落ちる巨きな滝の流れに、手の指を浸したようなものにすぎない。久保が生きた六十年ほどの人生は、この老木が過ごした自然の歳月に比べれば、なにほどのことがあろうか。

がっしりとはしているが、よくみれば点々と虫に食われ腐りはじめている巨木のまわりを歩き、妻は巨木の全貌を見晴らす高台に久保を誘った。そこからは老木の桜と丘の全景が望めるのである。

数年前この老木は降り積もる雪の重みで、上層の太い幹を失ったそうだ。抉られたその右肩の裂け目に、穴が空いたように虚空が亀裂を晒し、全体の風姿を損ねて痛々しくもみえるが、その残欠を補い支えるように、二股に分岐した幹から、すでに新しい立派な枝が伸びている。

久保はその高台から、その風景をみつめる隣の妻の横顔をみた。その瞳は桜の老木を見るよりも、どこか遠い久保の想像もつかない、遙か西の彼方へ、虚ろな視線を放っているようである。

雲の移動につれ桜の巨木に暗い影が落ちたと思うと、今度はまた、春の太陽は燦々と久保夫妻の佇む高台を照らし、大らかな明るい陽の中に光り耀くような桜の巨体を浮かびあがらせた。


（平成十八年十月）

雨

高級だが好きになれないホテルがある。

ローマのボルゲーゼ公園を眼下に眺められるそこは、大理石の玄関といい、天井の高い部屋といい、申し分のないホテルにはちがいなかった。

しかし二人は夕方になるとそこを出た。人通りのないホテル前の寂しい坂道を下り、できるだけ客の大勢いそうな街中の小さなレストランでの夕食を好んだからだ。

だが長旅の疲れのせいか、逢ったときは楽しかった会話も次第にしめっぽくなってきていた。

「あんなホテルなんか出てしまいましょうよ。あそこの経営者はきっと元ファシストかなんかにちがいないわね」

若い女は自棄になってそんな冗談を言った。それから好きでもない煙草をしきりに吸い、あげくに男の咥えているパイプを吸わせてほしいときた。女のパイプなんて様にならないし、それにパイプの吸い方を女は知らなかった。

女がパイプをきつく吹いたので、テーブルのうえにきざみの燃え滓が散った。あたりの客人たちが一瞬まあまあという咎めるような目つきで二人を見た。

「パイプはそっと吹かすものだよ」

男は娘をさとすようにそう言った。

女はパイプをぷいとテーブルに投げ出した。空になった小さなカプチーノの碗にも灰が舞い落ちている。

男はパイプを上着のポケットに大事そうにしまった。それはフィレンツェ市内を流れるアルノ川の畔をあるいているとき、飾り窓にみかけて買ったものだ。手の中に納まる小ぶりのものだが、男は気にいっていた。

二人が旅の道中で落ち合ったのはローマであった。それからフィレンツェまでは順調だった。問題はフィレンツェのホテルに着いて、女がローマにパスポートを忘れてきたのに気づいてからである。

日本の大使館に電話をすると、どうやら戻って取ってくるより手がなさそうだった。

「ほんとうにコンチキショウだわよ。フロントが返してくれればよかったのに」

まさかパスポートをフロントに預けたままだなんて男は知らなかった。

女は代わりに取ってきてやろうとの男の提案を断ると、ふたたびローマへ戻っていった。

男は駅まで女を見送るとそのままフィレンツェの街を散歩した。

空は青く晴れていたが風は冷たかった。

男が街の雑踏を歩いていると、犬を連れた中年の男と女がすれ違った。するとどうしたわけか、連れられていた二匹の犬がとつぜんに互いに激しく吠えだした。そして今度は犬の飼い主同士のなにやら奇妙な言い争いとなった。その口喧嘩がまるでイタリアの歌劇のアリアでも聴いているように、男の沈みがちな気分をしばし楽しませた。

男が部屋に戻ると女は小さくなってベッドに寝ていた。帰りの車中で急に気分を悪くしたらしい。どうやら間欠的に襲ってくる吐き気になやまされているらしかった。

そんなわけで花のフィレンツェの二人の仲は山間の天気のように不安定であった。

ホテルの朝食のことで、男はフロントの女とやり合った。フロントの女は男の剣幕に驚いた様子で引き下がった。

「どうやら日本人をバカにしているようだったな」

男は鬱憤を晴らしたかのように言った。

「アメリカンとコンチネンタルを間違えただけのことよ」

女はそう軽くあしらって言った。

「いや間違えたのはぼくらじゃないということだよ。それをはっきりとさせておかなければならなかったんだ」

そういう男の顔を女は呆れたようにみていた。

「日本がどうだっていうのよ。ここはヨーロッパであたしたちはそのホテルのお客にすぎないってことよ」

女はロビーの椅子に新聞を投げ出して立ち上がった。女は振り返りざま男の顔をじっと見つめると言った。

「もう一日あたしは部屋で休むことにしたいわ」

男は女の顔をみた。妙に清々として透きとおった顔だと男は思った。

医者を呼ぼうとの男の提案を拒むと女はベッドにもぐりこんだ。そしてその清々とした顔にかすかな微笑をうかべて、

「せっかくの花のフローレンスよ。どうか楽しんできて」

女はそう言って男を部屋から追い出した。

どこへ行くあてもなく男にはなさそうだった。ドゥオモの丸い屋根をした聖堂のまわりをめぐり、サン・ロレンツオの教会の裏側、メディチ家の礼拝堂の入口のまえに男は立った。

人の列に押されるようにその建物の暗い一室で、ミケランジェロの彫刻、「曙」と「夕」と「昼」と「夜」をみた。

その溢れでる生命力に息がつまりそうになって、男は早々に逃げるように外へでた。

「ダビデ像」のある美術館はあいにく休館だった。

男はその裏にあるひっそりとしたサン・マルコの修道院の中にひかれるように入っていった。

中庭の緑をめぐる深閑とした回廊。まだひんやりとした春の陽射しがその中庭を明るく照らしていた。

男は二階への階段をのぼった。その階段の踊り場から、二階の壁一面を占めるフレスコ画が男の

視野をとつぜんふさいだ。

　奇妙な模様の羽根をつけた天使が、なにごとかを右手のマリアに告げていた。放心してすこしうつむいたマリアは、腹から胸へ両腕を抱き合わせ天使のお告げを聞いているらしい。「受胎告知」（フラ・アンジェリコ）とあった。

　男はその絵のまえ、階段の途中に立って、なぜかぼんやりと長い時間をそこで過ごしたのであった。

　シニョーリーア広場にでるとうっすらとした光がフィレンツェの空を青く彩り、サンタ・マリアノヴェッラ教会の尖塔がその空に祈るように聳えていた。

　そして、いま二人はフィレンツェからローマに戻り、レストランでの食事の後、街中のとあるカフェのテーブルを挟んで座りこんでいるのだった。

「ともかくあたしは先に帰ることにしたいの」

　女が赤ワインのグラスの中で大きな瞳をさまよわすように呟いた。

「おれもあのホテルは好みじゃないさ。明日別のところへ移るとしよう」

　女は床の上にグイと脚を伸ばすと、鳶色の靴の爪先を小さく揺すった。

「もう一杯ワインを飲まないか」

　男は店の中をのぞいたが、だれも外へ出てくる様子はなかった。夕暮れのテラスには客のいないテーブルが白く並んでいた。

男はテーブルに肘をついて黙ってパイプを吹かした。石畳を歩く人の足音がよく街角に響いていた。黄昏の灰色の空が街の上に低く下りてきているのだ。

「明日の天気は危なそうだな」

男は空を見上げまたふと街中へ視線をもどした。

男の目が舗道を歩いていく一組の夫婦の上に落ちた。

偶然にも女もその夫婦へ目をそそいでいた。夫のすぐ脇を静かに寄り添って歩く夫人のお腹がかすかに円みをおびているのを女はみた。

女の指から煙草の煙が心細げに揺れながら空にのぼっていった。

落ち着いてしっかりとした足取りで、口元に微笑さえうかべ歩いていくその夫婦の後ろ姿がやがて街角から消えると、はっきりとした声で女が言った。

「あたしは一人で考えたいことがあるわ。そして、もしかしたらしなければならないことがあるの」

女はそう言いおわると男とおなじように空を見上げた。そのときグラスを握る女の手の甲に水の粒が小さくはねた。

男のパイプの火口にも雨滴がおちると、ジュッという音をたてて火が消えた。

男は驚いたようにパイプを口からはずすと、女の顔をまじまじとのぞきこんだ。

「いまきみはなんて言ったの」

「一人になって考えたいことがあるって、そう言ったわ」

「それだけかい」

「それから、やらなければならないことがあるって、そう言ったわ」

「なにをやらなければならないだって」

「それを……それを一人で考えたいって、そう言ったの」

女はにらむように男の顔をみていた。

店の中から肥った髭づらの給仕が表に出てきた。

男はワイングラスを高々と持ち上げた。

「赤をもう一杯！」

大声で髭づらの給仕へ言った。

二人の客にやっと気づいたように給仕は慌てて中へ引っこんだ。

「あたし、ホテルのことなんか、どうでもいいことよ」

女はそっとお腹に手をあてると、さきほどの夫婦の姿が見えなくなった街角を遠くみつめながら、小さく顫《ふる》えるようにそう言った。

「コミンキヤ・ビオベーレ・シノーレ・シノーラ（雨ですよ、お客さん）」

肥った給仕がカフェの中からそう叫んだ。

その給仕のイタリア語の声がテノール歌手の歌のように二人をつつむ夕闇に気持ちのいい音域を響かせ、黄昏た路地のあいだにこだましていった。


（平成十二年五月）

橋

亀戸の駅から錦糸町の方へすこし歩くと、江東区営の水上バスの乗り場がある。慶一に誘われゆき子がその乗り場から船に乗りこみ、その名のとおり広くもない横十間川の川面に船がすべりはじめ、晩秋の午後の風が柳の葉を梳くように吹き抜けると、細い葉裏が一斉に白く光った。ゆき子は亀戸天神、そして龍眼寺（萩寺）の境内を散策していた頃から、ときおり慶一が黙りこむのを怪訝に思ったが、秋の空を映じてゆらめく川面を眺めていると、もともと楽天的な性格のうえぼんやりのゆき子は慶一の肩にこころもち頭を傾かせて、かすかに漂ってくる男の匂いに浮き立つような心持ちになるのだった。そのうち船は横十間川からすこし川広の小名木川に流れこんで、二人はいま、扇橋閘門のなかにいて、前門の開くのを待っているのだった。後ろの重たい鉄の水門がゆっくりと降りると、両岸の川壁を浸す水位はみるみる六十センチほど上昇する。すると船はゆらりと揺れて、背をのばしたように浮きあがった。ゆき子は慶一の胸に抱かれるようにからだを寄せかけ、慶一の耳元に口を近づけると囁くように言った。

「ねえ、パナマ運河ってこんな感じなのかしら」

「そうだね」慶一はポツリとそう言ったきり、目は両岸の堤防ばかりを見つめている。

「ねえ、慶一さんたら、今日はなにかあったの？」

ゆき子はいつもとちがう慶一の様子に面白くなさそうにそうつぶやいて、慶一の膝に二本の指をのせるとつねるような仕草をみせた。

「オイ、よせよせみっともないぜ」

いつもならまんざらでもない慶一が、今日はたしかにおかしいにちがいないと、いくらぼんやりのゆき子でも気がついて、慶一のからだからそっと身を離したが、膝はいぜん慶一の膝に合わせたままである。

銀座裏に小さな写真屋を開いている慶一には二歳年上の細君と五歳の息子がいた。ゆき子は近くのデパートの店員でひょんなことで二人が親しくなると、それから二人が深い仲になるのはあっという間だった。慶一は将来一冊の写真集を出したい夢があった。それは水面から眺められる橋だけでできた白黒の写真集である。ゆっくり流れる水面に空を映し、その上にさまざまな橋が虹のように懸かっているようなそんな写真集だ。だから今日も慶一の手にはキヤノンの写真機があったが、どうも写真機をもつ手に力が湧いてこないのである。扇橋の閘門を出ると船内のアナウンスが万年橋に近づいていることを告げていた。いま、通りすぎたのが清澄橋通りに架かる高橋か。だとすると右が森下町、左に行けば清澄庭園があるはずだと、慶一は頭に地図をひろげるように位置をたしかめた。今日水上バスでここまで来たのも、北斎の富獄三十六景に描かれた万年橋を是非ともカメラに収めたいためであった。この橋を過ぎると右手に芭蕉庵、それを越して船が左に旋回すれば隅田川に架かる清澄橋を望めるはずだ。そしてつぎは赤穂浪士が吉良邸討ち入りのときに渡ったという永代橋、そのつぎが越中島の中之島公園に片足を架けた相生橋で、そのむかしこの橋のうえから東に筑波山、西には富士がよく眺められたとの放送が聞こえた。

「慶一さん、カメラで写さなくてもいいの？」とゆき子が傍らで聞いた。

「もう今日はめんどう臭くなっちゃったんだ」と晴れ晴れした顔をして慶一がそう答えると、

「なあんだ。それならそうと早く、それを言ってくれなきゃ、あたし邪魔しちゃ悪いと、緊張していたのよ」とゆき子は自分を紛らわすようにそう言った。慶一はゆき子にいつ写真集のことなど話したのか覚えていない。秋になったらゆき子と別れよう。そのときはまわりに水がある小さな船の上がよい、と慶一は漠然とそんなことを考えていたのだった。だから自分だけのあてにもならない将来の夢のことなどを、彼女に洩らすようなことなどないはずであった。だがゆき子はそれを知っているとすれば、慶一はどこかでそのことを彼女に話してしまっていたのだった。船は水面すれすれのところを波をけって進んだ。ときおり魚が飛び上がって窓にぶつかった。

「ホラ、飛び魚だよ」後ろにいた年配の夫婦らしい男のほうがそう叫ぶと、

「あそこもよ！」

とこんどは女のほうが嬉しそうに応じている。見ると細い魚が腹を白く光らせて、水面三十センチばかりのところを飛んでいった。よく眺めると、あっちにもこっちにもそれが面白いくらいに見えた。すでに陽は西に傾きかかっていた。そのせいか、水面の波はきらきらと金色に輝きまばゆいくらいである。

「慶一さん、今日は奥さんになんといって出かけてらしたの？」

ゆき子はこころの重しがとれたのか、そんなことを突然のように訊ねてきた。

「どうしてそんなことが気になるの？」慶一は反対にゆき子にそう聞き返した。

「ちょっと、どんな嘘をつくのかと思って聞いてみただけ。だって今日は日曜日、家庭サービスをしてあげなきゃ、可哀そうだしネ」そう言いながら、ゆき子はちょっと暗い顔をした。

そのゆき子の横顔をみて、慶一はやはり早く別れてしまわなくてはとしきりに思うのだった。楽天的でぼんやりのゆき子が、そんなことまで考えていると思うとなんだかとてもやりきれなかったのだ。いつどうやってゆき子にそれを言うべきだろう。船がどこかの橋の下をくぐるときにでも……。

「……ねえ、女ってほんとに好きになると、男のひとの嘘がすぐわかるものよ。知ってて？」

「へぇー、ほんとにそうならば、ぼくはきみにわかるような嘘だけは、つきたくないな」

慶一はそう言うと、ゆき子の顔をまじまじとのぞきこんでから、甲高い声で笑った。ゆき子は一瞬顔をゆがめると、つぎに慶一の両足膝に顔を隠すようにして、クックと鳩の鳴くような声で笑い、まるで屈託がない。

いつしか船は木場を過ぎ、レインボーブリッジが見えはじめていた。慶一はこの上からならいま、東の筑波山も西の富士山も見えるかもしれないとそう思ったが、それにしても、あまりに水の上から離れすぎている。

水は手に触れられ、濡れるほどの近い位置がいい。そこから橋を撮りつづけよう。橋は車と人が渡るだけの横断の道路ではない。その橋の下を川が静かに流れていなくてはならない。この過ぎていく人生とその無窮の時が……。ときに恋に狂ったオフィーリアのような女が、花とともに流れいくのもいい。いまはまだ、慶一が写真に撮りたいような橋は、とうぶん現れそうもなかった。

西の空は茫洋としてすでに茜色に燃え、中天を見上げれば、晩秋の空はあくまで高く、その高空に一筋の飛行機雲が、小さな雲と雲のかたまりをつなぐように架かっている。その一条の長く細い雲が夕陽に染められ、絹糸のように輝いていて、遠く虹のように浮かんでいた。

慶一は今日もゆき子に別れ話をだしそこねそうな気がした。

「あれは雲の橋ね」そう言うゆき子の声が、どこか高い空のほうから聞こえてきた。

（平成十九年十二月）

貴腐ワイン

数年ぶりに湯島にあるバーへ行った。

「お変わりありませんね」

と主人がいった。主人の頭の上には雪のように白いものが落ちていた。

このバーへ初めてきたのはもう三十年もむかしのことだ。ここを短編の背景に使ったこともあった。ドビュッシーのピアノ曲から想を得たことは覚えていた。田中絹代に似た感じのお母さんが、帰りかけのお客を外まで見送ってくれた。

品のいいお母さんだった。せまい店内には、典雅な蠟燭が灯って、店のなかは暗かったが、それがなんとも好いたたずまいであった。お客もみんなゆとりのある大人で、かすかに古典の音楽が流れ、落ち着いた雰囲気を醸していた。

「ドライ・マティーニをおねがい」

すると主人がシェイクした透明な液体が、こぶりのグラスにそそがれ、そのつめたい味わいが口と喉をスッキリとしてくれるのだった。

「やはりこれは一品だ」そういって主人をみると、カウンターのむこうで主人が満足そうに微笑をかえした。

やがてカウンターの上に、ふるいワインが二本おかれた。

「むかし、親父が買い込んだワインでしてね。この店は今年で五十年になるんですよ」

「一九六〇年代の貴腐ワインというわけだね」

「飲んでみますか？」

主人が冗談ともほんとともつかない顔をして、ポツリといって私の顔をみた。

「いいんですか。だいぶ値がしましょうに」

私は出版社から、出版したばかりの原稿料として、いくらかの小金をふところにもっていた。

「五十年ですよ。開けてみないとわからない」

主人は挑むように、私の目元をみた。まるでその「五十年」という歳月を秤にかけてみるかのように。

「親父さんに悪いじゃないかね」

気後れがして、思わずそんな一言を口にした。そして、また言いたした。

「亡くなったお母さんにだってね」

主人はそれにには応じずに、

「五十年なんてあっという間なんですけど、このワインはちゃんと熟成してくれているのかな」

また、ポツリとそんな一言を吐いた。私は試されているような切迫感を覚えた。それは思い過ごしにはちがいないが、暗いカウンターに佇む主人の顔の皺と白髪がそんなことを語っているようだった。

　太い蠟燭の芯から、とろりとした液体が滴りおちる音がして、ジュッという音をたてて灯りがせまい店内に瞬いた。それはまるで命のまたたきが消えて、この世から誰かがあの世へ旅立つさまを思わせた。

「人生なんて短いもんだね」

　そんな冗談をいって、親指と人さし指を開いてみせたその友人は、それから数日を経ずに亡くなった。その顔を思い出した。

「ご主人、もういいからその貴腐ワインから、どちらかを一本選んでみてくれないかね」

「それではフランスのシャトー・ディケムの一本にしますか」

　ご主人はそういって、壁に架かっていた写真の歳とった男の顔をみた。その男こそシャトーディケムという愛好家垂涎の辛口ワインを作りだした男であった。ながい年月でヤスリにかけられた職人ふうの、頑固だが風格のある顔であった。だがどこか芳醇な香りを隠した温かみのある樽のような風貌をみせている。

　主人が口を開け瓶をおもむろに傾けた。ワイングラスを手に持ちその底に数ミリほどをそそいだ。

　金色のドロリとした液体が、

「さあ、これがおれだよ」

　という自負心を漂わせて底に沈んでいた。

「どうです？」

主人が私の顔をうかがった。

私は壁に架かっているシャトー・ディケムの顔をみて、黙って頬笑んだ。

（平成二十七年十月）

花火

花火は近くで見るものではない、とわたしが思うのは、そんなふうに子供の頃みた花火にろくな思い出がないせいだろうか。

両親に連れていってもらった多摩川の花火大会。駅をおりてから川べりまでの大混雑、スピーカーからしぼりだされるお巡りさんの声、足を踏まれやしないだろうか、両親とはぐれて独り迷子になりやしないだろうかと、つまらぬことに小さな胸をいっぱいにし、ワーッという喚声に夜空を見あげても、人、人、人。たまさか見える花火といえば、妙に大きく威勢がいいだけで、わたしの胸の中を、眼も覚めるほどの鮮やかさで花ひらき、たちまち闇夜にかき消えるが、その瞬間の円くはじけ飛ぶ光芒のひろがりによって、わたしを息づかせ活をあたえてくれるあの絵に描いたような花火は、どこにも見ることはできないのだった。

そんなわけで、花火は遠くから眺めるにかぎる、とまあそんな考えだけでもないのだが、隅田川の花火大会が解禁されてから、わたしは二階の屋根の上にある物干台から、子供たちと一緒に毎夏の花火を楽しむことにしている。

今年は七月＊＊日と決まったが、例年になく冷たい夏とやらで天気はぐずつき、心配していたとおり夕方から雨が降りだした。

「やっぱり降ってきたぞ」

「花火、やるのかしら。もうみんな集まってるんじゃない？」

台所の片づけをしながら女房も心配顔で、開き放たれた玄関から、路地裏におちる雨足を眺めている。そのうち、一発、二発と、くぐもったような音が湿った空に響いた。

「や、やるぞ。やるぞ」

テレビのスイッチをひねると、画面に会場からの生中継が写し出され、小雨の中で花火大会は決行される由。

わたしはレインコートに傘を二本持ち、子供たちを連れて、物干台へ上がった。急勾配の木の階段は雨に濡れているので、滑ってはいけないと、二人の娘を一人ずつ抱いて上がる。

二つの傘を開き、竿にひっかけて屋根を作り、椅子まで担ぎ上げて見物席をつくる。花火は遠くから眺めるものなのだが、雨の中の花火は暗い夜の空に滲んで、夏の空を色どる晴れやかさがない。雨はいぜん止まない。近隣のビルの屋上や屋根の上には、これもまた花火を見ようとする人の動きや、子供たちの喚声が聞こえはするが、その数も勢いも、いつもの花火大会とは較べようもない。

去年みえた真向かいの屋根の上にも人影がなくひっそりとしている。雨では足元が悪く、容易に屋根の上まで登ることはできないのだろう。去年はたしかあの屋根の上で、いつも大声で喧嘩をしている夫婦が、花火をみながら腕を組み合っているのを目撃し驚いた記憶があるのだが……。

それでも雨の中を花火は、花火職人の心意気を示すかのように打ち上げられた。物干台から見える花火は、コンクリートのビルに消え、ひしめく屋根に遮られながら、中空の夜の深みに花開く。年々すこしずつ物干し台からみえる花火の数は、次から次へと建つ高層ビルのために減りつつある。一昨年、言問橋の辺りからあがる花火も見えたような気がするのだが、昨年はそれも見えなくなり、今年は蔵前橋からの花火のみになってしまった。いずれこの下町のひしめきあって軒を並べる木造の屋根の群棲は、きれいさっぱりと姿を消すであろう。花火などという前近代的なものの美しさに詩を感ずる日本人の心も人々から拭い去られるであろう……。

多摩川の花火大会の雑踏を母と一緒にわたしの手を引いてくれた父はいま、悪性の病に倒れ、病院のベッドに臥している。この春、町内の祭りに母と一緒に訪れた父であった。何処かの屋根の下で電話が鳴っていた。わたしはふと耳を澄ます。

あれは妙な声だった。弟の電話だと気づくまで、わたしは自分の耳を疑った。

「……あのね。親父はもうだめだよ……」

「えっ、なにがだめだというの？」

「癌なんだ。どうしようもない。手遅れなんだよ」

ふと穴が空き、わたしのなかになにものかが広がった。それはついに来たかという強い感情だったが、その感情はみるみるうちに、怒りとも悲しみともつかない色彩で染め抜かれていった。

わたしはすぐに母のことを思った。

「おふくろは知っているの？」

「まだだ……」

「そうか。どこから電話をしている？」

「二階。おふくろは下にいる」

「わかった。電話はきるよ」

あまりに早すぎると思った。親父はどんな顔をしているだろう。そう思うと、あまりにあっけなくこの世から去らねばならない父が哀れでならなかった。


女房が物干し台から降りたので、わたしは下の娘を膝にのせてやった。雨は止みそうで止まなかった。つぎつぎと打ちあがる花火は、空に滞留する煙が邪魔になって、その全部を見ることができない。それでも炸裂する大きな光の輪は、一瞬夜空を鮮やかに彩り昼のように明るくした。赤、黄、青。花火が空を焦がすたびに、子供たちは感嘆し、手をたたいて喜んでいる。

「テレビのほうがきれいよ」

女房が下から顔をだした。テレビの実況中継をみてきたらしい。

「テレビなんてつまらないさ」

わたしはこの物干し台から見る雨に濡れた花火が、寂しいけれど気に入りはじめている。雨にもかかわらず大会を敢行した主催者や、この雨の中で、上げづらい花火を上げようとする花火職人の心意気を買うのだ。隅田川の花火大会が下町に戻ってきたのはいいことだ。

夏の夜空に打ち上がる花火ほど下町的なものはない。群衆の中、密集した家々のあいだを、「せーらせーら」と神輿をかついでねり歩く祭りと同じように、大輪の花火はたとえ雨に濡れようと、その夜の空を束の間人々のものとするのだ。

「……わたしたちがついていて……それが悔やまれてならない」

父のことを告げられ、母は残念そうに言った。わたしたちはいったい父のどこについていたのだろう。一人黙々と働き、定年後はほんのすこしのんびりとすごしたとはいえ、そのときわたしたちは父を忘れてしまったのではなかろうか。成人した子供たちにとってすでに父は無用な者になるのか。家庭とはそういうものなのか。「父」はそれを甘受せざるをえない。そして母は子供たちにとっていつまでも「母」であるのはなぜであろう……。

上の娘はむずがりはじめた。眠たくなったのだ。女房が上の娘を連れて階下へ降りると、わたしは下の娘と物干し台に二人きりになった。花火が途切れると、夜はやはり暗かった。その空の一方を見つめる膝の上の子供の眼にもどことなく不安が漂う。わたしは花火が打ち上がるのを、いまかいまかと子供を抱きながら待っていた。するとこれが最後というように、大輪の花火がつぎつぎと花開いた。

「あれひろこの花火?」と指をさす。

「ひろこの花火は黄色ね。お父さんのは?」

「お父さんのは青」とわたしは答える。

「お父さんの花火は大きいの？」

「そう。お父さんの花火は大きい」

「ひろこのより大きい？」

「そう。大きいよ」

「お母さんのより？」

「お母さんのより大きい」

「ふーん……。ひろこねむい。お母さんのところへいきたい」

夜空は明るくはぜている。花火はもうすぐ終わるだろう。


（昭和五十八年十月）

鮫女

　毎日のように、夫婦が同じ家の中にいる。潤三はできるだけ妻の明子が彼の退職前のように、気儘に過ごせるように、自分の部屋にいるようにしていた。そのあいだ、妻は時代小説を読んだり、勘亭流の習字の稽古をしたり、民生委員の仕事の処理ができるように、彼女の視野の外にいるように、心がけていたのである。いや、それればかりではない。できるだけ自分で食べた食器類は、自分で台所にかたづけ水にひたし、洗剤で洗うように、心がけていたのである。いや、それればかりではない。ほとんど、毎日のようにトイレの掃除をやるように努力してきたのだ。そして、一週間に一度はお風呂場の掃除を行い、郊外に一人で暮らしている妻の九十を過ぎる実父の介護から、疲れ果てて彼女が家に帰るまでに、洗濯物の取り込みをすることに努力してきたのである。

　ただ潤三が自分の部屋にいるのは、こうした事情だけによったわけではないのだ。まだ、三年半ほど勤めることができたが、それを打ち切って会社に辞職願をだしたのは、自分がやっておきたいことがあったからだ。たとえどんなに少ない年金生活でもいい、貧しい食事に変わってもいい、それでも自分の限られた人生の時間があるうちに、その自分の仕事をやりたかったからである。自分の部屋には読みたい本がまだたくさん残っており、調べ考え整理したいことが山とあるのだ。ライフワークもあり、これまで書き散らしてきたものの整理や、自分が納得できるような小説を、たとえ一編でもいいから書きたかったのである。

そして、毎日がアッという間に過ぎ去って、三年半はとうに過ぎた。朝の九時過ぎから十二時まで部屋に、そして十二時から妻の準備してくれた昼食をニュースを見ながら食べ、午後はまた部屋へ戻り、午前の仕事をつづけるのだ。だが時には、食後に睡魔に襲われることがあった。あるいは、横になって蒲団にもぐり込み、山と積まれた本を、のんびりと読みたくなることが儘あるのだった。

――今日は何曜日だろう?

ふと口をついて出たことばであった。

――毎日が日曜日よ。あたしだってうっかりすると、わかんなくなることがあるのよ。

たしかにそうである。新聞をみて、はじめて今日が◯月◯日の何曜日かを知るのである。

――社会人の毎日を離れてみて、ようやく社会人の生活のありがたみに気がつくことがあるものだな。

潤三はそう自分に言うかのように、隣りの妻に言った。

そして少ない会話を互いに交わすのであるが、主語を飛ばした話がいったい何を話しているのかと苛つくことがあるし、固有名詞が出てこないので、「アレ」だ、「アレ」と言いながら、それを思い出すという競争を二人ですることもあるのだった。

昨日、いや、さっき言われたことを、もう、潤三が忘れていることなどはしょっちゅうのことなのである。

妻が新聞に出ている漢字の熟語やカタカナ文字を入れるゲームを独りでよくやるのは、どうも惚けないようにとのトレーニングのためのようである。潤三がやろうとすると、全部鉛筆で塗りつぶされた痕を見るだけである。

妻の明子は町内やその他に多くの親しい女友達がいる。それで頻繁に電話があるが、潤三にはほとんどそうしたものはない。携帯も呼び出し音はまったくと言って鳴らないので、携帯があることさえ忘れてしまうことがあるのだ。

また電話が鳴った。〇月〇日にみんなで食事会があるとのことだ。しかし、潤三はそうした日付をすぐ忘れてしまう。

――よくやるね。食事会だとか、〇〇反省会だとかなー。

潤三はほとほと感心するばかりである。

――そうよ。女は腹に溜まっているものを、一斉に喋り出すのでそれは大変なのよ。自分に溜まっているものを吐き出せばそれで満足なのよ。

ある日のことだった。妻との会話がぎゃくしゃくした。

――きみの話はおかしいよ。全然、話の接ぎ穂が合わないじゃないか！

――どうして？　あたしはちゃんとあなたに、合わせようと懸命になって努力しているのよ。あなたは自己中心なのよ……。

この「自己中心」という言葉が、潤三の胸を突いた。軽く放ったパンチが思いの外、相手をノックアウトすることがあるように、妻の明子の言葉はそれほどの重みのあるものではなかったはずである。

——ナンだって！　私のやっていることは、「自己中心」でなければ、できないことばかりなのだ！　そうした人間でそうした生活しかやれないが、それでもいいのだねという思いをこめて書いた手紙を、あなたは突っ返してきたじゃないか。

——手紙っていったいなんの事かしら？

——結婚前に出した二通の手紙だよ。いつか私の前に要らないと言わんばかりに返してきたじゃないか。あんな失礼なことはないんだ。

——そんなもう何十年もむかしのことを、とつぜん、言われたって困るわよ。それも結婚前のことなんか、あたし知らないわよ。これまでの全人生をひっくり返すようなことは、言わないでよ。

——きみだって、私の人生そのものを否定することを言ったんだ。

それからすこしの沈黙があった。お互いに、これ以上やりだしたらどうなるかが、ぼんやりとだがわかりだしたからである。最終戦争までいかないうちに、停戦に合意して、また、何食わぬ顔をして、一日を始めればなんとかなるのである。長い夫婦生活にはそうした自然の治癒力が備わっているようなのだ。

しかし、潤三は妻の明子がさいごにポツリと言ったことばが、胸に染みたのであった。

——あたしは穏やかな一日を過ごせればそれでいいのよ。

潤三は妻が口にした「穏やかな一日」という言葉に、虚をつかれたように沈黙した。それからこれまでの生涯を振り返ったのだ。

そして、自分の人生に平穏といえる日々をさがしてみようとした。それはないわけではなかった。だが青年期から今日まで、自分の過ごしてきた人生は波また波の連続であったように思われた。いやむしろそれを望むかのように生きてきた。だが明子はそうした自分とは別の人生を望んでいたのである。だがそれをいまになって知るとはなんということだろう。

潤三はそれが初めてのように、隣に座る妻の顔をのぞいた。

静かになった波間に、「穏やかな一日」という白い船体が浮かび漂いながら、ゆっくりとこちらに近づいてくる。その穏やかな波間に鮫の背びれに似た黒い翳《かげ》が横切っていった。


「電話を一本あなたの家へかければよかったのよ」

その決闘状のような電話がいつ来るかと潤三は、驚愕の懼《おそ》れと熱く火照った愛の吐息とを、半々の気持ちで待っていた日々があった。しかし遂にその決闘状のような電話が来ることはなかった。安堵と落胆が潤三の胸を交互に去来した。女はすべてをご破算にすることを禁じ手にしたのだろうか。それが潤三には蟷螂《とうろう》の鎌となった。それが潤三の冒険心を嫌が上にも募らせたのである。秘めやかな交情はとんでもない長きに亘り、とぎれとぎれに続いてきたのもその故かもしれなかった。明子はそうした存在を知ることもなく、波ひとつない安穏な日々を望んでいるのであったのだろうか。

一時、神経を病んでいた若い女性詩人の潤三へかかってくる長電話を、明子が名を告げて取り次ぐことはあった。ある日のことだった。彼女をふくむ数人の男女が家に寄ったことがあった。明子はあからさまな敵意を同好の諸子のまえで、その女性詩人へ見せたのだ。そのはげしい挙動に潤三も女性詩人も驚いてしまった。女性詩人からの深夜の長電話はそれ以来、プッリとなくなった。というよりその女性詩人の神経の靱帯が切れて、入院生活を余儀なくされてしまったからだ。子育てに忙しい妻の明子には、深海に姿を隠している鮫の黒い翳の存在を知ることはないのであった。鮫の女は深い水底で身じろぎもせず、潤三を待っていた。そして静かに奥深く潤三を吸い込んで、秘密の逢瀬は長くつづくように思われた。

あるとき黒い翳が「帰るならこれだけを置いていってほしい」となにやら切実な冗談を洩らした。

それに応ずるように潤三は歓涙を絞ると、

「このまま一緒に死んでほしい」とその黒い翳に呟いた。

鮫の女はなにが可笑しいのか、口中の笑いの泡を海いっぱいに吹きだし、

「あたしはこれがほしいだけなのよ」と、今度はほんとうに大声で笑い出した。

（平成二十九年九月）

鳥越綺譚

今はむかし、五百年まえのことだ。この地は隅田川の畔にひらかれた閑静な海沿いの村であったそうだ。街道筋のこの村は、樹木の茂った小高い山の上にある社の鎮守の杜に、鳥がねぐらを求めて群がり、それはまあ、ゆかしくも懐かしいところであったらしい。

景行天皇の御時に、王子の日本武尊が東夷御征伐の折、この地に、しばし御駐在あそばされその御徳を尊び奉り、白鳥神社をお祀り申し上げたという。また、永承の頃、八幡太郎義家公が奥州征伐のとき、白い鳥に浅瀬を教えられ、群勢をやすやす渡すことができたという。義家公これ白鳥大明神のご加護と称え、御社号を奉られてより鳥越の地名が起こったということだね。

むかしは社の境内もすこぶる広く、小島、下谷、竹町の境にあった三味線堀は、姫が池という御手洗の池だったというが、この池も社の境内にあったと「鳥越神社略史」というのに記されているんだ。

――暮れにけり　やどりいずくといそぐ日に　なれも寝に行く鳥越の里（「回國雑記」）

私は文京区本郷に住み、退職後の手すさびに郷土のことをすこしずつ調べている前期高齢者というのでしょうか。家に籠もってばかりもいられず、上野の不忍池は散歩がてらによくぶらぶらしておりました。偶然にもその池の畔で旧い友人に会ったことがございました。これまで隣接区のことには余り関心がなかったのですが、その友人は台東区にある内儀さんの実家に移り住んでもう三十年が経つということでした。そんな機縁で、葛飾北斎の富獄百景のひとつに「鳥越の不二」というのがありました。私はその鳥越という処がどんな町であろうかと、以前から関心を抱いておりました。友人とはひさしぶりの再会で、ひととおりの四方山話が済むと、私は何気なく北斎の絵にある鳥越という町名の由来を尋ねたのでございます。台東区内に縁故の多い友人は、私の関心を聞くと早速に親切に手助けをしてくれました。友人はそれなら鳥越神社の近くにいる氏子を紹介してあげましょうと、それは懇切な気働きをしてくれまして、とんとん拍子に話がすすみ、あれよあれよと思う間もなく、一老人と会うことになったのでございます。

お歳は七十過ぎのその御仁は見るからに矍鑠《かくしゃく》として、私のまえに現れたときは、ほんとうに吃驚《びっくり》した次第でした。

聞けば三代下町で生まれた江戸っ子だということで、鼻筋のとおった艶のいい顔立ちと粋な姿は、まるで江戸の町からぬけでてきた風体で、喜んで蔵前橋通り沿いの蕎麦屋の二階に席を設えて下さいました。ちょいと私の顔を見るとニタッと笑ったのは、私がよほど胡乱な老人に見えたのにちがいありません。定年後はこれといった仕事もせず、世間離れしたひとり暮らしのせいで、きっとよほどに私の風体が野暮ったくみえたのでございましょう。

それはともかく、友人の話では、その老人は相当な話し好きとのふれこみでありましたが、早速に、この冒頭のくだりは暗記していたものか立て板に水で、あれが江戸ことばというのか、下町なまりの妙な節まわしよろしく、のっけから以下のようなことを息つく暇もなく滔々《とうとう》と語りだしたのには、ちょっとばかり狼狽したものでございました。

Ψ

日本が初めて世界の檜舞台に躍り出ておっぱじめたのがあの大東亜戦争だったかね。あの暑い夏の敗戦の日のこった。この神社の宮司ってのが自分の社前から兵隊を送り出し、その戦さが負けた責任を悲嘆して、社前で腹を切ったということだ。あの負け戦の責任を自分の腹をかき切ったこの神官は、特筆に値すると、おまえさん、そうは思わねェかい。今からみれば、あの戦争なんぞはなんてェばかなことをやらかしたとみんな思うけどよ。負けてみりゃみんなそんな小利口なことを言いだすものなんだよ。こうした神官が一人この下町の神社にいたってことのほうが、なんだか胸がスーッとすくじゃありませんかい。

鳥越という町の名は、ほんとうはさ、とりごえとにごるのではなく、とりこえと澄んで発音しなければいけないんだがね、まあ、そんなことはどうでもいいことですわい。

早い話が浅草というより、東京でもっとも古い社がこの鳥越神社なんだってえことぐらい、いまはその面影を偲ぶこともむずかしいほどの狭い境内に佇んで、白く大きな石の鳥居を仰ぎみながら、あたまの隅にでも蔵《しま》っておいてほしいものですわい。

さてさて、この鳥越のいまにいたるまでの話をするから、よく耳をかっぽじって聞いておくんなさいよ。ときどき、話があっちこっち飛び回り、調子がへんてこに変わるのはあっしの癖なんでちょっくらごめんなさってくださいまし。

この小さな町は、東と西に分かれ、東が二丁目、西が一丁目にあった。一丁目は先の戦禍を免れて昔の風情で残っちまった。そのせいでか、その狭い土地に木造の仕舞屋が軒をならべて犇めきあい、細い路地裏が、婆さんの額の皺に似て、縦横無尽に走るっていう案配となったね。数匹の猫が細い路地裏なんかで、ところ狭しとならべられた万年青《おもと》の蔭に隠れながら、三毛も虎も黒いのももつれ合って色恋に夢中のご様子だ。町のど真ん中にあったいかにもこれが風呂屋という立派な構えの「福寿湯」の賑わいはむかしのこと、いまは一階がスーパーで、朝から荷下ろしの音、夕べとなれば一円の安きを狙ったオカミさんたちが店内にひしめきあい、外へ出れば井戸端会議があっちこっちで始まっていた。このスーパーの前にあった、趣もゆかしい「バーバー」も横町へ引っ越して、鳥越会館の隣に一軒あった鰻屋も惜しいことに店を閉めてしまった。そのせいで、路地裏に漂っていた蒲焼きのにおいが鼻をひくつかせることもなくなったのが、なんともさびしいかぎりというもんだよ。だが梅雨の始まるのと符節を合わせるようにおっぱじまる、六月の大祭の日に、この小さな町に雲霞のごとく集まる晴れやかな人の顔をみれば、殺傷沙汰の尽きないいまの世なんぞはどこ吹く風よ。江戸の庶民もかくあろうかと思われる潑剌として活気のある生活が偲ばれるというものさ。

あれは戦後のどさくさが始まった頃だった。酸鼻を極めたシベリア抑留から、日本の土を踏んで、やっとの思いで善三という男が東京までたどりついたんだ。上野駅を出ると西郷さんの銅像の下から、下谷のあたりの風景を一望したという。遠くの地の果てまでのっぺらぼう同然の東京は、まるでシベリアの原野とみまがう、これはみごとな焼け野原になっちまったんだな。だが極寒のシベリアを思えば、日本のそれも東京の地に立てた無上の喜びが胸にこみ上げてくるのはしかたがないや。だがこれからどう暮らしていくのかという明日からのことへの思案で、ぽっかりと穴が開いたような胸の中を、シベリアほどに凍てつきはしないが、なにやらうそ寒い風が吹き抜けていくばかりであったそうだ。

これから無一物、裸同然のすっからかん、さてどうしたら身を起こす手だてがあるものか。ようやく生きて祖国へ帰って来られた喜びに浸っている余裕など、善三には湧いてこようはずはなかったね。

空きっ腹でぼんやり歩いている善三の耳に、「仕事をしてえものは、さあ、乗った、乗った!」との胴間声につられて、ぽんこつのトラックに乗って着いた先が蒲田というところだ。仕事といってても米軍払い下げの屑みたいながらくたが、焼け残った倉庫のような建物に山のように積み上げられている。それを拾い上げては、それ相応な品物にするというものだったさ。屑紙の山から物色したものをいい具合にして紙箱などに仕立てあげる。極寒のシベリアで木の枝や根っこを石でこすり、箸やスプーンのようなものを拵えては、寒さと空腹をやり過ごしてきた善三は、物を作る器用な才能ってものに、人より長じたものがあったんだろうよ。それを駅前で並べて売りさばく。これが当時の品不足の世の中ではなかなかに繁盛したらしいんだ。

すこしは生活が落ち着くと、商品を入れる袋が必需品となっていたんだな。なに、人が着る服装と同じで、江戸のむかしから、日本人は服飾品に目がなかったんだよ。

ない知恵を絞り、材料を工面していっぱしの袋物、その中でも箱屋として通る頃には、朝鮮戦争の特需で、商品の流通も盛んになるありさまは、これが敗戦国日本かとその変わり身の早さには不思議な気分になったたっていうこったさ。その変身ぶりは女の姿に現れていたぜ。戦後しばらくも経てば、もんぺなんて穿いているヤツなんざ、もうどこにもいなくなったんだからな。戦時中はもんぺを穿いて、敵さんを想定したわら人形へ、竹槍を突く訓練に汗をかいた女たちが、戦争が終われば背の高いアメリカさんの腕節にぶら下がって、しょげかえった男どもへ「やい、日本人!」と啖呵のひとつも投げる、そんな若い女たちの変わりように、目をぱちくり口をあんぐり開いて、呆れかえる男たちを尻目の女たちの光景もみえたってことよ。

善三は日本橋や馬喰町の大店へ、作った箱を卸しに蒲田から自転車に荷台を引いて商売をはじめた。中にはその頃どっと育ちはじめた子供たちに目をつけて、文房具や玩具の商いをする者や、善三が預けた材料をこっそり横流しして、ドロンを決め込んだ盗人猛々しい奴等もいたらしいけどな。それがどうしたっていうんだい。なんにしろ善三が命拾いをした極寒のロシアでは、夜は二人が一組ですこしでも暖をとろうと、抱き合いながら寝ていたというよ。そうしながらもよ、二人は決してこころを許し合えることはなかったらしいぜ。たったひと言のことばが自分の命を奪うことになることも稀ではない。抱き合っていた相手がソ連のスパイてなことも考えられたんだから油断は禁物だぜ。喧嘩は秩序紊乱《びんらん》で、二人そろってもっと寒い奥地にやられちまうんだ。それで互い仲良く抱き合い、疑心暗鬼になることほど、気が休まることはないらしかった。戦争は終わっていたのに日本へ帰ることがどうしてか許されない。いつ帰れるかもわからない。シベリアでの体験を思えば、故国はまるで天国みたいなものさ。

さて、善三は早速、大店に近い場所に、以前大工が住んでいたという独立した空き家を手に入れた。それがこの鳥越という町の一角で、親戚筋が紹介してくれた働き者のオカミさんとふたりで住んだっていう寸法よ。それから夫婦二人で朝早くから夜遅くまで、大店への卸しの依頼で、箱から紙袋まで取引先の都合に合わせてなんでも器用に作って律儀に納めたから喜ばれた。こうした類の人々が、小さな町に鞄やら帽子、靴にベルトなどの小商いをする職人として、小さな間取りの家を借りたり、安く買ったりして集まったってことよ。たちまちどこの家でも、ボウフラのように子供が生まれた。職人だもの、なんだって作り出したらキリがないや。そこらじゅうの娘や小僧が育つにつれて、路地裏は子供の遊び声で、ギャーギャーとうるさいほどの賑わいだよ。

「やい、うるさくって仕方ないから、どこか広いところへ行きな！」

と箱屋のオカミさんが路地裏の二階から、真向かいのパーマネント屋の奥さんと二重奏のように、怒鳴り散らしたってんだ。広いところといったって、この小さな町にそんなところがあるわけはないさ。

「この糞婆！」

一斉に二階を見上げた子供たちから、そんな憎まれ口が叩かれ、蜘蛛の子を散らすように、子供たちは一旦は姿を消すが、いつの間にかまた路地に集まる子供たちが絶えることはないというもんさ。

この善三のオカミさんは働きながら女の子二人を次々と産んだというが、仕事の手伝いの疲れもあって産後に病気をしちまったんだ。そのときに輸血をしたらしいが、当時の輸血っていうのがよくなかったのか肝炎に罹ってしまったらしい。子供ができると善三は善三でオカミさんを気づかいながら、ますます精を出し、日曜もなく働いた。いつの間にか、広くもない家の二階に、使用人たちがどこからともなく集まり、箱屋職人として善三はこの町の路地に、もう立派に一家を構えた按配になったってよ。

隅田川の花火大会があるってぇと、どこの家も物干し台やらビルの屋上に茣蓙などをおっぴろげて、缶ビールをグビグビ傾けながらよく眺めている風景があちこちに見られたな。ドドーン！と腹に響く音と同時に、ヒュルーヒュルーってなにか青大将が首を締められたような妙な音をだして、ちいさな花火が夜空に打ち上げられるとだな。それが突然弾けて色とりどりの大輪の光の華麗な花がパーッと燦めいて咲き、艶やかな容姿をみせるとスーッと消えていくんだ。あれを見ると胸の中にパーッと花が開いたような、いい気分になるってぇもんさ。「春の夜や女見返る柳橋」なんて句碑が柳橋の傍にあったけど、なんかそんな艶やかな光の明滅が一瞬胸を駆けめぐる気分で、

「よっ！　玉屋！」

なんて歌舞伎じゃないが、歓声をあげたくなるぜ。

鳥越神社の祭りが始まるってぇと、山車を引いて御菓子をもらう子供たちが、この狭い路地裏に溢れかえったたな。どこからこんなたくさんの子供が集まったかと思うほどよ。遠くの町筋からオカミさんが子供に御菓子を貰わせたくって連れてきたんだろうけどよ。幾らなんでもこの町にこんなたくさんの子供はいないはずだったぜ。まあいいってもんよ。なんせ年に一度のお祭りだ。

そういうと、氏子は座蒲団に座り直し、腰に差していた長キセルをとりだして、それに煙草をつめてうまそうに吸い出した。その堂に入った手つきと姿は、まるで浮世絵の中から抜け出たような風情であった。その穏やかな顔が、なにかを思いだしたように、例の威勢のいい口調でまた話がはじまった。

そうだ。この町に一軒あったあの鰻屋の話をちょっとしようかね。

「いらっしゃいませ」

そういつも低い、静かな声で、鰻屋のオカミさんはお客さんに軽く頭をさげる。その店へ座るとどういう加減か、誰でも落ち着いた気持ちになれたんだ。

「お銚子、熱燗でね」

店はまさに九尺二間の間取りしかなかった。奥に狭い座敷があり、まんなかを座卓が占めていた。その座卓のそばにテレビがあった。そのテレビの上にこの町の祭りがあると、その前列を提灯をさげて歩く手古舞の人形がのっていたんだ。むかしは柳橋の芸者がそれをやっていたんだが、あの河岸の料亭は無粋な堤防のため、隅田川を眺める景観がよくなくって、いまでは一軒ぐらいがあればいいところさ。その代わり地元の町の女の子がそれに代わったって按配よ。鰻屋の娘の手古舞の格好がなんともいえず可憐だったね。鰻屋の一人娘は鳥越でも指折りの美人だったからさ。町中を練り歩くその手古舞の姿に、その人形はそっくりだったんだからあたりめえよ。土間に二つテーブルがあった。そのテーブルに座って、夕方のニュースを見ながら飲むその熱燗の酒の美味《うめ》えこと。鰻を主人が炭で焼く姿がちらちらとみえたぜ。綺麗に洗いざらした白い上っ張りを着てよ。どこかを患ってたっていうから身体が続かなかったからかもしれねェ。惜しいことに、とうとう店を畳んでしまった。会館通りにはあの鰻屋が町筋の一点の風物詩になっていたんでね。惜しいことさ。

ところであの手古舞の人形はどうなったんだろう。あの愛くるしい人形が、祭りが近づくと夕暮れの町の路地裏を歩く姿を見かけたという人がいたが、それを聞いて誰も怪訝な顔ひとつしないのが、またこの町の面白いところで、「へえー、そうかい」てんでそれ以上野暮なことは誰も言わねえ。

どんな町や村にも神さまがいてくださるっていうじゃねぇかい。電信柱がマンホールの蓋と一緒に歩いていたって、別に驚くことなんかありゃしねえのさ。

と言うと老人はまた座布団を寄せて座りなおした。いよいよ、どうやら本題へ入ろうという気配であった。

さて、この町の一丁目の角っこに、これまた松造って男がいた。奥さんはだいぶ前から目を患ってほとんど見えなかった。繊維問屋のブローカーみたいなことをしていた松造は、よく店まえの縁台で新聞を読んでいたっけ。酒の飲み過ぎで顔が朝から赤黒く、声が野太いのなんのって、この親父さんが話す声は遠くからだって聞こえたぜ。番犬みたいによく眼鏡の下からちらちらと鋭い眼光を放っていたが、まあよく近所の世話をみてくれた親切な人だったんだよ。縁台にいないと思えば、車の椅子を倒して晩年はぐーぐーと鼾をかいて寝ていたっけ。目の不自由なオカミさんの面倒を看ながら、段々と年をとっていったけど、奥さんを残してあの世へいってしまったんだ。ナムアミダブツさ。

それにだよ。世話好きで人の良い靴屋の親父がいたんだ。あるとき、この家の仕事場に一本の電話がかかってきたっていう。注文の靴では名の知れた靴職人だったからね。

「玉三郎といいます」と相手の妙に折り目ただしい声で名乗られた親父はギョッとしたというぜ。

「お、お玉がなんだって？」と主人がオウム返しに聞き直した。

「板東玉三郎という者ですが」

相手はまた平然とそう言って、乗馬靴の注文をしたいということなんだ。それを小耳にはさんだオカミさんが、濡れた手を拭きふき押し殺した声で旦那に囁いたよ。

「おまえさん。あの玉三郎さんじゃないのかい、歌舞伎で有名なさ、板東って言ってるんだろう、じゃあ、あの玉三郎しかいないよ」と、そのオカミさんのこれまた、油が乗りすぎたくらいの早口で言ったが、それがどうやら電話をかけてきた本人に、聞こえたらしかった。

「オ、ホホホー、ええ、私、歌舞伎の板東玉三郎と申します」と電話の向こうで面白そうに、笑う声がしたってよ。「お玉」だなんか言ってしまったが、穴でもあったら入りたいって親父さん、さかんにぼやいていたってさ。

さてと、この靴屋のちょっと斜め前に空き地があったんだけど、そこにそうでかくもないマンションがおっ建った。なんでもあるとき、そのマンションで一人の若いインド人の女性が殺されたんだ。噂によるとその若い女性は、小さい宝石を小箱に鏤《ちりば》めたような、なんとも言えない美しい女性だったとのことだったね。それがおまえさん、むげえことにまた、普通の殺し方じゃないというぜ。細い首を絞められた挙げ句の果て、鋭利な日本刀のような刃物でブスリと一突きされていたんだってさ。近所の人の話では、そのマンションができると、夜陰にまぎれて、どこからともなく見しらねェ男たちが、花芯に群れる蜂みてえに、出入りしていたということなんだが、どうも日本人はあまり見かけずに、どこの国の者とも知れねえ者たちがたくさんいたらしいんだがね。

その事件以来、警官が近くの靴屋に立ち寄っては、事情を聞いたっていうことなんだ。根っから好奇心の強い靴屋は、もう仕事なんかそっちのけにしてしまって、警察と一緒になってその事件に首を突っ込んじまった。名探偵そこのけの働きをしようてんで、もう夢中になっちまったらしい。なんだってこの町の名前は、有名な作家の時代小説にちょいちょい顔をだすので、主人はその全巻を読んでいる愛読者だった。それでまるで長谷川平蔵、またの名を鬼平にでもなった気になっちまったのも、無理もないことだったね。

元来が狭い町、都心にありながらその都心のエアポケットのような安閑とした静かな町だったんだぜ。夜もすこし深まってくるってえと、どこかの路地の小体な家のなかから、三味線をさらう音なんかが聞こえてくる、とても乙な気分にさせてくれたんだ。この鳥越というところはさ。

それがあのバブルの全盛の頃に、蔵前通りに面した辺りじゃ、地上げ屋が入り込んで、一坪が目が飛び出るような高値で売れたというじゃないか。猫の額のような所に建ったあばら屋同然の家が、町の奥に立派な家を建ててもらったうえに、数千万円のお金を手にしたなんて話も舞い込んだってんだ。まだ江戸の残り香がちっとはあった、平穏で静かな町がさ、浮き足だった住人のせいで、なにかそぞろ騒がしい町になりだしたのもあの頃からだったような気がするよ。それまでは、職人が九尺二軒の長屋で、自営で働く機械の音がまるで田舎の水車の音みてえに、コットン、コットンと響き聞こえる小さな町がさ、どうも落ち着きを失ったような気がしたぜ。帽子屋が、毎日、朝からミシンを踏んだり、紙屋が紙を裁断する機械の音がするぐらいだったんだ、ほんとにさ。そこに数千万円の札びらをきる音が、混じりだしたからいけねえやな。手に職をつけた小さい地味な商いで、宵越しの金はもたねえっていう江戸っ子の住む町が、変わりはじめたのがあの頃からだよ。

ともあれ、夫婦喧嘩は絶えなくても、殺人事件がこの町に起こったなんて話は、それまではなかったことさね。殺されたインド人の女もおそらくは宝石関係かなんかの仲間にちげえねえと、靴屋の親父が靴をおっぽりだして、お巡りさんの聞き込み捜査のように動き出したというんだ。一丁目の角っこのとうに死んだはずの松造さんも、どうした加減でこの世に現れたのかそれは知らねえがね、鋭い情報通の勘でこの事件を聞き及んだって按配であの世から現れて、靴屋に肩入れしないはずはなかったね。死んだ松造との捜査活動は、この町の中で秘かに動きだしたという按配になった。

二人は町に二軒ある路地裏の酒場と一軒の寿司屋で、さっそくに情報収集とやらを始めたんだ。なに、それは名ばかりで、酒好きな二人のことだよ。殺人事件を肴に、松造さんが行っていたあの世の話をまぜっこに、酒を飲む時間のほうが長かったたっていうんだがね。

この酒場のひとつに「ギン」ていう名の酒場があったたね。なに、客が五、六人も入れば満杯のそれは小さな店だった。そこに最近見慣れぬ男が通うようになったたっていう話を、この店の女主人から聞いた二人は顔を見合わせた。だがその男の素性が一向にわからない。

「ギン」の蓉子さんて名の女主人のはなしでは、男はどっかの広告代理店に勤めていたらしいが、社長と喧嘩してぶらぶらしているらしいってよ。

「あっ、そうだ。その男があたいにくれた本が一冊あったよ」

思い出したように、「ギン」のマダムは、そいつを棚の上からカウンターへおいた。血にまみれたような、変に赤い表紙だったね。

題名はというと『わが愛と罪』とあった。松造はそれをジッとみつめながら、なにかあの世の光景を思い出したらしく、

「こいつは臭《くせ》え！」と呟いた。

「どうしてだ？」靴屋が問い返した。

「考えてもみろや。『愛と罪』なんて名の本がここにあるんだ。こいつをマダムへ贈った男が犯人に一番近いところにいるにちげえねえだろうや」

松造は遠くあの世のさばきの景色を思い浮かべたようにそう言ったぜ。度はずれた愛ほど罪深いものはないと、あの世ではみんな知らねえものなどいねェっていうんだ。それに、どだい素性の知れネエ奴はこの町の者じゃない、こいつの容疑がまずいちばん濃いという寸法だよ。なんだか、目がぎょろりとして、飲んでいても落ち着きがなく、ビールを二、三本飲み、焼き鳥を数本食べると、すぐ帰っていくらしいんだ。いつも仕事がない、金がないとぼやきながら、飲んでいるあいだに度々、トイレに駆け込む、変な癖があるともいうんだよ。

「其奴は臭えな！」なんてへんてこなシャレをのめしてさ。

靴屋は大きな太鼓腹を叩いて、即、うなずいたね。なにしろ江戸っ子は呑み込みが早いというか、早とちりをしやすいというか、どうにも始末におえない奴らが多いもんだよ。

それから数日後、もう一軒の酒場「げんじ」っていう、これもこぜまい飲み屋に、時々、変に長く黒い袋を肩に担いでくる客がいるというんだ。その酒場の常連さんに大工の棟梁の勘二さんがいると聞くと、松造は早速その棟梁の家にやってきたっていう寸法さ。

夜もおそくに玄関の扉がそっと開かれた。

「ヒィエー！」

と松造さんの顔をみたとたんに、大工のオカミさんが腰をぬかすように驚いたぜ。松造さんが酒に酔って階段を踏み外して亡くなったということは、この町の者なら知ってるさ。

「あんた、あの松造さんでしょ？」

「そうだよ。だからどうだといいなさる」

と、ぐっとオカミさんの顔を下から睨むような顔をした。その顔がまた化けて出た雄猫のように恐ろしかったたってね。

「だって……」とオカミさんは、怖々と松造さんの足下をみた。

「やい、イヤなフシン者扱いでおれをみるな。死んだって生きているように振る舞うところが、この鳥越って町なんだぜ。そもそも、景行天皇の御時にか、日本武尊が……。まあそんなことより、ご主人はいるのかい？」

「それがまだ帰ってこないんですよ。またどこかの酒場に潜ってでもいるにちがいないわ」

オカミさんは、松造にヒステリーで嚙みつきそうな形相になってそう言った。

「なに酒場に潜っているって？　なんだい、その酒場の潜りっていうのは？」

「趣味なのよ。酒を飲みながら、釣りや海に潜って散歩する趣味があってね」

「どうもぴんとこないぜ。大工が屋根に登るんじゃなく、海に潜るなんて、天と地が逆さまになったような話はあまり聞いたことがないんでね」

「どうもこうもないのよ。好きなんだから。好きになったらもう、棘のあるウニだって、波がさかまく海だって、パクリと口に入れ頭から飛び込むというんだからね」

「大工さんがねェー。まあいいや、あとでおれんちへくるようにって、言ってくんねえかい」

と後手で扉を締めて出て行ったたってよ。

「おれんちと言ったって、もうあの家には誰もいないはずだけど……妙なのはどっちなのよ」

オカミさんはどうも腑に落ちない顔をしてたな。

真夜中に酔っぱらって帰ってきた大工の棟梁は、それを聞いても、

「そうかい」と言ったきり、風呂も入らないで寝ちまいやがったたってんだ。

それから二日後、靴屋へ刑事が二人訪れた。靴屋の親父はそれを待っていたように、仕事の手を休めて立ち上がった。

「旦那、なにかわかりやしたかい？」

と、手を汚いタオルで拭きながら、靴屋は渋顔の刑事の一人へなれ親しんだ口調で話しかけたんだ。靴屋の親父は松造と二人で掴んだ話をいつ切りだそうかと喉まで出かけていたが黙っていた。が、妙にそわそわ落ち着かない靴屋の様子に刑事さんは、一目みて訝しんだらしいや。早速なにかを探りだそうとして聞いたってよ。

「おまえさんは、なにか嬉しいことでもあったのかい？」

口をへの字に曲げた刑事が、ジロリと親父の顔を不審そうにのぞきこんだ。

「ウン、まあ、ちょっとね」

横で靴屋の様子をみていた別の刑事が、すかさず切り込んできた。

「現場は目と鼻の先なんだ。なにか気づいたことがあるんだろう。隠し立てするのはよくないよ」

靴屋の親父は、その刑事の陰険な顔と口調が気に入らなかった。それで、同じように口をへの字に曲げて素っ気なく、

「別段、これと言ってなんてこともなかったですよ」

「ところで、おまえさんはあの晩はどうしてたい？」

また渋紙をまるめて延ばしたような刑事の一人がなにやら口調を改めて聞いた。それがまるで訊問でもされているように、親父には聞こえたっていうんだな。

「ねえ、刑事さん。うちの人を犯人扱いでもしようってんですかね！」

背後で刑事とのやりとりを聞いていたオカミさんの、茶碗でも落として割ったような、突然、小犬が吠えだしたような金切り声が辺りに響きわったたった。

「あたいと二人で寝ていたよ。それがどうしたっていうのさ」

刑事さんはそのオカミさんの気勢にちょっと息をのんだが、そこはその道のプロだったたね。

「その晩に、不審な物音でも、人の悲鳴でもいいんだが、なにか変わった音のようなものは、べつだん聞こえなかったのかい？」

「こちらは二人で寝ていたんだよ。いちいちそんなものを聞いてる暇なんぞ、あると思うのかい」

その時、ニッと笑ったオカミさんの顔が、その刑事さんを小馬鹿にしている風情があったってよ。靴屋の親父も、さすがに恥ずかしそうな顔つきになったそうだよ。

それから数日が経った頃だったね。

「えらい迷惑な男もいたもんだ」

松造はいつも行く寿司屋の奥から、そんな声を小耳にはさんだ。よく聞いていると、どうもこの町内のことであるらしい。

「最初は路地裏で木刀を振り回していたんだがな、それが段々高じてきてだな。今では日本刀を振り回しているようになったたっていうぜ」

「それは危ないいな」

寿司をひとつ丸飲みにして、松造はその話に割って入ったんだ。

「それは何処の何て奴なんだい？」

松造はその男が自分のすぐ近所にいることに吃驚した。オカミさんとまだ幼いその娘二人とは親しかった。が、その旦那っていう男とはまあ挨拶ぐらいの話は交わしたことがあるが、とっつきが悪いというか、肌があわないというかで、あまり親しくつき合ったことがないっていうんだ。どうも下町に育った人間ではないことはすぐに察しがついた。狭い家に住みながら自分の書斎用の部屋を陣取って、暇さえあれば本に噛りついているらしいんだが、このところどういう風の吹き回しか知れネェが、えらく剣に凝っているっていう話だぜ。居合いをやっているらしいてんだがね。

「で、その居合いの旦那はなにをやって食っているのかね」

「どうも役人さんらしいっていうぜ」と、客がつけたした。

ああ、やはりあの旦那かと松造はいまさっきあの世から帰った人のように、次第に話題の主人の顔が眼前にうかびだしたんだ。オカミさんの親父の善三さんとは仕事はちがうが、むかしから鳥越会館でよく顔を合わしたことがある。あの可愛い子供とオカミさん、それに知らなくもないあの善三のお婿さんを、この事件と結びつける気がしなかったんだな。

「そうか、あの旦那か」

せっかくいい情報を耳にしたと思った松造はちとガッカリとした。松造さんにしても、この町の住人に犯人がいるとは思えなかったんだね。あの旦那のオカミさんは松造があの世へいくと、残った目の不自由な女房へ夕食の世話からいろいろの面倒をみたっていうんじゃないか。その旦那が犯人だなんて思いたくもなかったんだな。だが、日本刀ということばが耳から離れないらしかったらしいんだ。あの可愛い娘を持っている旦那が日本刀で人を殺めるなんてことは、想像もつかないことだったのさ。そのとき、松造の目の中にギラリと光る寿司屋の握っている包丁が、松造には嫌に特別なものに映ったらしいやね。

一方、靴屋の親父は、刑事さんとの一件があってから、すこし犯人捜しに水をかけられたような按配だったというぜ。警察というところは誰でもドロボー扱いをしやがる嫌なところなんだと、身に沁みたってよ。せっかく、鬼平気取りでいたところに、頭をゴツンと叩かれたような心持ちになっちまったんだな。

そんなある日、オカミさんがこんなことを言い出した。

「おまえさん、死んだ松造さんがあの世から帰ってきたって、大工の勘二のオカミさんが言っていたよ。おまえさんはその松造さんとなにかやらかしてるっていうけど、それは本当かい？」

すこし低い声音で女房が話しだすと、ろくなことはないとこれまでの経験で親父さんは内心ギクッとしたね。また、自分の秘かな捜査活動の首根っこを押さえられたときちゃ、面白くなかったぜ。こういうことは、あまり町内に知られねえでこっそりやろうと、松造と打ち合わせていた矢先だったんだ。女って奴は、なんでこう台所の流しのように、話がすぐに外へ流れだすのが早いんだろうと驚いたが、それは顔には出さずに舌打ちをしたもんだ。

「おれは松造とは生前からの飲み友達よ。それがこのあいだのお盆の頃だっけかにちょっと帰ってきたんでね、あの世のことでも聞いてみたいと、一度だけ一緒に酒を呑んだだけのことさね」

これは親父にしてみりゃうまい返事をしたものだったぜ。

「お盆に帰ってきたからって、一緒に酒を呑んだって！」

女房の声が突然一オクターブぐらい上がったってね。

「あれは帰ってこいと形ばかりに焚く迎え火なんだよ。そういう人たちといちいち呑んで歩いていちゃ、おまえさんだってあの世へ連れていかれてしまうかもしれないじゃないかい！」

ここで仕事場の出来上がったばかりの新品の靴の上に、オカミさんは大きな尻を下ろして、大泣きをしだしたんだ。女の涙は愚痴が終わる合図というものさ。靴がちと濡らされたが、親父さんはほっとしたよ。

「わかった、わかったよ。もう松造とは逢わないことにした」

そう女房に約束したってさ。なにも逢わなくたって、携帯電話で、イツデモ、ドコデモ、話ができないってわけではないいんだ。それからというもの、二人の連絡は携帯になったという按配さ。

「モシモシ、松造だけど」

腹の底からしぼりだすような野太い声が、早速、靴屋の携帯へお出ましなすった。

「いまな、おギンのところにいるんだけどよ」

「ハイハイ、了解、了解」

「警察じゃないんだ、了解はいいんだよ。で、どうだい？」

「それがね。都合悪くなっちゃってよ。母ちゃんが」

「なんだって、母ちゃんが、どうしたの？」

「母ちゃん、じゃねえや、いま急ぎの仕事が入ってんだ。玉三郎という偉い人のな。悪いねえー」

「なにお玉だと。まあいいや、よしわかった。当面はおれひとりでやるからな、おまえさんは商売が大事だ、おれはとても暇なんだけどよ」

そのとき、カウンターの中に座り込んでいたマダムの声がした。

「ねえ、大きい声で携帯で話さないでちょうだいよ。あたしはテレビで鬼平犯科帳を見てるんだよ。肝心の科白が聞こえないいじゃないかい！」

マダムの蓉子さんが、あまりにでかい声で話す松造にそう言った。ここのマダムも「鬼平犯科帳」が大好きときていたんだ。テレビでこれが始まると、お客がいようとお構いなしで、テレビにかじりついたようになっちまうんだな。

「チェ！、商売そっちのけでいいご身分だぜ」

口の中で呟いただけなのに、

「ナニよー。偶に来て狭い店で携帯を相手に大声を出したりして、ぎょろ目のお兄さんと同じだわね」

「おっと、そのぎょろ目だけど、最近来るのかい」

「昨日きたよ。相変わらずビール飲むと、トイレに駆け込んでさ。ビールを飲みにきているのか、トイレにそいつを流しにきているのか分からないね、でも昨日は女らしいのから携帯がかかってきてすぐに慌てて帰っていったけどね」

「ええ！　女だと、どこの女だい？」

「そんなことあたいに聞いたって、分かるはずないだろう。あたいはお客のスパイをやってんじゃないんだから。あーあ、終わっちまったよ。なにがどうしたか分かりゃしない」

マダムはテレビの電源を落として、松造のほうへ顔を戻した。このマダムの出身は秋田県だから、肌が白く、若い頃は土地の親分に惚れられて、単身家を飛び出した。それがどういうわけかいまは、ひとりで飲み屋なんかをやっている身の上なんだ。蓉子という名は、芙蓉の花が好きだった父がつけたと幾度も聞いたことがあった。実家は捨てたようなものだったけど、父だけは好きだったらしいな。

松造がマダムからどうやら聞きだした話では、ぎょろ目の男は東京の立派な大学を卒業すると、今度はインドのデリー大学に留学したことがあったという。そこでインド人の女性に惚れて勉強を捨てちまって、その女を連れて日本に帰ってきたということなんだ。

「えっ！　インドの女だと、それで今どこに二人は住んでいるんだい？」

「この近くじゃないのかい、詳しくは知らないよ」

松造の追求をかわすように、マダムは急に素っ気ない返事をした。

もうじきに梅雨が近いせいか、小雨がふったらしく道が濡れている。家が並んだ軒の下に、万年青が所狭しとならんでいるのがこの町の風情で、庭なんかないから表の玄関口にそれらを並べていたんだよ。小首を曲げた黄水仙の花弁が雨に濡れて、金色に光っている。松造はふとあの世にいるオカミさんを思い出した。早くこの事件に片をつけて、戻ってやろうとちとほろりとなったが、そうはなかなか問屋がおろしてくれなかったね。

この町にいい花をつける桜の樹が一本あった。日が暮れだして飲み屋の提灯に灯が点る頃合いだ。松造がその桜の樹の下で、のんびりと煙草を吸っているてえと、松造の名を呼ぶ声がした。あとを振り返ると勘二の棟梁だったぜ。もう酒でも飲んだのか、ほんのりと顔を朱に染めていた。

「このあいだは、留守をしてすまなかったな。なにか用事でもあったのかい」

松造はあたりを窺うと、棟梁の側に近づき、声を落として、

「ちょっと小耳に挟んだんだがよ。げんじの酒場に日本刀らしきものを入れた長い袋をもった客を、おまえさん知っているかい？」

「二、三回お目にかかったことはあるがね。黙って呑んでいるんで口を利いたことはないが。げんじの主人の話だと、その袋の中身は釣り竿だということだよ」

「なんだ釣り竿だって」

「あそこの主人は口が堅いんで、他の客のことはほとんど話してくれることはないんだよ。こっちの話によっては耳よりの話をしてくれるんだがね」と棟梁は小指をコチョコチョ曲げてみせた。

「ところで、この世で一人じゃ寂しくないかい？」

大工は松造の目を覗くと、不憫そうにそう言った。

「変なこと、言うのはやめっこだよ。腕のいいおまえさんだがね。いまはそうして元気にしているがな」

と先夜のオカミさんの顔を思いながら、松造は棟梁の顔をじっとみつめた。

「よせやい、おまえさんにそうみつめられると、気味が悪いや。釣りといや、このあいだある島で釣りをしていて、面白いものを釣ったぜ」と大工はにこにこと、銀歯をみせて笑いやがった。

「それは面白そうだ。でなにを釣ったんだ？」

「人間だよ」

「ちぇ、ていのいいことというよ。どうせこれだろう」

松造が太い小指を鼻につけて、勘二の目をのぞいた。

「女にはちがいなかったな」

棟梁は思い出しては、クックと鶏が首を絞められたような忍び笑いをした。

「おい、おれは忙しい身なんだよ。早いとこ言えよ」

「なに、女のダイバーでな、わりと大きな釣り針だったんで、女の小股にぐいと引っかかったんだな。やっこさんも慌てたぜ。こちらはこちらで竿をもってかれるほどのでかいやつだと、もう必死の態だったよ。やがてはずそうとしてはずれないとあきらめたのかダイバーは、沖で浮きあがったていうことよ」

「それを竿でひいてきてタモで掬って、食べちまったのかい？」

松造は怖い顔をして、棟梁の冗談のような話に乗ってきたよ。

「なに陸に上げてみりゃ、アンコウのように口のでかい年増女だったんだよ」

「ちぇ、バカバカしいやい。おまえのほんとのような、嘘八百の戯れ言みたいな噺にゃ、つきあってられないやね」

「だが松造さんよ、ちょっと聞いてくんねえかい。海の中にゃ魚や女だけじゃないんだぜ。ちょっと思い出しても、身の毛がよだつようなものがいるのよ」

松造は、神妙な顔つきになった勘二を一瞥すると、身を乗り出した。大工が海に空気タンクを担いで潜っているっていうおかしな趣味があることは、オカミさんから聞いたが、飛行機を乗り継いで、東南アジアの遠い島へ行って潜っていると、深い海の底から大勢の人が呻くような、自分を呼ぶような奇妙な声が聞こえてきたっていうんだ。そして、変な気配がするてえと、なにやら暗い海の中へとぐんぐんと足が引っ張られていくような、恐ろしい目にあったらしいんだな。

大工の話だと、玉砕した旧日本軍の遺骨が誰一人弔われずにいる、そんな島が南太平洋には今もたくさんあって、そんな海に潜るとなにか怖い体験をする日本人が時々いるらしいと、現地人は話していているっていうことなんだけどよ。

「そんなことがあってから、おれは海のほうはもうご無沙汰なんだ」

勘二はなんだか寂しそうな顔をうかべて、遠くの空を眺めた。

宵闇の光が桜の花びらを透かして、そんな大工のなんだか青白そうな顔を照らし、松造はあの世の片隅で成仏もできねえでさまよっている、陰鬱な顔の兵士の一群をみたような気がしないでもなかったが、それを思いうかべるのが億劫な気がしたものだから、

「棟梁、もういいぜ。そんな遠いところの海の中のことじゃなくて、この町のマンションで殺人事件があったの、おまえさん知っていなさるかな？」

「知っているもいないも、あの建物の内装工事はひょんなことからおれんちに回ってきてな、それでちと手伝いをやらしてもらったんだがね」

棟梁の溜息まじりの酒臭い息が、松造の鼻先を掠めていったが、

「あの仕事は普通の内装とはちがう、えらい骨折りをしたものだぜ、草臥《くたびれ》儲けっていうのはああいうことだな……」と、大工はそこで口を濁らせると、ふと用事を思い出したというように、ぷいと松造に背をむけて、早足で路地へ逃げるように姿を消しちまった。

「チェ！　大工にしては気が多い男だよ。だが、あのマンションの内装工事をしていたとは、これは初耳だぜ」

と、松造はつぶやくと、大工が消えた路地へ二、三歩足を踏み出そうとして、ふたたび踵を廻らして、また桜の樹の下を歩きだした。

その松造の目の前に、はらはらと散って額を掠め目の前に落ちてきたひとひらの桜の花弁に驚いた格好で、足をげんじの酒場へ向けたってのさ。

げんじという酒場のマスターはまだ若かった。ぼうようとして、顔のまん中の鼻が妙にばかでかくみえた。

「旦那、靴屋の親父さんはどうかしたんですかい。このあいだ来たときには、警察なんかにおれは協力してやんないなんて、ばかに息巻いてましたがね」

松造は狭っ苦しい場所から、早く逃げだしたい気持ちだった。マスターの大きな鼻面も見ていたくなかったんだ。

「マスターよ。釣り竿を入れた黒い袋を担いだ男が最近店に来てるって、靴屋に聞いたんだけどね」

と、眼鏡の奥から泥んこのような色をした目を剝いて、マスターを睨んだっていうよ。

「ああ、あの旦那のことですか」

げんじのマスターは、松造の目を避けるように、ひょいと後ろ向きになって、棚から皿を下ろした。それから松造と目を合わせたくないというように、狭いカウンターの中で熊みたいに、行ったり来たりしていたが、

「あれは釣り竿なんかではないようですよ」

と、白状しやがったっていうことだ。

「日本刀だろ……」松造はまた泥んこのような目を、マスターに向けた。

「あの旦那はムネンムソウ流の先生だそうですよ」

「なに流だかそんなことはいいけどな、たしかに日本刀なんだな」

「なにね。もう一人のお客さんから聞いたんですよ」

マスターはつい口をすべらした。

「誰だいそのもう一人のお客さんっていうのは？」

松造はもうしゃにむになって、マスターを追いつめた。赤い顔がだんだん青黒く沈んで気味の悪い妖怪じみた松造に逆らう気がしなくなったマスターはぺらぺら喋ってしまったんだ。

「ぎょろ目をした、早口で早飲みで、トイレばかりいく、ちと変わった男ですよ」

松造はそこまで聞くと、立ち上がった。でかい頭を後の壁の羽目板にぶつけた音がしたが、そのまま椅子を蹴飛ばすように、出ていってしまったってよ。勘定のことなど、両方とももうすっかり忘れてしまったようだってさ。

早速、携帯を懐から出した松造はそこでふと立ち止まった。ある疑問が湧いたらしいんだな。ぎょろ目がなぜ日本刀の男のことを知っているのかということだ。二人ともげんじの酒場の酔客なら、互いに親しくなることもあろうかと、松造はそう思ったが、この二人の関係が靴のなかにまぎれこんだ小石のように、詮索癖のある松造の気にかかった。

そして数刻の後。

「もしもし、松造だが」

「誰よ。こんな夜遅くに」。携帯に出たのは靴屋のオカミさんだった。

松造は電話を切ろうとしたがもう遅かった。

「あら、その大声は松造の旦那だね。やだよ。うちの人はもう寝ちまっているんだよ」

「まだ八時だぜ」

「なんだって、うちの人は寝るのが早いんでね。あんたみたいに暇じゃないんだよ」

そのまま携帯が切られてしまったんだ。松造はガックリと力が抜けるように感じた。こんどのことは、靴屋がおれを呼び出して、巻き込んだ話なんだ。その靴屋の親父が八時だというのに、子供のように寝ていやがるんだ。重大な知らせを教えてやろうと思ったのに、これじゃおれの立場がねえじゃないかと、松造は盛んに独り言を言ってたってよ。

丁度その松造のそばを、夜泣き蕎麦屋が「ぷゎー、ぷゎー」となにか溜息が漏れたようなラッパの音色を響かせて、通りすぎた。松造は急に腹が減った気がした。

「おい、蕎麦屋、かけそばを一杯くんな」

「へい」蕎麦屋の威勢のいい声がした。

「この時代に屋台の蕎麦屋で、こんな人気のない夜に町ん中を回るなんて、めずらしいねえ。まるで時代が後戻りしているようだな」

「いや、むかしは車でしたんですがね。ガソリン代がばかにならないもので、車はやめっこにしたんですよ」

松造が一息に蕎麦を啜るように、蕎麦屋もスラスラとそれに答えた。

「道理で、おまえさんのラッパの音には、びんぼうだ、びんぼうだ、っていうような、哀しそうな響がしていたがなァ……」と松造は、蕎麦を啜りながらぶつぶつと、つぶやいた。が、若い蕎麦屋の兄ちゃんは、もちろんそんな松造の独り言なんぞに耳を傾けているはずはなかった。

そのとき、松造の反対側の道を、影のように男が通り過ぎた。顎をひき、草履を履いた足を路上を摺るように、腰をすこし落とし気味にして、上下動もなく歩く足がばかに速かった。左手に長いものを下げている。

「蕎麦屋、あれは誰だい？」

「お侍さんでしょうか」

「ばか言え、この時代に侍がいるか」

と見る間に遠ざかるその影を、松造は追おうとしたが、

「お勘定を」

と言われて松造はビックリした。そういえば、金を払うということを、もうすっかり忘れていたことに松造は気が付いたってさ。生前つけで飲んでいた店ばかりだから、松造に勘定を求めるところはなかったんだが、もともと財布なんか持っていはしなかった。金は後で払うとその場をごまかし、松造は男のあとをつけた。どこかで見覚えのある風体だ。

男は道をまっすぐに行くと、右に曲がった。やや広い通りに出た。そこから町名は鳥越から別の町名に変わっている。しばらく歩くと今度は左に曲がった。その右手に公園があり、男はそこへ入っていったんだな。

韓国人らしい男が二人烈しい口調で話していたが、男をみると急に黙った。二人はその男に尋常ならざるものを感じたようだ。

男は二段に石が積まれた平坦な場所にすっくと立つと、静かに息を整えているようだった。やにわに男の右手が左腰へ動くと、夜目にピカリと光るものが目を射た。と思うとそれが空中を一閃して斬り上げられ、また右肩から素早く斬りに下ろされるとすでに腰の鞘に納まっていた。松造は物陰に隠れてその早業を見た。つぎは鞘から抜刀すると頭上に振りかぶって、腰のところで剣先がピタリと止まった。そこにキラリと月の光が映じた。

足を数歩動かすと、右手に持った刀を頭上に振り上げ、頭上から振り下ろされた刀は、そのたびに斬り手を返して、闇夜をまるで豆腐でも切るように斬りまくった。刀が一閃する毎に空気が裂かれるヒューヒューとする背筋が寒くなるような音がした。

これら一連の動作の一つひとつは、隅田川の水が流れるがごとく、静かに一寸も滞ることがなかったということだ。

松造は公園の隅の蛍光灯の光が、その男の横顔を照らすのを見て、心臓が止まるほどに驚いたぜ。

「あっ！　旦那だ」

まさしく、その男は松造が遊んでやっていた子供のいる近所の旦那にちがいなかった。オカミさんは年子の女の子の後、今度は男の子ができたっていう。その男の子を抱いて、自分の家に向かって路地をまっすぐに我が家を目指して歩いてくるオカミさんを、松造は昨日のようになぜかはっきりと憶えていた。男の子をしっかりと両手に抱き、晴れがましい顔の内に、これから年子の女の子とその赤ん坊の三人を育てなくてはならない重荷を背にした母親の、その困惑と切ねえまでの愛情の決意が読みとれたというんだな。あれは暑い夏が終わりかけた頃だったっけかなァ。それに引き替えてあの旦那はなにを考えているのか、「文武両道」とかご託をならべて、狭い路地で刀を振り回しておかず横町で饅頭屋の老舗をかまえているおかみさんから、えらい近所迷惑との評判を聞いたことを松造は思い出した。

そのうち、遠くのほうで車が二台音もなく停まると、黒服の警官七、八人が足音もなく、公園を取り囲んだ。そこには素股を手にしている者もいた。闇夜に「御用」の提灯こそ灯ってはいなかったが、その光景はまるで時代劇の捕り物の現場そのものだったというぜ。その黒い制服に身を固めた警官の輪がじりじりじり狭くなり、剣をもった男ににじりよったんだ。その気配を察知したかのように、頭上を一閃した剣は、男の鞘に納められた。それを待っていたかのように、黒い輪は男めがけてどっと駆け寄った。一言、二言、男と警官のあいだで声が交わされたが、やがて男は両脇を二人の警官に付き添われ、車にのせられて闇の中に消えたということだぜ。

そうした一連の光景を秘かに目撃すると、松造は内心穏やかでいられなくなった。すぐにでもあのオカミさんに知らせてやろうと思ったが、もう夜もだいぶ遅くオカミさんはちと心臓が弱かったのを松造は思い出して二の足を踏んだ。やだねー。お役人がお役人に引っ張られていっちまったんだよ。いいオカミさんを持ちながら、なにか職場かなにかで、むしゃくしゃしたことがあったのかも知れネェやな。あれは映画の見過ぎだぜ。そんなような映画があっただろう。「晴れた空」って題だっけか、ご奉公先を探しているムネンムソウ流の侍がさ、なにもかも心得た可愛い女房へ、「ちと山へ行ってくる」

と抜かしやがると武張った顔をひきつらして、一人で林のなかで刀を抜いてやにさがっている場面があったけどよ。男って動物はどうしてあんなにご勝手にできているのかと、自分が男であることも忘れたように、松造は考えこんでしまったらしいぜ。

ああ、前途多難になっちまったな。なんせこの御時世がいけねえやい。警察が犬のような目を光らしている最中じゃねえかい。

公園の桜の樹がもう五分咲きで、夜の空を白いもので飾っていた。

その桜の樹の下で、松造は静かに携帯をとりだした。

「もしもし、靴屋さん」

「おう、松造さん、どうしたのよ」

めずらしく、靴屋の声が聞こえた。

「いまどこにいるの？」

「お銀に決まっているだろう。おまえさんはどこをお化けみたいにほっつき歩いているんだよ。いいかげんして、こっちへこいよ」

「そうか、いま行くからな。待っていろ、大事な話があるんだ」

松造は柄にもなく小さな声をだしてそう言ったってさ。

お銀の店に入ると、マダムと靴屋は二人一緒になって、「鬼平犯科帳」のテレビを見ていた。どうりで表に店の中の客の声が聞こえなかったのは不思議でもなんでもなかったわけよ。店の女主人とお客がそろって「鬼平犯科帳」が好きなんじゃしょうがないぜ。

「もうちょっとで、これ終わるからな」

テレビを指さして靴屋が言った。マダムは申し訳程度にひとこと

「いらっしゃいませ」

小さな椅子から松造のお腹が、児を孕んだ婦人のように突き出ている。

「殺しの犯人……」

「なに、見つかった？」

「そうじゃないよ。そいつに結びつく光景を見ちまったんだよ」

松造は靴屋の耳に口を押しつけるようにして、先刻に見た公園での一部始終を語った。

「それがどうして、事件と結びつくんだよ」

靴屋は最後まで聞き終わると、そう言った。

「殺されたのはインド人の女なんだぜ。夜の闇でも桜の花でもないんだ」

「そんなのはあたぼうよ。ただおれの勘がちょっくら動いたんだ」

「どう動いたんだよ」

「殺気だよ。殺気、いや、日本刀の……」

「それがどうして事件を解く鍵なんだよ」

靴屋はイライラしてきていた。もういいかげんに、おまえのご託は聞きたくないという風情だ。

そのとき、外で暖簾をわける音がし、ぎょろっとした目の男が入ってきた。靴屋と松造は一瞬、その男をみると慌てて目を逸らした。

「あら、いらっしゃい。ひさしぶりじゃない」

マダムがすこしこぶしを利かすような声を出した。

男は二人の座っているカウンターをさけ、トイレにちかいテーブルの椅子に座った。

「ビールに焼き鳥ね」

割と甘い声である。暑くなってきたせいか、頭を丸坊主に刈ってある。最近、自分が社長になって会社を立ち上げたらしい。インド人や中国人の他、東南アジア系の外国人を安く使ってのビルの清掃事業らしいが詳しいことはわからない。顔は日に焼けたせいで真っ黒く、それで目ばかりが、ギョロギョロした印象を強めている。

「ちょっとインドへ行って昨日帰ってきた、あっちはばか暑くてもううんざりだ」

「あらまた、オカミさんのところね。そこでいいお土産を買いこんだんじゃないの」

そのとき、ぎょろ目は目を剝いて、マダムを怖い顔で睨んだ。

「冗談よ。あたいはインドのお土産なんかまるで興味がないんだから……」

マダムの声が消え入るかのように小さくなった。よほどぎょろ目の一瞥が恐ろしかったらしい。

「ちゃんとした仕事で行ったんですよ。マダム、おしぼり頂戴」

「あら、失礼しました。でも、良かったじゃない。学士さまに仕事ができてねえ。それで、その仕事は捗《はかど》ったってわけね」

マダムにしてはなにか藪の中に足を踏み込むような話しっぷりだったねェ。カウンターで聞き耳を立てている二人を意識してのことだったのか、それは二人の謎みたいな会話だったというぜ。

ぎょろ目の応答はなかったが、立て続けにビールを二杯あおると、けわしい表情でトイレに立った。その後姿が扉のむこうに消えると、その隙に靴屋と松造は店を出た。

満月の光が路地裏を鮮明に照らし、黒猫が一匹逃げるように、家と家の隙間に素早い動きをみせて隠れ、闇の中にしばらく金色の両目を光らして二人の動静を窺っていた。

二人は夜道を肩を寄せ合って歩きだした。

「あのぎょろ目だけどよ。インドへ行ったと言っただろ」

「ああ、それは俺も聞いたけどな」

そこで靴屋は眠気と酔いとで、大きな欠伸をしそうになったが、松造の真剣な顔をみてようやくそれをかみ殺し、

「それがどうしたの?」と、後をつづけた。

「俺にはどうしても事件の背景に、あのぎょろ目がちらついてならないのさ」と言って、松造は辺

りを窺い、

「日本刀の旦那とぎょろ目は知り合いの仲なんだよ」

「それがどうしたんだ。おれとおまえなんかは、あの世とこの世の幽明を境にしてるんだぜ」

「ええ、しゃらくさいことを抜かすなって。あのぎょろ目に、おれはなにかを感じるんだよ。どうもうまく言えねえがなァ」

松造はじっとなにかを思案して、眉間に皺を寄せる風情で、蹌踉《そうろう》として歩きだした。

「そう、殺気というヤツかな」

店から離れ路地へ出ると、松造がそうポツリとつぶやいた。

「あれが殺気かよ。おれは毒気のようなものを感じたがなあ。殺気といやおれはむしろ日本刀の旦那のほうが危ないんじゃないかと思うがねェー、おれはあの旦那のどこか思いつめた横顔にただよう、なにか冷たい気配がよー、いつか鞘からぬけ出した日本刀のように閃く時がくるんじゃないか」

靴屋はまた松造の勝手に膨らませた妄想の繰り言が、牛の涎みたいに際限なくつづくのが嫌になって、へんにとぼけた口調で応じた。

「毒気ねェー。さすが、おまえは鬼の平蔵を気取るだけあって、たまにはいいことを言うもんだよ」

と松造は靴屋のことばを、胸の中でしきりと反芻しているようだった。

ピー、ピーとくぐもったラーメン屋の吹く笛の音が、町の角から流れてきた。細い路地にびっしりと並んだ木造の家々からはふしぎになんの物音も聞こえてこない。あのバブルの景気もはじけて、ほんの一時だがむかしの鳥越の町に戻ったようだった。人っ子ひとり通らない「おかず横町」の提灯の灯りだけが、血を染めた赤絨毯を敷いたように路上に落ちていた。まるっきり人気のない神社の参道への路を、靴屋と松造の二人は黙々と歩きだした。もうこの町には地味な職人の素朴で平凡な生活だけがあって、耳目をそばだてるなんの猟奇的な事件もなかったかのように。

「松造さんよ。そんなに黙ってどこへ行く気なの」

靴屋が不安そうに尋ねた。

「この道をまっすぐに行くんだよ。おかず横町を抜けて」

もうすぐ先に、一丁目と二丁目の境を小流れのように通る七左衛門通りが見えていた。

「このまま行けばさ、松造さんよ、鳥越神社の裏手にぶつかっちまうぜ」

靴屋はまるで吸い寄せられたように、神社へ向かって歩く松造の横顔をみた。そのお神楽のお面のように人の表情を凍えさせたような松造の横顔のなかに、飢餓に苛まれ、爆撃の嵐と銃弾の雨に立ち向かっていく兵士に似た、恐ろしい面影が浮かんだっていうんだ。

「松造さんよ。もう今夜はよそうぜ、明日にしよう、明日に」

靴屋の真に迫ったぼやきも聞こえないのか、松造の腰から下はぼんやりと霞のようにただよいながらも、路上に響きわたる音はまさしく軍靴を曳きずる一団の兵士のそれを想わせたってよ。

チラリと横目で靴屋をみたその松造の目のなかに、靴屋はなにか銃剣のように鋭く燦めくものをみたというんだ。

二人は七左衛門通りの信号を渡った。同じ鳥越という町名でも、二丁目は一丁目とすこしちがう町筋が窺われたものだったね。こちとらは商売の規模がすこしばかり大きくなるぶん、家並みも一丁目よりも広かったのは、幸いに戦災に焼けた後に復興した町だからだ。いわば「戦後」がこの二丁目にはあったんだなァ。「戦前」の面影を残したのが一丁目だとすれば、二丁目は経済的な復興を遂げた戦後の町だと言えなくもなかったんだョ。そのぶん、なんだか町並みはすっきりとして、ひと味ちがう町筋がひろがっているような気がしたもんだ。見ようによっては、そこには均一で無機質な佇まいの、相応に隣近所の隔たりがあって、それだけ細やかな人と人との交流を温める人情という味が薄い、そんな感じがしないことはないなんてェーいう、しゃらくせえことを言う奴もいたがよー。

立派に整備されたお寺なんぞが広い駐車場つきに、隣り合わせに並んでいて、その先をすこし行くと蔵前の幅広の江戸通りにでるのさ。その右手の角に江戸の頃、渾天儀でもんで星空をみる天文台があり、ここから北斎絵師が「鳥越の不二」を「富獄百景」に描いているらしいってんだがネ。

それはあなたのほうが詳しいだろうなと、めずらしく私の目を覗きこんだが、またすぐに話し好きな氏子は自分の咄《はなし》にのめり込んでいった。

私がその絵をみたときの印象はなんだか拍子抜けのしたもので、画面の前面には天文台の役人が数人、渾天儀が画面の真ん中を占め、その遠くの空に小さい富士が素っ気なくうかんでいる。どこにも、鳥越らしき町の風景は見えないのであった。が、氏子は覇気のない私の曖昧な様子などには頓着などしていないのはいうまでもなかった。

靴屋の家はこの二丁目で、神社の裏筋に当たった。が、自分の家を左手の路地に見ながら、一心に神社へと足を進める松造と別れて帰ってしまいたい気分に駆られながらも、松造の摩訶不思議な勢いには逆らえないものを感じたんだってよ。

殺人事件の現場は、靴屋の斜向かいのマンションだから、ちょうど神社の裏手にあったんだ。神社に近づくにつれて、道はちょっとばかり上がり坂になる。三味線堀を掘って隅田川からの荷揚げ場にしたときの土を、ここに盛り上げたせいなんだって。祭りになると、この近辺の路地は、数多の屋台の出店が張り出し、その店と店の狭い通りを、子供と大人が粋な浴衣なんぞでおめかしをしてさ、わんさとこの狭い路地に繰り出し、むんむんした熱気に包まれるんだよ。

その上がり坂を、松造はなにかに取り憑かれたように脇目も振らずに登っていったってんだ。ちょいと鳥越さまの石段を上がるてえと、神社の脇にちいさな裏口があったね。その裏口の石段を突き出たお腹を抱えるようにして、松造は大きなゴム鞠が弾むように登ると、そのまま中へ入ろうとした。

「痛ッ！　なんだってコンチクショウめ！」

松造の呻き声がした。しこたま何かに頭をぶつけたようであったな。時は既に真夜中である。このあたりの暗いことは尋常でないのだ。松造は長年この入口は慣れているつもりでいたんだがね。そのときのあまりの声のでかいのに、後からついてきた靴屋は驚いたよ。

「どうした、松造さん！」

しばらく痛みを堪えていた松造は、

「痛いじゃないか！　馬鹿ったれ！」

と渡り廊下に頭をぶつけたようで、その腹いせを靴屋にぶつけるように、怒鳴ったっていうから、あの世から帰ってきたって、それほど人間が変わるものでもなしと、靴屋は所詮あの世の程度が知れたようすで妙に安心をしたっていうぜ。

神社の境内は、わずかな灯りがあったが、そのためによけいに化け物が出そうに、夜の闇は凄まじい景色で静まりかえっていたという。白鳥神社の白鳥さまも、この二人の様子を薄目で眺めて、クックと笑っていたかどうか、わかりはしないけどね。誰がどう見たってこの真夜中に、神社の境内に訪れた男二人に呆れかえらない者はいないにちがいなかったさ。

そのとき、社を蔽う大樹の木々が揺れて鳴り轟き、枝々の梢がまるで唐獅子の長い髪のように波打ち逆巻き、竜巻のごとき烈風が石畳をめくり上げるほどのつむじ風となって境内に湧き起こった。凄まじいどよめきがしばし社殿を包むと、やがてぴたりと止んだその後は、深沈たる静寂が辺りのざわめきを一息にのみこんだかのように支配した。

「松造と靴屋の平蔵か」

そのとき、境内の夜陰の静寂を切り裂くように、鋭く深い一声が響きわたったたってんだ。するてえと社前に、白袴の男の影が月光を受けて、石畳に顔を俯けて端座しているではないか。突然、名前を呼ばれた二人はこの白装束の男をみて仰天したってんだよ。

「だ！　誰だお前は！」

さすが一度あの世とやらに行った松造が、神殿に額《ぬか》ずくように座した男へ誰何《すいか》をした。おもむろに面を上げ、腹から絞りだす声が社殿へ地を這う水のごとく放たれた。

「おまえたち二人は先の大戦でこの国が、無惨に破れたことを知っていよう。儂はこの社前にてその責任の一端を自らの刃もて腹括りし者也。爾後、七十年を閲し、いまこの国の惨状に儂の憂いはいや増しにつもりて、破鏡の苦しみに堪えぬなりしー」

と額ずきし面を袖に隠し、慟哭の嗚咽に低き声を戦かせ給う御有様は、その双眸に蒼白い瞋恚《しんい》の焔を細く光らせていたとのことだ。

たちまち梢を鳴らす激しき風の音が聞こえ、地軸が傾いたかのように地面が揺れると、蒼白き影は須臾《しゅゆ》の間に消え失せた。

と、ポタリッと松造の手の甲に一滴の血が滴り落ちた。それを一瞥した靴屋が、「ギャ！」とかなんとかいう悲鳴をあげ、松造の顔をのぞくと血はその一面に流れて朱に染まっていんだ。それを見て、靴屋はふたたび吃驚仰天したということだ。当の松造本人もが、境内の入口で頭をごつんこしたときに、眉間を切ったその疵口から流れ出たものであることなど、まるで気付いていないから、二人は同時に心臓が口から飛び出るほどに驚いたのは不思議ではなかったね。

靴屋は神社の正面に建った鳥居の下を脱兎のごとく走りだした。その後を松造が飛び出た腹を、まるで水枕でも抱えるようにがばがばと揺らしながら追ったということだ。そのとき、二人は神社の屋根の上を、月の光を浴びて輝くばかりの白鳥が大きな羽根を広げて飛び立つのを、一瞬横目に見たということだぜ。

「おい！　俺を残して、どこへ行きなさる！」

「俺んちへ帰るのよ。俺は化け物が大嫌いなのさ」

「あの世から俺を呼び出した奴が、勝手に逃げるって法があるものか！」

「おまえが自分から出てきやがったんだよ。俺の知ったことかい」

「事件はまだ解明しとらんぞ、それでもおまえは鬼の平蔵と言えるのか！」

「俺はな、玉三郎さんの靴を仕上げねばならない忙しい身の上なんだぞ」

「よし、俺もおまえの家に行く」

「勝手に来るなら来い。おまえの眠るところぐらいはどこかにあるだろうさ」

「俺はすでに永眠した故人なんだゾ。いまさらおまえの汚ねェねぐらなんぞで、安らかに眠れるかってんだ。それより、おまえの家には屋上みたいのはないのかい？」

「まあ、屋上というより物干し台みたいのならあるけどな」

「よし、そこへ行こう。そこからあの事件のマンションを眺めるのよ。なにかがわかるかもしれネェや」

「そんなのはだめだって。おれは母ちゃんに……」

約束したことがあると、喉まで出かかったが言えなかった。それより松造が早くあの世へ、無事に帰ってくれることを願っていたのだ。母ちゃんが松造と縁を切れと言ったことを、自分がたがえていることを恐れているのではなかった。いつまでもこんなことをしていたら、松造さんのオカミさんがどんな心配をあの世でしているかと思うと、それが不憫でならなかったんだ。靴屋は自分の家に足早に近づくと、足音を忍ばせ裏口から自分の家のなかを窺った。オカミさんの鼾が二階からかすかに聞こえるばかりである。

「よし、この裏口から階段をのぼっていけば、屋上へ出られる」

松造はそれに頷いて、もう階段を上り始めた。

「ちょっと松造よ、これはおれんちだよ。そう勝手に入りなさんなって。それじゃ、まるで泥棒だよ」

靴屋は押し殺した声で、松造に後へ下がらせた。自分こそ他人の家に夜遅く忍びこもうとしている泥棒のような気がしたってさ。なんだって大きながたいをした男が二人、抜き足差し足で階段を上がるのだ。音をたてないほうが無理であった。それに松造は額の疵口が痛むやら、途中で持病の痛風が出るやらで、片方の足を引きずるようにしていた。こうまでする執念が松造のどこにあるのかと、靴屋はなんだか空恐ろしい気がしてきたが、ともかく自分の家に帰ってきて一安心だ。ようやく二人は屋上にあがった。夜の空に星がいくつか光っている。その高空に満月はなくて、いつの間にか新月がまるで先の尖った刀のかたちで目を光らせて、二人を見ているように浮かんでいたっていうんだ。

「そのマンションっていうのはどこだい？」

松造はすこし息を切らしながら囁いた。

「あれだよ、あの白っぽいビルだ」

靴屋が指さす方向に、ぽっかりと夜の漆黒の海の上に漂う大きなブイのようにそれは浮かんでいた。その背後に鳥越神社の社殿とそのビルを蔽うように、鬱蒼とした杜がみえた。

「ばかに白い建物だぜ。それにまるで大きな墓石みてえだな。電気ひとつ点いてないようだぜ」

「あの事件があってから、借り手がいなくなってね。いまじゃ誰もいねえんじゃねえのか」

鋭い目をこらしていた松造が「あっ！」と驚くような声をだした。

「三階の隅の部屋に誰かがいるようだぜ」

「ばかいえ。あの部屋は事件があってから誰もいないはずだよ。それにいつも分厚いカーテンで中が見えたことはないんだぜ」

「なんだか、おれの目にはサリーを纏った女が、部屋の壁に張られた大きな鏡の前を横切ったような影がみえたんだ。あっ！　またなにか動いたぜ。やっ、あの男だ、それに、もう一人……」

靴屋の耳には、松造がつぶやくように洩らした最後の言葉は届かなかった。

「よせやい、松造よ。おれの目にはただの真っ暗の窓がみえるだけだぜ、それにあんなマンションの部屋に、どうして大きな鏡を設える必要があるんだい？」

そう言うとはじめて、靴屋の胸に閃くものがあった。同時に問わず語りという按配で、靴屋は松造の横顔を窺うと、その顔がニタリと塩をかけられた蛞蝓《なめくじ》のように溶けたが、その面にはまだ血の色が残り、眼鏡のガラスは月光に反射して異様な光を放っている。が、かすかに覗けた眼には、事件の謎の一端が解けたとでもいうような、異様に妖しげな嗤いの渦が、松造の形相を歪めて思わず靴屋は目を背けた。松造の胸にいつかの宵に、桜の樹の下で、大工の棟梁が言ったことばが改めて、甦ってきたのであろう。そして、靴屋のほうといえば、先刻の「ギン」のマダムとぎょろ目の短い会話を、思い起こさずにはいられなかったっていうことだ。それは、マダムが言った「インドのお土産」のことだった。

そして、松造と靴屋の二人の目が合ったその瞬間である。

「なんだいあれは？」と松造が驚きの声をあげて、神社の方角へ目をやったんだよ。

神社の杜から一羽の大きな白鳥が、マンションの上を翔ぶのを松造は見た。白鳥がその巨大な羽根をひろげると、その羽根のなかにマンションはすっぽりと呑み込まれた。それから白鳥が音もなくふたたび翔びたち、社の杜に帰ったあとには、マンションはどこへ消えたのか影も形もなかった。代わりに、そこには見上げるばかりの銀杏の巨木が生い茂っていたよ、まるで初めから事件が起きたマンションなどはこの世のどこにも存在しなかったようにね。

松造はというと、いま眼前にみた不思議な光景を、驚いた形相でまるで舌が口の中で溺れちまったような按配で、靴屋の顔にその口を押っつけて語りだそうと必死だった。靴屋の顔に松造の唾が飛び散った。靴屋はその汚ねェ唾を手で拭いとって、ふたたび目を開けてみるってえと、いま間近に見た光景を身振り手振りをまじえて、盛んに喋りまくっていた松造の姿は、どこへいったのか忽然と消えていた。しばらく靴屋の親父は茫然自失のていで屋上に幽霊のように突っ立っていたらしい。が、やがて深い夢から覚めたように、愕然として周りを見回した。それから、慌てて階下へ降りると鼾をかいて寝ていたオカミさんを叩き起こし、まるで気がちがったように松造が語ったことを、驚いて飛び起きたオカミさんにしゃべり散らしたっていうことだ。突然に起こされたオカミさんは、気が変になってしまったような親父の言うことが、まるでさっぱりわからない。それに、いい気分で寝ていたところを起こされて腹を立て、出来上がったばかりの新品の靴で親父の頭をポカリと叩いた。

「おまえさん、こんな夜中にばかなことをボロボロと話すんじゃないよ。松造さんがいなくなったのは、無事にあの世に帰ったにちがいないじゃないか。きっとオカミさんが迎えにきたんだよ。おまえさんが松造さんに、引っ張られてあの世へ連れていかれなかったのが幸いというもんだ」

靴屋のオカミさんは、それから一ヶ月、うれし涙をうかべながら近所じゅうの人達へ、この話を逢う人ごとにポロポロと喋るものだから、さすがに顎も口も疲れてしまったらしく寝こんじまったらしいね。

上野の桜が終わる頃、下谷の祭りが始まり、それに継いで神田、浅草と祭りの季節がやってくる、ちょうどそういう時節になったな。

鳥越の祭礼は六月の初旬である。

一年に一度のこのハレの日をこの町は待っていたんだ。台輪で四尺三寸の幽霊のような千貫の大神輿を、その肩にずしりと感じる重い太棒を担ぎ、目に滴る汗もなんのその、腹の底からこみあげてくる喜悦の声をはりあげる男のハレの日を、この町の片隅で地道な生活に明け暮れながらじっと待っていたんだ。

「せいやー、せいやー」

この日、この大神輿は鳥越十八ヶ町すべての氏子の手に御渡しをされて、町筋を練り歩くのさ。

家々はすべての窓を開け放ち、金色の鳳凰を戴いたこのお化け神輿を鈴なりになってみつめるのだ。ビルの窓は千の目となって、この黄金色に輝く巨大な神の踊りを寿ぎ奉るんだ。篠突く雨に肌は濡れ、焼け付く太陽に目は盲目になろうともだ。黄金の瓔珞《ようらく》についた鈴が、チャリン、チャリンとまるで小判でも、空から落ちてくるような音を鳴らし、右に左にと傾く神輿を担いつづけるのさ。

先頭には神主が馬上にまたがり、一枚歯の高下駄を履いた天狗が付き従い、その後を足袋にわらじのいでたち、背中に花笠を左手に鉄棒をつきながら手古舞のお嬢さんたちが一列で歩いてくるのさ。それに山車がつづき、笛や太鼓の音色が子供たちの長蛇の列を引っ張り、狭い家から人が路地に溢れ出て、茣蓙やシートを敷いて車座になって酒盛りをするんだよ。

この日、このとき、男は一人の漢《おとこ》になり、この小さな町はハレの日を迎えて一年分の気を吐きだすのさ。

神輿を担ぐ汗くさい一団の群衆のなかから、誰か叫ぶものがいた。

「おい、おい、心臓があっぷあっぷしてしまって、ぶったおれて青白くなった男がいるってえぞ！」

「なになに心配するなって」

と見ると善三の孫息子も混じって、数人が集まり、なにやら見慣れない機械を運んできた。

「これはなんだい？」

「ＡＥＤって言うんだ。知らないのかい」

「で、これでどうするっていうのよ」

「その男の心の臓に当てて、電気を入れてやってくれ」

安全衛生担当らしき数人が倒れている男に近寄り、廻りに人垣ができてのしばしの後、

「やっ！　息を吹き返したってよ！」

「そーか、じゃ、もういちど担ぎなおしだ」

拍子木が烈しく打ち鳴らされた。

「よーお！」

神輿は再び青い空高く担ぎあげられた。
漢たちのどよめきは一段と強くなり、女の声がそれに混じり合った。金色の鳳凰は天に羽ばたくかのように、その羽根をかすかに揺り動かした……。

Ψ

まだ、氏子の話は続いていたようでありましたが、私はこの氏子がまるで講談調に語るホラーもどきの噺に耳を傾けているうちに、なにやら夢の世界に迷いこんだような妙な気持ちになったのでございます。そして、富嶽百景の「鳥越の不二」の麓に、氏子が話す調子につられ鳥越という町が、広々とした海沿いに陽炎のように揺曳し、彼方には玲瓏《れいろう》たる富士の山峰が見えたような気がしたのでした。氏子の声は遠い潮騒のように響いておりましたが、それらは母の胎内の羊水に浮かび漂い恣しいままに遊び暮らした故郷の里山と、逝きし昔のさまざまな面影を忍ばせてくれたものなのか、無礼にも聞き役の私のほうが、安らぎ晴れやかな気分のうちに、いつしか深い睡りに誘われていたらしいのでございました。

（平成二十三年七月）

刀筆の歌

平三が隅田川を渡った墨東界隈にあるその事務所に来たのは、ある年の春のことであった。どんな役所の仕事も同じ仕事を数年もやると、すぐに飽きてしまう平三には、その仕事がなんであれ、ただ新しいというだけで嬉しくさえあったのである。

夏のある晴れた日のことであった。外気の温度はうなぎ昇りに上がり、窓からのぞける空には積乱雲が猛々しく、空の一面を圧する勢いである。

「おい、よー。誰かいないのかー」

カウンターへ両肘をついて、がっしりとした体躯を乗りださんばかりの中年の男の姿は、職員の目に嫌でも入らざるを得ない。狭い所内の職員の顔を睨めまわすといった男の両目には、あからさまな怒気まで感じられ、職員は誰も目を合わさぬように俯いている様子である。

東南アジアにまで波及した経済危機は、早速に世界経済に影響して、日本でも大会社はいうに及ばず、中小企業はその日の運転資金に難渋する始末で、そのしわ寄せは労働者に及び、行き場のない鬱憤が出口をもとめているようだった。

労働者の相談を扱う事務所には、朝から毎日のように解雇や賃金の不払いと言った端的な労働問題の外に、子どものイジメ紛いの相談に、大の大人が来所する数は増加する一方であった。

こうしたハラスメントの類の相談は、陰湿を極めており、相談者も病院通いの者がしばしば見られ、その上はっきりとした証拠がある事が少ないこともあって、こうした相談への応接に、当の職員さえ精神的な疲労を深めているせいで、どことなく及び腰になる傾向がみられなくもなかった。

「はい、はい、なんでしょうかね」

隅田平三はそんな職員の内情も知らぬ気に、カウンターへ歩きながら、そう言った。

「なんだ貴様は、はい、はいと言ったな。おれを誰だと思っているんだ。てめえはご用聞きなのか！」

平三はこういう手合いは嫌いではなかった。むしろ前職場の役所内の不明朗で煩瑣《はんさ》な仕事で思い悩むよりも、ずっと晴れやかで爽快でさえあったのだ。

「いや、ご相談なら、承らせて戴きますが」

「ご相談だと、てめえはそんなに偉いのか！」

「いや、ちっとも偉くはありません……」

「偉くないだと、この野郎、調子に乗りやがって、おれをばかにしているな！」

「まあ、まあ、そう怒らないで、話を聞きましょう。さあ、こちらへどうぞ」

新米の平三に先を越されたヴェテランの職員等は、内心はホッとしながらも、転入後まだ一ヶ月も経っていない平三の役人らしからぬ、果敢な行動が気に入らなかった。石橋を叩いても渡らないというほどの慎重さが、平三には欠けているような気がしたからだ。

この日の平三の態度に、誰よりもむかついたのが、平三と机を並べている鼻井銀子であった。彼女はこの道二十年の相談の夜叉という陰口を叩かれるほどの闊達な官吏で、その上に労働組合の幹部であった旦那を顎で使う陰の女猛者であったからだ。この職員には事務所の所長といえど頭が上がらなかった。まして他の職員、とりわけ同性の者たちは睨まれたが最後、所長を抱き込んでのあの手この手のイジメに遭わないとも限らないのである。

（チョ！　よくも余計なことをして、あたしの面子を汚してくれたわねェー。いまに吠え面かかしてあげるから、待っていなさいよ……）

と胸にチョロチョロと復讐の焔を燃やしたかどうか、それは知らないが、黒ずんだ顔に不釣り合いな茜色の眼鏡をかけた銀子女史が、相談室に入って行った二人の様子をじっと、見守っていたことは確かなようだ。

そこでの平三と新規の相談者との内容に触れるまえに、この銀子女史と平三のことに、すこし触れておくことにしよう。

平三は着任すると、この年下ではあったが相談業務の先輩に一応の仁義を切ったつもりであった。彼女のほうもいい年をして一向にうだつが上がらなそうな平三を不憫に思わないわけではなかった。

現に数度も、来所の相談者への対応のイロハを、相談室のソファに侍らさせて伝授をしてもらったことがある。また、電話による相談の対応も、じゅうぶんに隣で聞き、教育指導を授かったはずであった。平三にはそれでいわゆる「相談のツボ」というものの、おおよそのコツとポイントがのみこめた。それに分厚い冊子になったマニュアルにも目を通するほどの入れ込みようである。

そうした後に、鼻井銀子と平三の机に一台備えられた電話が鳴り出した。その電話を平三が知らぬ存ぜぬで無視していれば問題はなかったのだが、つい平三の手が伸びてしまったのがよくなかった。

「はい、こちらは○○事務所ですが……」

電話は仕事中に職場の目を盗んでかけているのか、しかと平三の耳に届かない。もう一度、平三は同じことばを繰り返した。

銀子はなにやら書き物をしながらも、平三の電話の応対に耳を傾けていたらしい。俯き加減の眼鏡の奥から大きく鋭い眼が平三を睨んだ。

「ねェー、その電話あたしのほうによこしてくれない？」

もう片方の平三の耳にその銀子の濁声が聞こえた、と思ったその瞬間から電話の主からの連絡はどうやら途絶えたようだ。

「この電話はもう切れたようですよ」

そう言いながら、受話器を差しだそうとする平三へ、

「そんな電話、あたしにはもう用はないのよ！」

切り口上の銀子の一言は、もうあなたになんか用はないと言わんばかりの、なにやら刺々しい口調であった。

生来、神経の鈍感なくらいな平三にはその微妙なニュアンスを含んだメッセージは通じたようにはみえない。

「どうしたのかな、いまの人……」

多少心配ぎみのこの平三のつぶやきを耳にした銀子は、サッと椅子を尻で蹴り出すように立ち上がると、トイレのほうへ姿を消した。

銀子は苛立つ神経を、煙草を吸って紛らわそうとしたのだ。所内は禁煙だが、女子トイレでの銀子の喫煙には誰も文句を言える職員はもちろんいるはずはなかったのである。

さて、平三は髪の毛を後ろで括ったという、すこしばかり風体の変わった相談者を、隅にひとつ空いていた相談室へ、「さあ、さあ、どうぞ」という態で導き入れた。

相談室は小さなテーブルを挟んで、ソファが向かい合わせにふたつ並んでいる。隅には内線用の電話が一台、その脇に色あせた造花の花が小さな竹籠のなかに飾られている。ドアの向こうは窓となっていたが、隣りのビル壁が立ちふさいでいるせいで、窓から外の景色が見えることはない。白い壁には、質素な風景画が一枚、額縁に入れて吊されていた。その窓際に、相談者への参考用の資料類が縦を数段に区切って並んでいる。なかには埃に薄汚れた労働組合からのしおりのようなものも無造作に入れられている。

男は部屋に入ろうとして室内を見渡した。

「いやに陰気くさい部屋だな」

ソファに腰を下ろしながら、一言ケチでもつけておこうかという調子で男は口を切った。

「暗いですかね。別に節電しているわけではないのですが…」

「あたりめえじゃないか、これ以上暗くちゃ、刑務所と変わりねえからな」

男は「刑務所」ということばだけは、声を抑え気味に発音した。「刑務所？」

そう口の中で平三は繰り返すと、ぷっと笑いだしそうになったのを、グッと抑えながらソファに腰を下ろし、胸から名刺入れを出そうとした平三を、男はジロリと睨んだ。

どこかトカゲのような厭な目付きに、平三は一瞬ドキリとした。

「ここには灰皿というものはないのかね」

目付きに似合わない妙な猫撫で声であった。

「はい。すみませんが、所内は禁煙となっているもんですから」

「禁煙、禁煙とうるさいんだよねェー。なんでそおなのヨー？」

「それは一応、約束というか、そういう決まりになっておりますもので、はい」

その瞬間、男の目がまたトカゲの目に戻った。

「お兄さんよー。その、『はい』というのはやめてくんない」

男は顎を突き出し、首をグイというように右に傾けた。すると「ゴキリ」という骨が軋むような音が、明瞭な響きをもって聞こえた。

平三はもう余計なことは言わないようにして、黙って名刺を差し出した。

「へェー。名刺だね。悪いけどおれは持っていないんだ」

「構いませんよ。では、まず当所の性格を申し上げますと、職場での労使関係の相談を取り扱っています。相談の内容は一切外部に漏らすことはありません。でありますから、この部屋ではご遠慮なくお話し下さい」

冒頭のこのことばは、ほぼ鼻井銀子の語り方を模倣したものであった。敢えて最初から名前を尋ねないのも、銀子のやり方をまねたものだ。相手の出方を窺いながら、銀子は話の合間にうまい具合に、名前と会社名を聞き取る、巧妙な手法をとっていたのだ。

男は数年まえから、小さな運送会社でトラックの運転手をしていた。会社が隣の空き地に建てた古びたアパートを塒《ねぐら》にしていたが、会社のほうでは、このアパートを取り壊してしまいたいらしいこと。社員は男（名前は権田原潔と分かった）以外に数人いるらしかった。権田原から聞いた話では、社長夫婦が自分を嫌って解雇を迫っており、解雇と同時にアパートから出て欲しいと再三言われているらしいのである。

「おれはいざとなったら、非合法で動くからね」

と平三の前で凄んでみせた。それは最初のことで、平三と会うたびごとに、次第しだいに平三と権田原の距離は縮まっていった。

権田原は九州の炭坑町で生まれ、子どもの頃から歌が好きだったことからギターを習い覚え、流しのギター弾きをしながら大阪、そして東京の花街を、この数十年のあいだに転々と渡り歩いていたらしい。一時はある組の傘下で組員となっていた時期もあったらしく、それ相応な危ない橋も渡ってきたようであった。

来所のたびごとに、職員はそっぽを向くことに変わりなかったが、本来は相談とは直接関係のない話にまで、耳を傾けてくれる平三に胸襟を開きそうな気配である。

平三も平三で、怒気をふくんだ鋭い目付きをした、一見変わり者の権田原の凶暴な態度の陰に、ふとみえる孤独な男の生き様が、平三の胸を掠めるのを感じるようになっていた。

だが銀子はこの平三と相談者との関係が気に入らなかった。銀子の相談への対応は、平三のように鷹揚なことはしていない。相手に応じて、相談の対応は変幻自在に変えたが、無駄な話に時間を割かないので、平三に比較して相談の実績件数は、圧倒的に多いのである。また、所内をきびきびと動きながら、職員の情報を集めるのにも抜かりなかった。そのうえ、本庁への出張も度々あり関係部署との交流にも活発で、縦割りの役所ではめずらしいほどの情報通であった。

そうした情報の中に、平三を困惑させた前職でのトラブルの一件が入っていたことは言うまでもなかった。

もちろん、旦那の組合からの情報もそれに加わったから、事務所の所長は銀子に頭が上がらない。銀子が素早く所長室に入ると、内から自然に扉が締められているのを見るのは、職員にはごく自然なことのようになっていたのだ。

ある日、平三は所長が平三の後ろに立って、肩をつついているのに気がついた。平三はこれまでの事から、お偉いさんが自分の立場を守りかつ高めるためには、どんな理不尽な行為も辞さないことは、うんざりするほど経験していたことであった。

刀筆の吏員は、諄々とそれに随うほかないのである。

「隅田さん、いまあなたが担当している相談の状況を、報告してくれませんか。変わった相談者が来ているようだけど……」

平三は銀子から所長へ、なんらかの進言があったのだとそんな妄想をした。

「あなたの相談は危なくて見ていられない」

と銀子が平三へ直接つぶやいたこともあったが、所内での平三を見る目がすこしづつ厳しくなっていることもぼんやりと感じていた。

「変わった相談というのは別にありません。相談の状況はその都度相談票に書いておりますが、近日中にあっせんに入ろうと思っているところです。いづれあっせんの報告書を書こうと思っていますが……」

「うん、まあ、それはそうだが、このあいだ、カウンターで騒いでいた男の相談はどうなんです。途中経過でも報告してくれないかな」

平三は、これまでの相談の概略を口頭で話したが、あまり要領のいい話し方ではない。所長は納得しなかったらしく、平三は今度は、それをA４の用紙に時系列を追ってポイントのみパソコンで打ち出すように指示された。所長はそれでどうにか了解したようだが、平三が興味を抱く相談の醍醐味はなにひとつそんな紙の上に記されないことが、平三にはすこしばかり残念でならない。

昨日、突然に扉を開けて入ってきた元ボクサーは、平三を見つけるとジャブを入れるように身体をゆすり、平三が座ったソファに腰をかけて、話したことはたわいないことであったが、元ボクサーはそれだけで満足して帰っていくのだった。銀子はこの常連客の元ボクサーが現れると、用事もないのに二階へ姿をくらましてしまうのがいつものパターンである。平三は所内のどこからでも見えるソファにわざと座り、立っている元ボクサーに座ってもらうのだった。背の低い平三にすれば背の高い元ボクサーからパンチを食らう心配もないし、とりとめもない話を聞くには楽だったからであった。

相手が座ったらすぐに間をつめて、膝が接するほどに距離を縮めてしまうと、腹にたまった不満を元ボクサーは一気に吐き出すので、平三の顔にツバキがかかることがあっても、これほど安全なことはない。下手に相談の密室に入ってしまえば、なにがあっても証人がいないので、それを避けたのだとヴェテランの相談担当者の判断だが、平三がそんな計算をするはずはなかった。

こうした少々おかしくて、多少ヤクザな連中に比べたら、役所のお役人さん（中国では「刀筆の吏員」と呼ぶ）のやることは、平三にはなんとも、滑稽をとおり越して、もう見てはいられないほど、こすっからくて嫌でたまらない。

銀子が探り回っている前職場のいざこざは、平三には思い出すのさえ嫌であった。あの館長とやらの逃げ足の早さには、平三は呆気にとられてしばらく開いた口が塞がらなかったほどだ。

すこし巻き戻して、そのあたりのことをちょっぴり話しておくことにしようかね。

平三が座る机を硬く巻いた新聞紙で、音が鳴るほどに叩きつづけていた男に、平三はただ驚きながら身を縮めているばかりであった。後ろを振り向いた平三の目に、この様子を館長室から怖々と覗いている館長の顔が見えた。いや、館長室の側にいた管理課長も牛乳瓶の底ほどの分厚い眼鏡をかけ、机のパソコンとにらめっこしていて、こちらを目の隅に入れながらなにひとつ対処しようとしてくれないのが、平三には奇妙でならなかったのである。

男の昂奮がおさまり、平三が立ち上がろうとすると、目眩がした。その傍らの通路を通ってトイレに行く館長の姿が、平三の目にぼんやりと映った。それは大きな蠅が床に平行して移動していくようであった。平三はよろよろと、館長の後を追った。館長はトイレの扉を押して、今にも姿をくらまそうとしているのだった。

「館長さん、なんとかして下さい！」

平三のその訴えが聞こえたのか、おどろくことに、館長はトイレの扉ごしに、

「なにかあったのかね？」

と、そんな一言を言ったのである。

他の職員たちも先ほどの男の蛮行に驚き、横目でこの様子を眺めざるを得ないほどの出来事であった。それなのに、館長は「なにかあったのかね？」と、知らぬ存ぜぬの風を装ったのだ。

なにかあったどころではないのである。白昼の役所内で、身に危険を感じるほどの「蛮行」があったにもかかわらず、三猿よろしく見ざる聞かざる言わざるというのが、当該事業所の最高責任者なのである。これほど平三を驚愕させたことはかつてなかったのだ。

隅田平三が昏倒して意識を失ったのは、外出の途上のことで、それから一時間も経っていなかった。気がついたときには平三は病院のベッドに寝かされていた。

「さっき、瞳孔がひらいてましてね」

白衣の医者が話している会話が、間遠に聞こえてきた。どうやら平三に見えてきたのは、妻の多恵子の強ばった、心配そうな小さな顔であった。

「だいじょうぶなの?」

そっと近づいて多恵子は、平三へ囁くようにそう言った。

そして、平三が口をあけ、妻へむかって答えようとしたのだが、声があたまの中で絡まったかのように、出て来ないのである。まるで、ガラス鉢の中の金魚のように、ただ口をパクパクと動かしている自分の姿を、ぼんやりと鏡で見ているような按配であった。

それから数日、平三は家で自宅療養をしていたが、平三の頭はぼんやりと霞がかかったのか、声を出そうにも顎の関節がはずれたかのように、明瞭な声が出てこない状態が三日間も続いたのであった。

館ではこの三日間を平三の「無断欠勤」扱いとしたらしかった。

平三がある日の午後、とある区役所へ出張の相談へ行っている間に、机の中にしまっておいた権田原の相談表が何者かによって、触られたような形跡があった。たぶん、鼻井銀子が所長の命令か、あるいは、彼女の一存で調べを行ったにちがいないと、書類の乱れかたから平三は想像した。斡旋に入るとそれが終わるまで大概、相談票は担当者の机の中に溜まっていくのが常のことである。メモ程度の書類をみても、普通には大したことは分からないが、銀子ぐらいの経験者には、おおよその想像はつくものであるらしかった。また、現在の所内でこんなことを、平然とやってのけるのは彼女ぐらいしかいないのだ。だが、証拠がない以上、想像でものを言うわけにはいかなかったが、銀子がなにをしようとしているのか、平三には前職の事が思い出されて嫌な感じなのである。

それは平三が忘れようとしている事をほじくり、かき回されているような、そんな心持ちを彼にもたらしたからである。

権田原が働いている会社は、神楽坂から離れた路地をくねくねと入った坂道にあった。道と会社の間に幅広の鉄板がかかっており、坂の上から一望できる崖下には、ごちゃごちゃとした木造家屋がひしめくように軒を並べている。その一角に古びた木造モルタルのアパートが建っていた。そこに権田原が会社から「寮」として住むことを諾《うべな》われた一部屋があるのだと、平三はその建物を眺めながら会社を訪れたのである。

電話で声は聴いていたが、会えば相当年配にしか見えない社長とまだ若そうな社長夫人が、二人で平三の来社を待っていたようだった。

型どおりの挨拶を済ますと、二人は平三をソファに座らせ、従業員がお茶をだした。既に訪問の趣旨は伝えてある。

「真面目なんですがねー」

と社長は権田原潔について開口一番にそう言ったが、その後があった。社長と社長夫人の話では、権田原の一風変わった性格が会社では禍となっているらしいのだ。

「他の運転手が彼を怖がってましてー。彼の打ち解けない態度もあるんですがね。なんせ関西のほうでは、これをやっていたそうなんで」

と、社長は顔に指をあて縦に引いてみせた。

平三はこころではニヤリと笑ったが、二人の前ではいかにも役人風の態度に終始して、軽くうなずく様子さえみせてやった。役所の中立性をまずは雇用者に理解してもらうことが肝要だと平三がそう思ったからである。

平三は社長と社長夫人が交互に語る話に耳を傾けながら、ふと、前の職場で平三に楯突くようになり、遂に暴力的な行為に及んだ男のことを思い浮かべざるを得なかった。そのうち、その男と権田原が二重になりだしたのに平三はおどろいた。一方は思い出したくもない者であり、もう一方は、当初は荒々しい様子をみせていたが、今では普通の態度での相談に変わって、その延長で平三が会社との調停さえ請け負うことになってしまった者であった。

平三が思い出したくもない前職のあの男は、権田原とは逆に最初のうちは平三と和気藹々《あいあい》の交流をしていた時期もあったのだ。そうした頃には上司を交えて、アルコールを飲みながらの歓談をするほどの関係にあった。職人あがりらしいその男の器用な立ち回りに一目置いていたほどなのだった。それが険悪な関係となった遠因を辿れば、やはり上司さえ黙認していた「必要悪」の書類の操作に関わることに違いなかった。

こうした慣習は館長においても元より知らないはずはなかった。いや、役所の組織の全体が知っていたことでもあったが、それは知らないという全員の黙契で成り立っていた。その長年つづけられてきた黙契が破れ、事の仔細が外に漏れ出すと、組織の風向きは一挙に変わるのであるらしい。

男の態度が変わったのはそうした風向きの変化に順応した結果から来たもののようであった。館長、いや、組織の全員が男の平三への「暴行」を見て見ぬふりをしたのは、そのためであったろうと思われた。しかし、そこにもうひとつの裏の実情があったが、それを指呼することは役所内では誰もが口が裂けてもできないタブーの領域に属することだった。

こうした黙契や禁避事項は社会のあらゆるところにあるものにちがいない。蜘蛛の巣のようにそれは軒端の陰に張られて、風に揺れていた。縁の下の地獄アリの巣もまたそれに似て、その巣に落ちた者はいわばトランプのババを引いたことになるのであった。それは社会の至るところにあるのだが、見ても見たとは言えず、知っても知ったと言ってはならないことであった。なぜならそれは、組織が組織である以上、必要な慣行となっていたからである。

監査が入るまえになると、経理担当者が神経質になるのがこの一件の書類であった。しっかりとした伝票が付されているかどうか。スケジュール表にその会議なり事業が記載され、その裏付けが確保されていなければならないのだ。

平三が相談に行った総務担当者は、以前にはまさにその平三が働いていた組織の経理担当をしていた者であった。彼はそうした書類操作があることを、知らないはずはなかった。それが掌を返すかのような態度を平三にとったのは、立場が逆転していたことによる当然の結果なのだ。過去においてそうした操作に加担しながら、立場が変わればそれを禁止する側に回る。誰もが責任を被ることから、必死に逃げようと腐心するのは、なにも小さな組織に限らない。上は一国の行政組織、また退職と同時に天下った役人が指導的なポストを占める公的なあらゆる団体にも見られる景色であった。

社長と夫人の前で、平三はぼんやりと権田原の姿を思い浮かべていた。五十歳過ぎと思われる男が、流転の人生の末、現在の職を奪われ、また住んでいる寮まで追い出されようとしているのだ。家族を持ったことは彼にはなかったのであろうか。相談に直接に関係のないことまで、聞くことは平三には躊躇われたが、平三と顔を合わせるごとに、そうしたことを権田原が自分から語りだすのではないかと平三は畏怖をさえ感じたほどだ。それは平三も刀筆の官吏として組織に属していたからであった。

「彼は猫を飼ってましてね。それが何匹もいるんですよ」

夫人が平三の顔を見ながら、そう言った。

「まるであのアパートは猫屋敷のようになってしまいました。近所から苦情がだいぶあるんですよ」

猫のことは平三は初めて聞いたことだった。

「いまではあのアパートに住んでいるのは、権田原さんだけなんです。そこで餌をあげているもんですから、あのアパートが野良猫の巣のようになってましてね。駄目だと注意をしているんですが、聞いていただけないものですから……」

「他の運転手さんはどうしているんですか？」

「うちは車の持ち込みがほとんどでして、そうでないのは彼ひとりだけなんです」

社長がそう口を挟んだ。持ち込んでいる車は、みな軽トラックらしかった。そういえば、アパートの前に古びた軽トラックが一台とまっているのを、平三は見たような気がした。

物品の運送は都内と周辺に限られているようだ。平三は権田原の賃金状況を訊ね、その書類のコピーを取って貰った。少ない従業員での操業のせいか、休息時間にはさほど余裕があるとは思われない。

「会社の車には保険はかかっているのでしょうね」

社長はおどろいた様子で、そうともそうでないともとれる、なにやらあいまいな返事で、お茶を濁そうとしていた。

「最近は、居眠り運転の事故が多いですからねー。事故ったら業務上過失致死の可能性もありますから恐いですよ……。ところで、権田原さんには家族関係はないんですか」

「さあ、口数が少ないあいう人ですから、私どももあの人のことはあまり知らないのです。過去にはいろいろあったようですが、はっきりしたことは知りません……」

「それは関西でのことですかね」

「いや、一時は音楽関係で羽振りのよかった時期もあったようですが、こちらは運送の仕事さえして貰えばそれで充分なんですが、彼がいるんで面倒なことになっておりまして……」

ここで社長は急に話を変えた。

「時々ですが、いまもアパートのほうからギターの音が聞こえてくることがありますね」

「数匹の猫にギターか、初めに逢ったあの男には想像もつかないものだ」

平三はそう呟いてから、権田原が猫に囲まれてどんな音色をギターで響かせているのか、一度聴いてみたいような気がした。

「私らももう歳でして、儲けの少なくなっている仕事をやめて、あのアパートを取り壊しマンションでも建て、隠居生活に入りたいと思っているんですよ」

社長は夫人にせきたてられたかのように、はっきりした口調でそう言った。

「社長の気持ちも分かります。この景気では利益は上がらなくてさぞ大変でしょうね。でもそうなると、権田原さんも困りますよね。住む場所から放り出され仕事もなくなってしまいます。あの年齢でまた新たに職を探すとなると今の雇用の現状からしては、難しいでしょうね……。社長のお話は、法律的に言いますと会社都合の解雇ということになりますが、権田原さんがもし本件で裁判を起こすとなると、会社の方は解雇する正当な理由が必要となるでしょう。権田原さんが自分から辞めたいと言っているなら話は別ですが、そうではないのですね。アパートの件はさておきまして、会社都合の解雇が労働関係の諸法規から問題とされることになるのですよ。社長さんもご承知とは思いますが、憲法を根拠として、弱い立場にある労働者は、法律上の保護を受けているという訳なのです」

平三は言うべきことは言っておこうと、二人を前にこう述べて、会社側に一応の牽制をしておくことにした。あとはまた、権田原の意向を汲んで、会社とどのように折り合いをつけていくことができるのか、それを確かめる方向を探るしかないのである。個人加入の労働組合（ユニオン）を紹介して、会社と同等な立場で交渉してもらうことも考えられないこともない。

この頃ではだいぶ穏やかな態度で接してきてはいるが、権田原の年齢からいっても、会社の言い分は彼にとり、厳しいものにちがいない。いまの権田原の生活から、それを受け入れることは容易なことではないだろう。彼の当初の強硬な姿勢では、不測な事態もあり得ないことではなかった。

平三は権田原がなついた野良猫たちに、餌をやっている姿を脳裏にうかべた。職場では仲間から恐れられ、異端視されている彼に親しい者は誰もいない。話しかけられることもなく、権田原の生活はさぞ淋しいものにちがいなかった。数匹の猫、それにギターの爪弾きだけが彼の生活に彩りを添えるものなのだ。

平三は会社を辞すると、また崖上の坂から見える風景を一望した。崖下に軒を並べた木造住宅は、すでに半分以上が建設会社の工作機械によって取り壊されようとしていた。その向こうに高速道路が走り、かすかな騒音が聞こえてきた。夏はまだ去らずに、どことなく秋の気配をおびた空に、茜色に染まった雲が一筋流れていた。

「明日も暑くなるな」。平三はそうつぶやいた。


平三は社長と社長夫人を前に話した事が、自分の胸にこだまのように響いてくるのを感じながら、夕暮れの事務所へ戻った。

事務所はその日は、NO残業デーのため、夜間勤務の者以外、他の職員は残っているものはいなかった。

机の上に数枚のメモがテープで貼られていた。「権田原氏からの電話有り　鼻井」という一枚のメモが目にとまった。そしてもう一枚の朱書きのメモが銀子と共用の電話機に貼られていた。

「所長が御用とのこと」という仰々しい字もやはり、鼻井銀子のものだ。

「帰ってきたのですか。鼻井さんは今すこし前に帰って、所長が残っています」

夜間勤務の多田がそう言った。多田は一年前に当事務所へ配属となった優秀な若い職員であった。わざわざこうした事業所へ自分から希望する者はめずらしかった。たぶん、正義感にあふれた者か、または司法試験を目指してかの、そのどちらかであるのだろう。

所長室の扉が開いて、所長が顔をだした。

「会社へ行ったらしいね。どんな情勢になっているのかな」

よほど権田原の相談の経過が気になるらしかった。平三がまだ若く総務部の職員であった頃、他部に所属していたこの所長と廊下でよくすれ違ったことがあった。若い頃のことで、それから長い年月が経っていたせいか、所長のほうはもうすっかり平三のことを忘れているらしいが、テカテカのポマードで、髪の毛を後ろに撫でつけたヘアスタイルの青年であったのだ。

「隅田さん、これから仕事もないでしょう。軽く一杯やりますかね」

平三はアルコールはきらいではなかったが、同じ組織の一員と飲むのは面倒であった。家に帰ってから、妻の多恵子と共にテレビの野球でも観戦しての晩酌のほうが心地よい。


「私はあとすこしで退職なんですよ」

所長はそう言いながら、平三のグラスにビールを注いだ。

「それは長いことご苦労さんでした」

平三は元来こうした会話があまり好きではなかった。だが、その日はさほどそれが気にならなかった。むしろ、冷たいアルコールが喉ごしに快適なせいか、所長のことばが胸に沁みてくるようだ。アルコールがまわってきたためか、所長のことばに長い役人生活の感慨が、自然に吐露されることが多くなった。

「無事是名馬なりっていうけど、ほんとうだよね……」

「私は……無事だったのかどうか、いまだ五里霧中なのであります」

平三はそう言おうとしたが、過去はもうどうでもいいことなのである。しかし、その過去に興味を持つものがいるから厄介であった。駅へ向かう道すがら、

「鼻井銀子先生のことは、いろいろあるようですが、ひとつ宜しくお願いしますね」

所長はそうひと言、平三の耳に口を近づけて囁いた。それから改札口に去っていく姿を平三は目で追ったが、酔眼に映じた後ろ姿は朦朧として、もう誰とも見分けがつくことはなかったのだ。


翌日朝早く、平三は権田原へ電話を入れようとしたが、その前に彼のほうから電話があった。なにやら低い男の声が気になった。平三は電話で来所を促すと、その日の午後の早い時刻に、権田原がやってきた。

後ろで括っていた髪はほどかれ、散髪をしたのかすっきりとしていた。身なりも整えられ以前の彼とは見違えるばかりである。すこし痩せたようで、最初に来たときに見られた荒々しさは見られない。口によく手を当てるのは咳を止めようとしているらしい。

向かいのソファに座った権田原へ、平三は会社へ行って社長とその夫人に会ったことを伝えた。

「猫のことを聞かされましたよ」

黙って聞いていた権田原は、照れくさそうな笑顔をうかべた。めずらしい表情だった。その笑顔に吸い込まれるように、思わず平三は聞いてしまった。

「権田原さんは、家族はいるんですか」

そう言ってから、平三は失礼を詫びた。

彼は結婚し、娘がひとりいたこと、だがその細君と別れてしまい、それ以降は娘と会うこともなくなったことを、ポケットから汗を拭くために出したハンカチを、小さく折り目正しく畳みながら、ポツリ、ポツリと話しだした。誰にしても忘れたい過去があるのだ。

「運送の仕事はきついですかね。会社の車を使っているとか」

「最近では、まわしてもらう仕事が、少なくなっているんで……。暇がありますから、つい近所の猫を可愛がってやっている、そんなところですよ。あそこには捨てられた野良猫がたくさんいるもんですからね」

「猫がお好きなんだ……」

「娘がむかし猫を一匹飼っていまして……」

権田原はそこで言い淀んだ。思い出すのが苦しいのか、首をよじって部屋の隅の花に目を注いだ。

誰かが古い造花を新しいものに取り替えてくれたらしい。黄色と赤い花が造花とはいえ、部屋を明るくしていた。

「今日は朝から暑いですね」

ハンカチを取り出し、また、目の上の汗を拭いた。

「そうだ、昨日、アパートを見ましたけど、あそこには今、あなただけしか住んでいないのですか？」

「もうひどいボロ屋ですからね。おれと猫ぐらいしか、住もうなんて者はいないんじゃないですか。聞いているでしょうが、あそこは解体して、その跡にマンションを建てたいらしいんで……」

平三はすこしずつ問題の核心に迫っていこうとした。

「権田原さん、これからもちろん、あそこで働くおつもりですよね。合理的な理由がなければ、会社は勝手にあなたを解雇することなんて、法律的にはできないわけですから。あなたの意向を、いちおう確かめておきたいのですが……」

「それは答えるまでもないでしょう。おれはこれまで野良犬同然のような生活をして生きてきた。法律なんか知ったことではないね。だが人には義理とか人情とかがあるはずだよ。それを踏みにじる奴は、誰であろうと許せない、ただそれだけの話なんだ……」

急に激してきた自分を嗤うかのように、権田原潔はそこでことばを切った。手の指がピクピクと震えていた。その指を一方の手が握り、両手で胸に当てた。胸が苦しいらしい。だがその姿はあたかも見えないなにものかに向かって、お祈りでもするかのように、平三にはみえた。

「一言、言わせて下さい。法律はあなたのためにあると思いますがね」

平三は急いでそう言い添えたが、その間の悪い一言が権田原に聞こえたかどうか、それは分からない。

それよりも、なによりも、単純明解な男の論理に、平三は横面を張られたような気がした。穴でもあったら入りたくなったぐらいだ。

平三は荒ぶる男の気持ちが、落ち着くのを待っていた。いや、それは自分自身の波立ったこころが凪ぐのを待つといっても同じことだった。

顧みれば、平三は自分はいつから、この権田原が身に帯びている、男の灼熱して、どろどろに溶けたササラ鉄の塊のような気概を失ったままに、この五十年という年月を生きてきてしまったのか、とそう思わざるを得なかった。

「権田原さん、あなたの気持ちは、よーく分かりました……」

「いや、おれがこんなところに相談になんて来たのがいけなかったんだ。あなたの立場とやらを、おれはバカだから忘れてしまった。済まないね。おれはこのところ、調子がよくなくてね」

「どこかお悪いのですか」

「うん、まあ。また来るよ。できたらどこか外でお逢いしたいね」

平三もそう思った。役所の中ではなく、どこかのんびりと落ち着いたところで、素顔になって、この権田原という男と話をしたいと思った。

「一献いきますか」

男は笑顔をつくってそう言った。

「ハッハッハ、それはできそうにありません。残念ですが……」

平三は男の一言に思わず、笑ってしまった。

「そうでしょうネェー。おれはまたあんたの立場を忘れたようだ」

権田原は腰をあげ、部屋の扉を開けて出ていった。平三はぼんやりとして、その後ろ姿を目で追った。

その二人の姿をちょうど二階の階段から下りてきた鼻井銀子と若い多田が足を止め、階段の上から見下ろしていた。


その晩、平三はこれまでの人生をふりかえり、輾転反側して浅い眠りしかとることができなかった。銀子が調べている前職での一騒動を顧みれば、自分が組織の中で生きていくタイプの人間ではないことは知れたことだった。役人としてうまくやっていこうという気がもとよりない平三には、どうでもいい書類を互いに作り合い、机上に山のように積み上げ、眠たくなるような会議をして、日々をやり過ごす日常が、面白くもなんともなかった。それが相談という業務のうちには、生身の人間を相手にする緊張とそれなりのやりがいがあった。銀子や所長が平三の仕事の様子をみて、ある種の「危うさ」を感受したのは、役人の本能からは自然なことであった。

「無事是名馬」という、酒場の隅で先夜に所長が吐露したことばは、刀筆の者の名言であろう。すこしでも多くの退職金と年金をもらうためには、細心の上にも細心、石橋を叩いても渡らない慎重さは、不可欠なものなのであった。もう五十という年齢を数える平三にも家に帰れば可愛い妻子が待っていた。それを思えば、役所で働いている者の心情は理解できた。だが、彼等は元ボクサーや権田原のような相手の顔はできるだけ避けて通ろうと身構える。電話があるとマニュアルどおりの対応に徹し、型どおりの法律の講釈をした後に、関係機関の紹介をして、一件落着なのである。労働者と使用者との仲立ちをする面倒で危うい仕事は、やらないでも済ますことができたからである。

ひどい場合には、机に脚を上げての電話対応でもよかったのだ。

「いいですか、もう一度言いますが、それは『公益通報者保護法』という法律上の問題ですから、これから申し上げます電話へご相談なさってください。当所ではそういう問題は扱っておりません。ええ？　なんですか、あなたの役所での立場、守秘義務との関連ですか……、それはあなた自身が考える問題です。相談の窓口は総務省です。当所では幾度も言うように対応することはできません」

多田という若い職員が電話の向こうへ、甲高い声で応ずる声が平三の耳に嫌でも聞こえてきた。多田の背後に立っているのは、鼻井銀子であった。まだ新米の多田には銀子の援助を必要とする相談であった。公益と公務員の守秘義務は、きっと非常に複雑かつ微妙な問題を孕んでいるにちがいない……。

銀子が集めている平三の過去の一件には、みだりに扱えない事実が絡まっていた。それが平三を悩ませたが、銀子が下手に動けないのはそうした事実がそこに秘められていたためであったのだ。

前職でのある夜のことだ。酒の匂いをぷんぷんさせて、平三の上司が残業をしている彼の前に現れて、平三に囁くように言った。

「君はあの男の履歴を知ってはいないのかね」

そう言うなり、履歴書が収められている管理課の鍵のかかった机の抽斗をあけて、その男の経歴書を探している。しばらく探していたが、その男の書類だけはいくら調べても、見つけることができないらしかった。

「おかしいね。このあいだまでここにあったのだが……。アッ！　そうかあの館長がどこかへ仕舞ったんだな」

それからその元上司は、ある秘密の事柄を低い声で平三へ囁いたのであった。

平三はそれを聞いて、すべての「謎」が氷解していく思いがした。

なぜあの男の蛮行を誰もが目の前にしながら、止めようともせずに、見て見ぬふりをしなければならなかったかをである。

「あいつはね。そういうわけで、非常なコンプレックスを抱えていたんだ。君が彼のそうした閲歴を知らなかったなんてね……」

酒に酔った元上司は、平三を訝りながら憫笑《びんしょう》すると、素早く夜の職場から姿を消した。

夏の太陽は衰えたとはいえ、中天の青い空から紫外線をまじえた強い直射日光が、崖下の木造モルタルのアパートに降り注いでいた。猫が数匹、その建物の陰で出入りしているのが、平三の目によく見えた。猫は長いあいだ人間と暮らしているが、あまり人間になついたようにはみえない。猫たちは自分たちの自由を、優雅にのんびりと愉しんでいるように、平三には思われた。

坂を上がると汗が首筋を滴り落ちた。ハンカチで汗を拭き、来た道を振り返ると、一面の風景がたっぷりと水を含んだ筆を絞り、その水を筆から滴らしたかのように、陽炎がアスファルトの道のうえで強い陽光を湛えながら慄えている。

「暑いところを大変ですなー。あまり効かないクーラーですがこちらへ」

と、ソファに座らされた。事務所の中央で扇風機が盛んに首を回していたが、たしかに会社の事務室の温度は外気とさほどの変わりはないようであった。平三は早速、社長を前に前口上も略して切りだしていた。

「権田原さんの件ですが、彼の腹はどうも人並み以上にお強いらしいですね。会社の希望している解雇は断固として拒否されてしまいました。当所は当事者が内々に話し合いを行うのを、側面的に手助けする機関にしかすぎません。そういうことですから、もし会社が解雇をとりさげ、彼の自主退職の条件に、なんらかのご提示をいただけるならば、もう一度彼のほうへそれを投げかけてみることは、仲介者としてできないことではありませんが……」

社長夫人が冷たい飲み物を出すと、そのまま引き下がった。

「その条件というのは、たとえばなんですか……」

「端的に申しますと、彼のこれからの生活を保障するような退職金等、もろもろではないでしょうか……」

社長は渋い顔でいまにも笑いだしそうだった。だがそれを押し殺した。そしてできるだけ早期にアパートを出てくれるならば、退職金という名目ではなく、補償は出してもいいとの意向を述べ、それについて検討する時間をいただきたいとのことであった。

「社長もよくご存知のように、彼の性格からこれから彼がどうしたいのかは、私どもも分かりません。先だっても説明したように、法的には認められない解雇ということで、労基署に行くか、簡易な労働裁判に訴えるか、労働組合へ加入しての交渉となるか、或いは、そうした法的な手段のすべてを無視してしまうのか、これだけは彼には止めるよう示唆させていただきましたが、正直、彼がどうするか私どもも第三者には分かりかねます。公的な機関としては仲介そのものからも、手を引かせていただくことになるかも知れませんがね……」

社長は平三の言った「法的手段のすべて云々」のことばを耳にするうちに、脣の先がかすかに震えて動くのを、平三は目にとめた。

連絡が途切れていた権田原潔から突然、夜間に来所したいとの連絡が入り、姿を見たとたん、以前からは一回りも痩せてしまった身体をみて平三は吃驚した。

相談室のソファに座るなり、彼は病院から肺癌により、余命はそう長くはないと言われたことを、問わず語りに平三に告げたのである。平三は腹にボディーブローを浴びせられたようにショックをうけた。そうした平三を、権田原は涼やかな眼で眺めながら、これまで語りもしなかった自分の過去を話し出した。

高度経済成長期のあの頃、彼は歌手になる希望に燃えて、銀座でギターの流しをしながら、一晩に数十万の金を稼いだらしい。

むかし、銀座にあった銀巴里にはよく通い、客の要望に応じ、演歌からシャンソンまでどんな歌も覚えていたこと。美空ひばりの歌がどうして誰にも真似ができないほど、あれほどに上手いのは何故なのか。彼女がジャズから学んだものがなんであったかを、滾々と流れるがごとく語ったその後に、ひばりのある歌の旋律を静かに、小さな声で口ずさんだ。

その歌声を聞いた平三は、権田原という男がいかに微妙な歌の技術を習得しているかに驚嘆したのであった。

彼は我を忘れて、男に好きな歌を唄ってくれるように促した。

「ここでやっていいのかい?」

男は平三を正面からみつめた。

「なに、構いませんから、やってください」

平三は即座にこれに応じた。

権田原潔はしばし目をつぶった。それから床を靴で踏みつつ拍子をとりはじめた。はだけた胸に汗が吹きだし、そこに痩せた男の肋骨が平三の瞼に飛び込んできた。男は胸にギターを抱いた恰好で、それを爪弾くような仕草になった。ギターの音色は男の耳の奥で鳴っていた。

それから、静まりかえった夜間の相談室から、「別れの一本杉」が抑制の利いた悲しみをもって歌われ、それに続いて、シャンソンの「枯葉」、カンツォーネの「帰れソレントへ」が、朗々と湧きだしてきた。

労働相談とはおよそお門違いな歌声に、吃驚仰天した職員が、平三のいる相談室の扉をあけて、不安に脅えたような顔でこの二人をのぞき込んだ。

平三はこころの隅のその奥のほうから、男に呼びかけ語りかけていた。

「権田原潔さん、近いうちにあなたと一献を傾けましょう。あなたが過ごした人生へのはなむけの気持ちをこめてネ……」

（平成二十六年）

母

時はたそがれ
母よ　私の乳母車を押せ
（三好達治「乳母車」）

病室の母に　新鮮な外気を吸わそうと
車椅子にのせて庭に連れ出し　私は言った
お母さんあそこにきれいな花が咲いていています

ことばを出すちからもなくした母は
ただじっと口を結んでいるばかり

うしろすがたの肩は痩せほそり
すずやかな母の鬢《びん》は　まるで皺のよった紙のようだ

わけもなく　どこもとも告げず
二十五の私は家を飛び出した
ただテレビをまえの団欒の退嬰《たいえい》と
湿った母の繰り言が厭なばかりに
父とはすでに語ることばもなかった
そのとき　私は両親から巣立ったのだといえば格好はいいが
それは安楽な家とこの退屈な世界へ背をむけただけのこと

いや　世間の目を気にしながら暮らす
その生活のみすぼらしさから
私は逃げ出したのにちがいない

心中に燃える　かくやくたる孤独が
私をこの世界の果てに追いやり
そこに私の王国を夢想することができただけ

私を駆る反抗の熱をひそかにさまし

仮面紳士さながらの　隠忍の昼と夜とを
ああ　それはなんという抽象の逃走であったことだろう

そのとき
母は悶える沈黙のなかからつぶやいた
後ろを向き　車椅子に座ったまま
――あなたは叔父さんにそっくりな人生を生きてしまったよう。

胸のなかで私は秘かに反論していた
いや　そうではないのです
叔父さんは周囲の無理解にもかかわらず
信仰に生きられ　私はそうではなかった……

そして花をみることもない
髪のぬけ落ちた母の頭を私はみた
この小さな頭と　骨の浮きでた母の胸は

最後のひと時　この私のことで一杯であったのだ
そして　母のことばはわが子を思う
綿々たる心情にあふれていたのだと

私のこころは慄えていた
どんなに私を不憫に思いながら　母は生きてしまったことだろうかと

棺の中に横たわる母の頭は
小さく　冷たい　石のようであった

私はその頭を撫でさすり
母の顔のまわりを
たくさんの花で囲んでやった

まるで母の顔を花で蔽い隠して
ただ遠く　遥か彼方へ
遁《のが》れるかのように……

（平成二十六年十一月）

テオ

テオよ
おまえの履いていた靴
大きな赤い星の飾りのある　とても小さな青い靴
わたしの机の上では　おまえがいつも笑っている
瞳は星が輝き　朱い口は天使とお話をしているようだ

テオ　おまえはパリに

私の娘とやさしいフランス人のあいだに産まれた
私はこの両の掌におまえを抱いた
おまえが泣き　笑い　オムツを替えるのをみた
小さな五本の指が　私の指をにぎり
ふしぎそうに頬笑むのを

ポンヌフの橋のうえから
一人の老人が
橋の下に流れるセーヌの河をながめている

流れ去った人と歳月の　いくすじの水脈を
飽きることもなく　いつまでも眺めている

テオが大きくなったとき　私はもうこの世にはいない
だがおまえの履いた靴　赤い星の冠と青い靴は
この世に咲きほこる花のように
テオよ　おまえの顔をいつまでも　思い出させてくれるだろう

サンマルタン運河に　うかぶ木の葉
明るい光に満ちた　白い雲
おまえの瞳に宿る　慈愛にみちた神さまの影のように

（平成二十七年十一月）

II

評論

（評論・書評）

小林秀雄の初期像

いま、現代詩の衰退は目を蔽うべきものがある。いや、衰退というより消失の感さえすると言っても過言でないだろう。しかし、昭和の初年代にまで遡ると、西欧の近代詩の世界から、日本における批評の領野をきりひらき、文学界を先導した小林秀雄にとって、特に、西欧の近代詩は氏の近代批評の種を育み、芽を養うのに重要な要素であったことは疑いようがないほどであった。

この小林から批評の神髄を学び、その批判を通じて独自な批評世界を展開した戦後の二人の批評家は、詩とは深い靭帯で結ばれている。その一人が詩人として出発した吉本隆明であり、あと一人は江藤淳である。後者は明確な意思のもとに、詩なるものを自己否定して行動する散文を掲げて批評の試金石としてきた批評家であった。基底にするなり否定するなりと、その両者の様相は変われども、詩の血脈はこの二人の批評家の肉体に流れていたことに変わりはなかろう。

本論においては、日本の近代批評の先駆者であった小林秀雄の初期の創作活動、特に氏が試みようとした詩的散文と友人の中原中也の死に際して書かれた詩、及び「夏よ去れ」に焦点を当ててみたい。また、氏によって書かれたこれらの詩二篇に近代文学の核心に露呈する亀裂をいかに超克しようとしたのか、そして、氏の闊達にして豊穣なる批評が全開した所以を指摘出来れば幸いである。それには今は死語となってしまった感のある「散文詩」、特に『巴里の憂鬱』を書いた詩人のボードレールを呼び出し、その対照で日本の萩原朔太郎に、しばし照明をあてることから始めたいのである。

冒頭において、日本の詩の衰退、消失を語ったが、事態はそれほど明瞭なわけではない。それは「詩」と呼びうるものが、「散文」なるものと、はっきりとした境域をもって現象するものではないからである。このことは、ボードレールの西欧においても同様であった。「散文」が「詩」と区別されるには、詩人にして一流の批評家でもあったボードレールのような人物の存在と、『巴里の憂鬱』なる「散文詩」が書かれねばならなかったのである。

ボードレールが『巴里の憂鬱』において、詩のなにを革新しようとしたのかは、その友への献辞にみることができる。

まずそちらを概観しておこう。それによれば彼は首尾一貫した詩に換えて、「総てが、同時に、代わる代わる相互に、首でもあり尾でもある」詩を意図したのであった。ここでボードレールがわがことのように自国に紹介したポーの「詩の原理」と「構成の原理」を思い出す必要がある。ポーによれば詩は何よりもその読者に与える効果の統一に主眼を置くべきものであった。ために長編詩を退け、ミルトンの「失楽園」がごとき散文を排除し、天上の美への魂の渇仰、美の韻律的創造こそを詩の原理としたのであった。だがボードレールの散文詩においては、ポーの構成への意思は反転して、反―構成への意思となり、読者の随意な中断を予想さえし、そのうえ詩の韻律さへ惜しげもなく捨て去ろうとするところまで変身したのである。

この勇断には彼のつぎのような「現代」への鋭敏なる認識が閃いていたことはいうまでもない。

——この執拗なる念願の生じたのは、わけてもあの諸々の大都会への往来と、それらの相錯綜した無数の交渉とに因っている。

だが注目すべきなのは、新しい芸術的野心を説いたすぐあとに続く、つぎのようなボードレールの感慨であろう。

——私はこの仕事に着手するや否や、ただ私があの神秘にして燦爛たる私のお手本に、遙かに及ばないのを覚えたのみならず、なおまた私が、それと似つかぬ何ごとかをなしつつあるのに気づいたのである

これがボードレールが彼の散文詩を生みだしたとき、彼が手本とした先人のものに較べて胸中に過ぎった産後の苦い感想なのであった。

ボードレールが告白しているように、この散文詩の先駆者は『夜のガスパール』のベルトランであったが、その手法を「近代生活の、というよりも、寧ろある一個の近代生活の、より抽象的な叙述に適用しよう」との発想はボードレール独自のものである。彼が敢行したこの「散文詩」で重要なことは、作品の全体を、相互に頭でも尻尾でもあるような多元的な有機体として捉えたこと、またそれは同時に形式的な韻律を不必要としたということの二つの事実であったのだ。

日本においてポーやボードレールが詩と散文にはらった原理的考察を詩の創作前の根本動機として必要とした詩人は、新体詩以来、萩原朔太郎を嚆矢とする。彼が昭和三年に、〈文壇に対する挑

戦であり、併せてまた当時の詩壇への啓蒙〉を意図し、十年の歳月を閲して書かれた『詩の原理』一冊こそ、わが国で「詩」を原理的・体系的に考察しようと試みた輝くべき知の労作であった。朔太郎は「『詩の原理』の出版に際して」という文章の中で、つぎのように言っている。

――日本では「散文」と「韻文」等の言語が、全くでたらめに使用されている。西洋では、自由詩のことを無韻詩と称している。

――無韻詩とは韻律の無い詩であるから、それ自ら散文の一種であるのは明らかだ。然るに日本の詩壇では、自由詩がいつも韻文として考えられ、散文の対照のように思われている。そして一体に、こうした言語が理解されず、ひどくでたらめの語義に乱用されている。しかも言語が、かくも無定義に使用され、漠然たる曖昧の意味で考えられている間は、詩に関するいかなる認識も起こり得ない。

朔太郎が指摘するように、日本において詩と散文の境界があいまいであり、散文に対照されるものは韻文であり、散文と詩とは形式と内容というほど概念としては疎隔がある。所謂日本の「散文詩」とは正確には、形式と内容との言語上の混乱以外のなにものでもない。『詩の原理』がこういう皮相な言語上の混乱を透視し得たのは、ボードレールがそうであったように、この本が当時の詩人を襲った一層深い思想上の危機を乗り越えようとした苦闘の産物にほかならなかったからである。

大正から昭和の初年にかけ、新体詩の命脈はここに尽き、定型律は既に無効を宣告され、西欧まがいのモダニズムと社会主義思想の台頭とに挟撃されながら、日本の近・現代の「詩」の存立条件をあらためて問わなければならない地点に、朔太郎は立たされていたのであった。

――「詩の原理」は単に「詩の原理」であるのみではなく、同時に詩人としての僕の立場と、僕の芸術上の信条とを、世に問うて自ら明らかに示すものである。

という朔太郎の真率な熱情がこの書物を貫いていることには驚くべきものがある。やや長くなるが、つぎのような文章に見られる異常な口吻はいったいどこからくるのか。

――最近の日本の詩壇は、実に自由詩の洪水である。到るところ、詩壇は自由詩によって氾濫されていると言っても好い。だがこれらの自由詩―と人々は考えているが、果たして真の意味の自由だろうか。換言すればこれ等の詩に自由詩の必須とすべき有機的の音律美（ＳＨＩＲＡＢＥ）が、実に果たして有るだろうか？　吾人の見るところの事実に照らして、正真に、大胆に真理を言えば、現にある口語自由詩の殆ど全部は、すべてこの点で落第であり、詩としての第一条件を失格している。何よりも最初に、著者はこれを自分自身に就いていっておく。なぜなら著者自身が最初に失格している詩人であるから。

大正六年に『月に吠える』を著し、「近代詩に未踏の表現の領域」（吉本隆明）を築いた朔太郎自身によるこの自己裁決にはあまりに痛ましいものがあると言わざるを得ない。そして、『詩の原理』一冊は朔太郎における西欧近代との格闘の場であった。この朔太郎の自己裁決はそのまま、昭和十七年の「文学界」の「近代の超克」の座談会につながっていくものと思われる。この座談会については、江藤淳のつぎのような評言をここに特記しておきたい。

――われわれの「神話」が、昭和十七年の七月に決定的に勝利をおさめたきり、まだ一度も日本人によって敗北されていない（中略）……同時に、その時決定的な敗北を自認せざるを得なかった西欧的な近代主義者たちは、おおむねその後自力で復権していない。（「神話の克服」）

昭和九年、朔太郎は詩人自ら「退却」とよび、そのポエジーの精神において「絶叫」と表すべき『氷島』を発表し、昭和十一年（同年二・二六事件勃発）には、『郷愁の詩人与謝蕪村』を書き、続いて「日本浪漫派」の同人となっている。

吉本隆明は朔太郎が残した『新しき欲情』『虚妄の正義』『絶望の逃走』のような思想的なアフォリズムについて、

――日本の近代文学史のうえでは、芥川龍之介をのぞいては、朔太郎以外にはなかったのである。小説と小説のたいこ持ち程度の評論を軸にして変則的に発達をとげてきた日本の近代文学史のなかで、朔太郎が意図した思想的批評は、どこにもすわるべき場所をもたなかった。

さてここで、日本の近・現代の『詩の原理』を確立しようと苦闘した萩原朔太郎に対し、〈小説のたいこ持ち程度の評論〉に訣別し、「批評の原理」を築こうとしたもう一人の日本人を呼び出さなければならないだろう。

なぜなら敢えて言うなら、「散文詩」とはたんなる詩の新技法ではなく、「詩」と「散文」が重なり、相拮抗し合い、危機が火花を散らしている濃密な言語空間に立ち現れる批評的精神が、〈形〉を結ったものにほかならないからである。

小林秀雄が「現代詩について」を発表したのは、まさに昭和十一年八月のことであった。

——僕は詩壇の事をよく知らないのである。そして僕の職業は文芸批評家という事になっている。詩壇の事をよく知らない文芸批評家などというものが一体何処の国にいるか知らん。先ずこういう一見甚だ単純な疑問を発してみる。ところがこの答えは容易に見つからない。

現代において詩の衰弱といふ事は、恐らく世界的な現象だと言えるであろうが、今日のわが国の文壇ほど詩人が無力な文壇はあるまいと思う。批評家は現代詩に全く通じないで批評が出来る。文学とは小説の異名となっている。考えてみるとまことに奇怪な現象だ。西洋文学の輸入によってあわただしく発達した我が国の近代文学の世界には、よく眺めてみるといろいろこの種の特殊な現象が見付かるのである。

右の文章は、小林秀雄の「現代詩について」の一文の冒頭である。さらりと書きだされたこの文章のうちには、小林が批評家として歩きだした道の、あまりの粗悪さに慨嘆する苦い口吻が窺える。詩壇の内側で悪戦苦闘した朔太郎とは対照的に、詩壇の外から、日本の現代詩の状況に対する本質的批判が展開しようとした、この小林の初発に焦点を当てようとする本論は、ここから始まるとも言えるのである。

「批評家が現代詩に全く通じないで批評ができる」。これほど奇怪なことはないが、この〝奇怪な現象〟の前に立ち止まり、正面から対峙し得た数少ない批評家の中で、昭和十一年代の小林秀雄ほど現代詩についての正確な認識を披瀝し得た批評家も稀だ。それは小林は小林の批評が、氏が告白するようにボードレールに代表されるフランスのサンボリズム（象徴主義）の精神の探求より生まれたためといってよい。小林はこの年、「現代詩について」に継いで踵を接するように、「言語の問題」を発表している。前者はわざわざ『俳句研究』に発表されたものであるが、ここで小林は詩と散文との根本的な相違を、「歌声を生命とする詩に於けるリアリズム」と「観察を生命とする小説に於けるリアリズム」の差異に見て、次のように結論している。

――だから詩のうちで最も純粋な形は抒情詩である。叙事詩とか劇詩とか思想詩とかいふものはいずれも散文詩の発達につれて、その中に解消されるべき運命にあるもので、小説の繁栄に対抗して起こったサンボリストの運動は、当然抒情詩の運動であった。

ただその抒情詩は、〈抒情の錬金が即ち自我の錬金である〉ような、〈叙情性と批評性との精妙な一致〉を具現しようとする知的精神を必須のものとみた。詩は散文との、即ち言葉の社会化の危機に対する熱烈なる反抗によって、支えられるものでなければならない。しかるに当時の詩壇の状況は、

――象徴派の文学の影響を受けて、この運動の根幹を為す批評精神を受け入れる力はなかったのである。

と鋭く裁断を下している。

これが小林がボードレールに代表される西欧近代から学んだ現代詩の認識に照らしての、日本現代詩の状況なのであった。日本の私小説が西欧の自然主義小説から、思想の変革よりも技法上の変革のみを学んだように、日本の詩人達は西欧近代詩を生んだ知的精神を抜きに、ただ気分上の技法のみを発見したのだと。

——韻律の問題、自由詩の問題、定型、不定形の問題、さういふものはそもそも末の問題だと思ふ。（…略…）詩人達もわが国の近代詩の不具合に就いて反省すべき時が来ていると考える。

前述したように、小林はこの「現代詩について」の一ヶ月後に、再び日本の現代詩に言及しながら、それを批評にも通底する「言語の問題」として捉え返している。この二つの論文の底を流れているのは「リアリズム」という認識の問題である。後者の論文では既に小林は「リアリズム」という多義的な認識概念のうちに、詩とか散文という区分を放擲しているようにみえる。リアリズムという通念化した小説の武器によって、逆に言語の造形性への不信が増幅され、言語が事物の背後に隠れてしまう事態に苛立ちさえ表明しているのだ。

——文體といふ言葉は観察といふ言葉に置きかえられてしまった。皆巧みに書こうとするより寧ろ正しく見ようとする事を先にする。一口で言えば、独特な文體の代わりに正確な観察を置きかえる事により、作家達は、言語を観察者と観察対象との単なる中間項の様なものにしてしまったのである。

小林はこういう言語の物質化は、リアリズム文学運動の自然な帰結とみる。それに対し、西欧のサンボリズムの運動は、「言語の観念性批判性」を死守するところに近代の抒情を発見しようとしたと、小林は評価するのだ。

こういう小林の眼に、日本の詩人達はどう映ったか。

——わが国の近代詩人達は、昔乍らの言語の叙情性に近代的装飾を施す事に努めただけなのであって、言語の観念性批判性そのものの分析のうちに抒情性を発見しようとする様な切迫した事態には嘗て面した事はない。

しかしこの日本の近代詩の無力は、たんに詩だけの問題にとどまらない。なぜなら批評家の頼らざるを得ないものが、まさしく言語の観念性であり、言語の論理的造形性にほかならないからだと小林は言う。

小林による近代批評の自立が、日本の近代詩の無力をこのように望見するしかない場所で果たされようとしたことは、日本の、「散文」と「詩」の運命の狭間に出現する「散文詩」なるものを一瞥せざるを得ない場所に、看過することのできない一光景があることを銘記しておかねばならないだろう。

「現代詩について」で、詩と小説のリアリズムの相違について語った小林が、批評家として真に直面していた課題が、批評をも含む言語活動における「リアリズム」という認識の問題であったのは、あまりに当然のことなのであった。そして認識とは、「見事に純粋な旋律の線と完全に維持された音響性」とによって、「十七世紀中葉以来のフランス詩に看取される散文調の傾向に対し、甚だ幸いに反発した」というヴァレリーのボードレール評価の枠の外に、「散文詩」の形式を結実させたというところに、その本領を看取しなければならないはずのものである。でなければ「これほど特殊な、これほど平均から遠い存在が、どうしてこれほどに広汎な運動を産むことができたのか」というヴァレリーの言挙げするボードレールの重要性の全貌を、捉え損ねかねず、そのことは同時に、ヴァレリー自身の「象徴主義」の原理である次のような定義に悖ることになるからである。

――その原理とは、自由な探求であり、そこに従事する者の一身を賭しての、芸術的創造の秩序における絶対的冒険である。

昭和六年に「眠れぬ夜」や「おふぇりあ遺文」などの詩と小説と批評が同在するような文章を綴った小林も、既に昭和十一年には、日本の「批評の自立」へ向かう確固たる道を歩まねばならぬ地点に立っていたのであった。その小林の姿勢は、「言語の問題」の最終に、啖呵とも慨嘆ともなってはっきりと示されている。

――要するに今日の文学界では言語の問題はばらばらに提出され、ばらばらに辿られていると思う。言語の属性を小説家、詩人、批評家が、それぞれ受持を定めて辿っているような有様では、言語の問題もへちまもあるまいと考える。

私は先に、小林の「現代詩について」が、『俳句研究』という場に発表されたことに注意を促した。そのことは嘗て江藤淳が、日本におけるリアリズムの源流をもとめて、子規や虚子の写生文を分析した論考の、次のような一文とともに、記憶の一隅にとどめておくことも無駄ではなかろう。

――ところでこのような写生文の理論が、もともと散文論としてではなく俳論として唱道されたという事実は、興味深いこととしなければならない。〉（『リアリズムの源流』）

さて、道草はこれくらいにしておこう。なぜなら初期における小林秀雄の「批評家」の歩行はあまりに敏速だからである。この歩行の進行を逆転させ、初期に小林が握りしめていた問題に立ち戻って、ここに分析の手を加える試みこそ本論の眼目であるのだ。

先に述べたように、昭和十一年に「現代詩について」を発表した小林がフランス象徴主義、特にボードレールから近代批評の原理を学んだことは言うまでもない。そして、同じ年に、小林は自ら編集責任者となっていた「文学界」において、「詩と現代精神」なる座談会を開催し、冒頭、萩原朔太郎、三好達治、北川冬彦等の詩人をまえに、次のように発言している。

――日本に昔から伝統的な詩があって、短歌とか俳句とかさういう形式がある。ところがいま僕たちが詩、詩といっておるものは、萩原さんなんかしょっちゅう言ってらっしゃる様に、西洋の近代詩というものがなければ、日本のいま僕らが理解している詩というものはないんですね。

そういう僕たちの伝統的にもっている短歌とか俳句というものとの相違ですね。じゃどうしてその二つがちがうんだというその相違が、第一はっきりしないんじゃないかと思うんです。僕は詩を書いた事はないしいま批評を書いてますけどね、批評を書く前は詩ばかり読んでいた。それも殆どフランス象徴詩に限られていた。詩ばかり読んで養われたものが、いま僕が批評を書く場合に非常に助けになっているということを考える。（『文学界』八月号）

後で取り上げてみたいが、ここで小林が「詩を書いたことがない」というこの「僕」がこの一年後に、中原中也の死に際し、二篇の詩を書いていることは注目すべきことだとだけ言っておこう。なぜなら、そこに初期の小林が跨ぎ乗り越えなければならない、深い溝が横たわっているように思われるからである。

詩人朔太郎とは対照的に、日本における最初の批評の自覚者たる道を切り拓いたとみえる小林が、日本の現代詩へむけた疑問はあまりに性急かつ正鵠を射たものであった。同じく日本の現代詩を背負いながら、その懐疑的批判者でもあった朔太郎でさえ、この小林の批評の言辞へ一瞬弁護の口吻を洩らさざるを得ないところであったが、このときの小林の疑問は、当然にも自らの批評の根拠とその立場とを同時に照らし出すものであった。

前述の「現代詩について」という文章で、小林が開口一番洩らした疑念と慨嘆、即ち「現代詩に全く通じないで批評ができる」という批評家をとりまく文壇の状況、また「文学とは小説の異名となっている」特殊・奇怪なこの現象の前に立ち止まり、正面から対峙せざるを得ない小林の必然性こそ朔太郎と同根の、日本の近・現代の詩的精神の一様態にほかならないことを、ここでしかと確認しておきたいのである。

後年、小林が屢々《しばしば》引用するボードレールの言葉に次のようなものがある。

――批評家が詩人になるといふ事は、驚くべきことかも知れないが詩人が批評家を蔵しないといふ事は不可能である。私は詩人をあらゆる批評家中の最上の批評家と考える。（「ワグネル論」）

批評家小林秀雄がボードレールの右の一文を引用するとき、小林は自らの批評の出自と来歴を語っていることは自明だろう。しかし、このことは、江藤淳が『小林秀雄』の冒頭において、真っ先に自問するように掲げた疑問を思い浮かべざるを得ない。

――人は詩人や小説家になることはできる。だがいったい、批評家になるということは何を意味するであろうか。あるいは、人はなにを代償として批評家になるのであろうか。

ここには江藤自身の自画像の投影がある。即ち、「成熟」と「喪失」の物語のことだが、先に引用したボードレールの一文にも、小林が投影していた人物がいるのだ。それこそ友人であり詩人であった中原中也という厄介な存在である。なぜ厄介なのか。それは彼が生得な詩人であると同時に、小林にとって「悪縁」としか思えない一人の「批評家」でもあったからだ。

それはつぎのように友人であった小林秀雄への批判として現れている。

――この男は嘗て心的活動の出発点に際し、純粋に自己自身の即ち魂の興味よりもヴァニティの方を一歩先に出したのです。(「小林秀雄小論」昭和二年)

この「ヴァニティ」を詩人・文藝評論家の秋山駿は、つぎのように註している。

――ここで「ヴァニティ」と言われているものを、中也は、自己自身の魂のことを後にしたので生活の処理がつき易くなった「機敏さ」という、日常の人間的な問題として言っているが、私にはどうしてもそれの急所は、一種の知性の問題、ついには自己発見をもたらさぬような知性の、一人の人間の生における本当の意味合いとは何か、といったような疑問であったと思われてならない。(「知れざる炎」)

秋山の指摘する「知性の問題」という重要な言葉に留意して、さらにさきに進もう。

――花びらの運動は果てしなく、見入ってゐると切りがなく、私は、急に厭な気持ちになって来た。我慢が出来なくなって来た。その時、黙って見てゐた中原が、突然「もういゝよ、帰らうよ」と言った。私はハッとして立ち上がり、動揺する心の中で忙し気に言葉を求めた。「お前は、相変わらずの千里眼だよ」と私は吐き出す様に応じた。彼は、いつもする道化《どうけ》た様な笑ひをみせた。(「中原中也の思いで」)

小林は何故こうした反応をしてしまったのだろうか。ここで二人の悪縁関係は逆転しているかのように思われる。辛うじて小林は言葉を求めることで「批評家」となったというほどのものだ。江藤の論理で言うなら、小林が批評家になるために「代償」としたものがあるなら、それは中原と同質な「詩人」を、あえて「お前は、相変わらずの千里眼だよ」と転じて、対自化してみせた知的な反射神経にあるだけのように見える。

私が先に引用した座談会の小林の科白をもう一度思い起こして頂きたい。

——批評を書く前は詩ばかり読んでいた。それも殆どフランス象徴詩に限られていた。詩ばかり読んで養われたものが、いま僕が批評を書く場合に非常に助けになっているということを考える。

こう言う小林と「ワグネル論」の一文とを重ねたところに、小林秀雄という批評家が立ち上がったと言ってしまえば、あまりに埒もないことになるだろう。

肝心なことは、江藤が「散文による詩」と呼ぶ小林の批評の創造には、「代償」と片づけるにはあまりに深い亀裂があり、その裂傷の深部にこそ、小林に批評としての散文を創造せしめた詩的内実を探らなければならないことである。

ときに日本の近代には、このような断層や深淵が目まぐるしい変貌の裏に、古傷のように潜んでいるが、それを直視するには、そのまま日本の文化と歴史の深層へ分け入るほかないほどのものだ。小林が晩年に『本居宣長』で完成しようとした、深層の根本動機はこの小林の初期像の中に、埋め込まれていたものだとの想像は、あまりに拙速な臆断でしかないのであろうか。

では、小林がほとんど瞼を閉じて跨ぎ越えようとした深淵、これを「近代日本のアポリア」と呼んだら、それは大袈裟ではないかという異論もあるだろうが、それが小林にどのような姿態を強いていたか、それを小林の初期像に覗いてみることにしよう。

――四年たった。

若年の年月を、人は速やかに夢をみて過ごす。私は亦さうであったに違いない。私は歪んだ。ランボオの姿も、昔の面影を映してはゐまい。

この「ランボオⅡ」は、「ランボオⅠ」の『人生斫断家アルチュル・ランボオ』（昭和元年）の確か四年後に書かれている。この昭和五年に、文藝時評を書き始めた小林は、新進批評家として本格的な地歩を築きはじめているが、一方、昭和五年の「からくり」、六年の「おふぇりあ遺文」「眠られぬ夜」などの詩的散文とも称すべき作品を書き継いでいることを忘れるわけにはいかない。確かに小林は『人生斫断家アルチュル・ランボオ』に別れたかもしれない。しかしこれをもって、小林の裡での「詩」との戦いが終わったわけでは勿論ない。「ランボオⅡ」と同時期の「からくり」にあるつぎなる言説を記憶されたい。

――俺は俺の不幸の迷路に道を失っているのかもしれない。或る時俺の幸福の大道が俺を誑《たぶら》かした様に。ともあれ、人は夢みる術《すべ》を知っている以上、夢の浪費を惜しむ事は許されまい。誑かされるのが生きる事ではない。生きる事が誑かされる事なのだ。

これが小林が彼のランボオと別れたとき、逆手に取った認識といってよい。お望みなら「ランボオⅡ」の小林自身の言葉、「覗かねばならぬ、辿らねばならぬ私の新しい愚行」と言い換えてもよい。精神の劇においては、別れるとは、「別れを告げる人は、確かにゐる」との断言を迫られる自己という内的なドラマの裡にしかないことを、小林は知っている。「詩による」と表される小林の批評を為す散文には、「詩」との邂逅と離別という真剣なドラマが内在する。日本の「散文」の歴史において、小林の散文ほど「詩」を感取せしめる所以は、ニーチェのつぎの言葉に表出される戦いを、小林ほど正面から挑み、これを遂行した者が稀であるからだ。

——まったくのところ、人が立派な散文を書くのは詩に直面したときだけだ！　というのも散文は、詩との絶え間ない礼節正しい戦いだからである。（『悦ばしき知識』（傍点ニーチュ））

では、小林が彼自身の「詩」にどのように直面したのか。それを初期の小林に即してみよう。勿論作品に即するとは、作者の肩越しに彼の作品を覗くことである。

小林によれば、彼がかれのランボオと出逢ったのは、二十三歳の春のことだ。それまで、小林は白樺派、特に志賀直哉の顕著な影響下に、「蛸の自殺」「一ツの脳髄」「飴」「女とポンキン」という初期の短篇小説を書き綴っている。これらの私小説風の散文が、いわゆる日本的な私小説と異なるのは、日本的私小説が拠って立つ日常生活の解体の上に紡がれているということだ。その文章は一見志賀直哉ばりの写実にみえても、内実はボードレール直伝の自意識を自意識する脳髄の生活、だが梶井基次郎などと一線を画するのは、あくまで白樺派風のいわば健全なる頽廃というところに、その特色がある。

「ランボオ」以前の処女作といえる「蛸の自殺」には、「一ツの脳髄」へと煮詰められる主調低音と、後年の小林の思想の動勢を窺わせるつぎのような文章が見えている。

——実際、謙吉は寝たかったのだが、彼には電車や汽車の中で寝られない一種の潔癖があつた。潔癖なんと云ふものは、人に見せ付けて自慢しないと納らないものかしらん——ふと斯んな気がして、一種の潔癖があるんだと考へた事が、此の場合に気に食わなかった。兎に角、気に食わなくても寝られないのは同じだった。（「蛸の自殺」）

こういう屈折転倒した心理の吐露は、志賀から見つけようとしても不可能だろう。さらに「気に食わなくても寝られないのは同じだった」と一回転して現実に向き直る姿勢の片鱗は、後年の小林のリアリズムの特質を予言するものである。

そしてつぎの一節は、後に小林がボードレールの憂鬱の球体をランボオが風穴を開けたという述懐が、どんな心理の転倒と記憶の倒置によるものであるかを考えさせるものである。

同様にこの処女作から続けて二つの引用をしてみよう。

——今の謙吉には、お前の頭の中の何処かには必度神様を握もうと云ふ願ひが在るに相違ない、然し其れを得て終へば人間お終ひなんだと云ふ気持で所謂、最後の一つ手前のものにこだはつて居る——と云ふ考へ方は厭だつた。寧ろ奴等は一體どれだけのものを得て居るんだらう。俺は

何程の損をして居るんだ――と考へたかつた。（傍点小林）
――蒼い月の光と、葦簀張の店の赤い電燈の光が交雑する下に、掘り付けられた様に浮き上がつて見える砂上一面の下駄の跡が謙吉を厭な気持にした。

果たしてボードレールの球体を内側から破ろうとしていたのは、寧ろ若き小林自身であったといってもよい。いかなる人間の運命といえど、「向こうから来た見知らぬ男が、いきなり僕を叩きのめしたのである」（「ランボオⅢ」）ということはないはずだ。運命の糸は秘かに自らが紡いでいるのである。

また、後者の文章に出る「砂上一面の下駄の跡」は「一ツの脳髄」の終末で「私」を岩にへたばらせるものであるが、これこそ小林を裸形にする「夢」の原質である。「蛸の自殺」の翌年に書かれたこの「一ツの脳髄」で、「水が滲む、水が滲む、と口の中で呟きながら、自分の柔らかい頭の面に、一足一足下駄の歯をさし入れた」という独特な表現に暗喩されているものは、ほとんど小林の全人生の精神の行程を象徴するといえば過言であろうか。

確かに「蛸の自殺」の海は、ボードレールの、「黝ずんだ様に蒼い」憂鬱の色をうかべて停止しているが、この海にうかびながら、「何処か遠い処へ持つて行つて呉れないか知ら」という願望をも、懐かせる海である。この海が、ランボーの野生の原色に染めぬかれ動きだすのは、四作目の短編小説「女とポンキン」の書かれた直後、小林が小笠原へ旅行した時だ。このときの「紀行断片」（大正十四年四月）にランボーの明瞭な痕跡は、つぎのように刻まれている。

夜三等で浪花節がある。Rimbaud を読む。
Elle est retrouvee
Quoi?—L'Etternite
C'est la mer allee
Arec le soleil
俺もランボーと共に脳髄の desordre を肯定するものだ

この〈脳髄〉は勿論、ボードレールの憂鬱の球体、自らの尾を咬むウロボロスの、自意識を自意識する「幻滅と苦笑」（小林）の世界である。それをランボーと共に小林は解体しようとしている。この「共に」という楽天的な調子に、小林の若い喜びが現れているのも、まだほんとうに「夢をみるみじめさ」を小林が知っていないからである。小林が当時としては遠隔な亜熱帯の小笠原くんだりまで出掛けたのも、ランボーの生涯と行動との小さい模倣という稚気に類したものであったとしても、〈どこか遠い処へ〉という小林の深部に巣喰っていた願望が、ランボーの詩のビジョンに導かれ、直ちに〈実践〉へと駆りたてたところに、小林における詩的真実があったのである。

さらに、「蛸の自殺」にみられる「最後の一つ手前のものにこだはつて居ると云ふ考え方は厭だつた」や、或いは「言はうか、言ふまいかと迷つて居るものが確かに自分であつた。――が言はせたものは自分以外のものであった」というように頻出する小林が傍点を付したこの〈もの〉という言葉に注意していただきたい。この〈もの〉が小林が批評文の中で〈美神〉といい〈宿命〉といい、〈自然〉といい〈謎〉といい、また〈秘密〉といい〈夢〉や〈星〉と言ったとしても、そこに象徴されるものは、世の詩人たちが詩〈ポエジー〉と呼んでいるただ一つのものであることは確かなように思われる。

ただこの「もの」が小林をどこへ連れていこうとしたのか、あるいはまたこの「もの」を、小林自身がいかに内部に吸収、消化し、血肉と化そうとしたのか、そこに小林の初期像が浮かびあがるにちがいないのである。

確かに小林の「紀行断片」には、それまでの小林の短篇にないつぎのような自然との、直接的交流がみられる。

烈風と、血を流した様な断崖と雪の様な飛沫と、鉛の様な雲と、黝い海と、藍で半分漂白されたビロードの様な野。ヘンな illusion を起こす。

ここで小林の精神は、紛れもない自然の野生を呼吸し、処々貌をのぞかせる硬質な死の表徴は、うねり泡立つ波と風とに全身を洗っている。しかし、それらのすべてを描写する写真機のような小林の眼には、一点の錯乱もない。この機械のような精巧な眼こそ、小林に批評という散文を書かした当のものだ。小林が学生時代の評論の処女作と言った「芥川龍之介の美神と宿命」で、彼はつぎのように書いている。

——人間は現実を創る事は出来ない、唯見るだけだ、夜夢を見る様に。人間は生命を創る事は出来ない、唯見るだけだ、錯覚をもって。僕は信ずるのだが、あらゆる芸術は「見る」という一語に尽きるのだ。

この「見る」ことを為なかった芥川の文学に小林がみたものは「神経の情緒」にすぎず、その作品と自殺には何等の論理的関係はないと断ずる。愛読したと告白する芥川を敢えて小林が批判するのは、この「見る」という行為の裡に、小林の「精神の宿命」が賭けられていたがためだ。後に小林が「現代詩について」で、詩のリアリズムを歌声に、小説散文のリアリズムを観察に置いて、截然と二つを別種のものとして扱わなければならない論理のその内的必然もここにあった。小林が芥川の作品に「理知の情熱」を感じることができないのは、この詩と散文というリアリズムの本質を転倒しながら、それを「逆接」と錯覚するしかない芥川が陥いらざるを得なかったその迷妄と心理へ、極めて敏感に小林が対処し得たことにある。「逆接というものを了解しなかった逆説家」と小林が芥川を呼ぶ所以も、また「当時の僕の偶像以上の偶像」と芥川が挙げる「ヴェルレエン、ランボオ、ボオドレエル」等の詩人ほど彼（芥川）から遠いものはないとの小林の痛罵も、「理論を発明し、理論に証明され乍ら進まねばならなぬ」芸術家たる宿命の明瞭なる自覚を小林が持っていたということであり、これはまた小林の深部に蠢く「抽象的思想の力」より発せられたものといってよい。この「力」を処女作「蛸の自殺」では、たんなる「もの」としか表現し得なかったことを、ここではっきりと想起しておきたい。このことは、小林にとってこの「もの」を、いかに自己の主体へと血肉化するかの実践、即ち「自分の存在が社会に対して一つのアイロニイであると感ずる事は、決して彼の創造の観念とならない」（「佐藤春夫のヂレンマ」昭和元年）ということは、つとに自明なことであった。芥川が躓いたこの近代日本の浮き石を、ボードレールにランボオを体験することにより、己が精神の自家薬籠のものとし、自殺ではなく「自殺の理論」を創造すること、それこそが芸術家たる者の最大関心事でなければならない、これが芥川の自殺によって、小林が見てとったすべてであった。

それではこの「見る」という行為に賭けて、小林が連れていかれた場所の光景を確認しなければならない。だがそのまえに、「蛸の自殺」の翌年に書かれた「一ツの脳髄」という小説にみえるつぎの一節に注意してみよう。

——私は机の上の懐中時計を耳に当ててその単調な音で、静寂からくる圧迫に僅かに堪えながら、凝っと前の壁を視詰めていた。

と、急にドキリとした。立ち上がろうとしてハッと浮かした腰を下ろした。鎌倉の家で、夜、壁を舐めた事があった。それを思い出した。

「もう舐めないぞ」と冗談の様に呟こうとしたが声に出なかった。私は何となく切ない真面目な気持でじっと座っていた。

この夜に壁を舐めるという奇行を、たんに「神経病時代」の一行為とかたづけることはできない。なぜなら、「砂地に一列に続いた下駄の跡」を見てドキリとするのと、「壁を舐める」ことは、同一方向の意識の別の現れにすぎないからだ。小林の意識の舞台では、静寂の圧迫に堪えるため懐中時計に耳を当てたり、じっと前の壁を見詰めることは、そのままモーツアルトの音楽に耳を澄ませ、雪舟やゴッホの絵に視入る小林の〈批評〉への行為とさしたる径庭があるとは思われない。

小林における「見る」という意識の内実とは、絶えずこのように「外界といふ実在」（「中原中也の思い出」）にめぐりあおうとする情熱の謂いであった。「芥川氏は見る事を決して為なかった作家である」という小林にとっての「見る」とは、もはや「人生を自身の神経をもって微分すること」では勿論あり得ず、それは「人生の相対性そのもの」へと強いられていく、その裸形にされた眼差しが見据えるもののことだ。その苛酷な情熱の果てに、小林が見たものとは何であったか。それを今は問うまい。我々は今少し、小林の「詩」と「散文」の相渉る場所——朔太郎はこのことを、「詩の原理」で「詩」と「非詩」の識域と言っている——を散策してみなければならないからだ。

前述したように、昭和十一年小林は、「現代詩について」の評論と座談会に継いで、短い「言語の問題」という文章を発表している。この評論は、「現代詩について」における小林の日本の詩壇及び現代詩批判が、そのまま批評の問題として撥ね返って来ざるを得ない実情を、さらに広い視座で問い返したものである。ここでの小林の認識は、観察を生命とする小説の隆盛は、言語を観察者と観察対象との単なる中間項に堕落させるものとし、言語の社会化・物質化の底にあるこの傾向は、言語の造形性に対する不信を含むものであるなら、言語の論理的造形性に頼らざるを得ない文学批評をも脅やかすものであるというのがその論旨である。小林の批評のダイナミズムと独創は、その半身を、「詩」の裡に沈めながら、その根拠そのものへの批判によってもう半身を、「散文」の裡に曝す、そういう識烈なる相対性そのものという態の情熱、またそれを裏付ける論理の動勢にある。ボードレールの「散文詩」の底に伏在する「私は私に対立する権利がある」との認識の刃は、さらに激越な調子でランボーの「散文詩」の底を喰い破るものだが、これと同質の詩精神が小林の批評を貫いている。この半身をメヴィウスの輪のようにくねらせた小林の詩精神が批評ではなく、そのまま小説（散文）の世界へ独歩し損ねた作品として、短篇「飴」がある。だが小林の詩精神は、「直ぐに人生の隣りにいる」（広津和郎「散文芸術の位置」）小説世界への変身を成し遂げさせることはなかったのだ。

戦後、小林は「詩について」（昭和二十五年）を書き、そこで小林は広い文学史的立場に身をおいてつぎのように述べている。

――散文に於いて、事物の裡に拡散して了った自己は、詩人達の仕事では、内的集中によって保たれた。詩作といふ行為の人格的必然性に関する心労と自覚とは、人間的真理の次元に確保して来たと言えるのである。

私が、青年期に象徴派詩人達に接して最も心動かされたのは、そういふものであった。戦後のこの「詩について」に先立つ昭和二十二年、小林における最後の「ランボオⅢ」が書かれているが、これらの時期に自らの青年期をふり返るように小林が覗いていたのは、敗戦という歴史の事実に照射され、深々と開いた自己という思想の深淵であるように思われる。その深淵は、小林により既に跨ぎ越えられてきたはずのものであった。しかし、「言語に表れるものより内部に残っている方がずっと多い」（『未成年』の独創性について」）、これと同じ実情が小林自身を見舞ったといっていい。

昭和二十五年に「詩について」を書いた小林の内部には、自己の裡なる「詩」——これを内部に残っているものと言ってもよい——に、直に向い合おうとする率直な姿勢がある。この低い姿勢が、戦前の「ランボオⅠ・Ⅱ」や「現代詩について」と異なる闊達で平明な視野を与えていることは注目すべきことだ。この平明さは、伊東静雄の戦後の詩集『反響』に流れる深い喪失感を連想させ、伊東や保田与重郎等の「芥川を克服」しようとした「反近代」の知識人の帰趨を想起させるものだが、それでは、戦後の小林が直に向い合おうとした裡なる「詩」は、戦前の小林にいかなる姿勢を強いていたか。

その七月に日華事変のあった昭和十二年の晩秋から冬へかけて、小林は友人の中原中也を失うとともに、小林としてはめずらしい二つの詩を相継いで書き残している。一編は「死んだ中原」、もう一編は「夏よ去れ」である。

最初にまず、前者の詩と同時期に発表された小林の追悼文を載せておきたい。

――先日、中原中也が死んだ。夭折したが彼は一流の抒情詩人であった。字引き片手に横文字詩集の影響なぞ受けて、詩人面した馬鹿野郎どもからいろいろな事を言われ乍ら、日本人らしい立派な詩を沢山書いた。事変の騒ぎの中で、世間からも文壇からも顧みられず、何処かで鼠でも死ぬ様に死んだ。時代病や政治病患者等が充満してゐるなかで、孤独病を患って死ぬのには、どのくらゐの抒情の深さが必要であったか、……（略）。

「現代詩について」で披瀝した「詩のうちで最も純粋な形は抒情詩である」という小林の認識は、親しい友人の死に面接し破裂する勢いで吐露されている。因みに小林はそこでつぎのように書いていた。「叙事詩とか劇詩とか思想詩といふものはいづれも散文の発達につれて、そのなかに解消されるべき運命にある」と。この認識は朔太郎の「詩の原理」における「所謂自由詩」批判と同根かつ、さらにより急進的なものであることを確認しつつ、小林のつぎの詩をのぞいてみよう。

死んだ中原

君の詩は
自分の死に顔がわかって了った男の詩のやうであった

ホラ、ホラ、これが僕の骨
と歌ったことさへあったっけ

僕の見た君の骨は
鐵板の上で赤くなり、ボウボウと音を立ててゐた
君が見たという君の骨は
立札ほどの高さで白々と、とんがってゐたさうな

ほのかながら確かに君の屍臭を嗅いでみたが
言うに言はれぬ君の額の冷たさに觸ってみたが
たうとう灰の塊りを竹箸の先で積もってみたが
一體何が納得出来ただろう

夕空に赤茶けた雲が流れ去り
見窄らしい谷間に夜気が迫り
ポンポン蒸気が行く様な
君の焼ける音が丘の方から降りて来て

僕は止むなく隠坊の娘やむく犬の
生きてゐるのを確かめるやうな様子であった

あゝ、死んだ中原
僕にどんなお別れの言葉が言へようか
君に取返しのつかぬ事をして了ったあの日から
僕は君を慰める一切の言葉をうっちゃった

あゝ、死んだ中原
例えばあの赤茶けた雲に乗って行け
何の不思議な事があるものか
僕達が見て来たあの悪夢に比べれば

先の追悼の散文が詩人中原中也を対人圏に於いて語っているのに比べ、小林のこの詩は室生犀星の詩を論じた小林自身の表現を借りて言わせてもらえば、「これらの小詩の感傷は一っぱいの心を傾けて、一呼吸の裡に歌われてゐる」ように思える。しかし、「その緊張度が、抒情を見事な客観物と化してゐる」かとなれば、首肯することはできないだろう。確かに小林は中原の歌の調べに同化するかのように、中原の死という事実を、その事実性の只中から歌いだそうとしている。だが小林の歌には、微妙な屈折と口ごもりがあり、それが小林の抒情を歪めていると言わざるを得ない。「あゝ、死んだ中原」と小林は二度詠嘆を繰り返すが、このリフレーンではじまる第五連及び六連と、第一連から四連までとの間には、看過し得ない断層が横たわっているように思われる。この詩が抒情詩として体を為し得ているのは、この断層を「あゝ、死んだ中原」というリフレーンの転調が、暗礁に乗り上げそうな詩の動きを辛うじて救いだしているからだ。再び小林自身の犀星論の間尺に照らせば、小林の詩がこの部分において、「歌い出る自意識の全面を隈なくみたして」いないという表現上の事実であろう。第四連の最後「僕は止むなく隠坊の娘やむく犬の／生きてゐるのを確かめるやうな様子であった」という詩句に突出し、この抒情詩の和声を破綻寸前に押しあげるものこそ、他ならぬ小林の写真機のような自意識の眼である。この、「詩と詩を眺める眼」（小林）によって、小林が芥川に見つけた、「古風な抒情詩人」になり損なっている。この小林の相対性の意識というべきものは、死んだ中原という歴然たる事実に圧倒されながら、なおもそれ故にその事実を納得できないで、「生きてゐるのを確かめるやう」に「止むなく隠坊の娘やむく犬」を、眼で確かめなければやまない眼である。愛する他人の死を納得できないという一般的心理を、この詩句の表出は超え出ているというべきである。ここであの「一ツの脳髄」に見られた、「夜、壁を舐める」という奇怪な光景を思いだしてほしい。これこそ、小林に中原のような抒情詩もまた告白をも不可能にさせるもの、「歌聲を生命とする詩におけるリアリズム」に対し、「観察を生命にする小説におけるリアリズム」を透視させ、さらに所謂「リアリズム」を言語に於ける認識の問題として根本より把握するよう促したものである。それは虚無より立ちあがり、「外界という実在」にめぐり遇おうとする小林の内部に存在するものなのであり、これこそ「詩と非詩の識域」（萩原）を超えて湧出する「散文詩」の精神の在様にほかならないのだ。

それならばここで問うてみたい。小林におけるこの「散文詩」の精神が、その荒野の果てに見たものとは何であったか、また小林がめぐり遇おうとした「外界という実在」とはいかなるものなのか、を。

昭和六年、小林はランボーの『地獄の季節』における「狂気の処女」によく似た「おふぇりや遺文」を書いている。「ハムレット様。」で始まる独白書簡体のこの一文は、小林の「詩」の在り様を鏡のようによく映しているので、その一部を引用したい。

――……いくら言つても同じ事です。手応へはない、水の様に風の様に、妾は何処へ行けばいいのかしらん、……夜が明けたら、いや、いや、そんな急ぐ事はない、妾はかうして書いてゐる方へ行けばいい、書いてゐる方へはこんで行かれればそれでいい、でも何を書いたらいいのだらう。……言葉はみんな、妾をよけて、紙の上にとまつて行きます。……一体、何だらう、こんなものが、……こんな妙な虫みたいなものが、どうして妾の味方だと思へるものか。妾は、もつと確かな顔をしたものにも、幾度も、裏切られて来た、例へば、……飽き飽きしました。ねえ、だから何か外の事を書きませう、だから、書いたつて書いたつて、ほんたうにどうしたらいいのだらう……あゝ、妾は疲れた。疲れて、あの剝げつちよろけた空が見える。あの空こそは、……何も出来ない証拠です……。

この一文の中に、小林の内部のものと、小林が見た「外界といふ実在」の姿が二つながら映っているように思える。「書いている方へ」はこばれたいという願いは、「言葉はみんな、妾をよけて、紙の上にとまつて行く」という意識によって相殺されて「妙な虫みたいなもの」と化す。小林の「詩」は、このように絶えず、「詩を眺める眼」によって解体せずにはいない。この解体の果てにみえるものが、「あの剝げつちよろけた空」である。この言葉のイメージは当然のことながら、ランボーの「言葉の錬金術」のつぎの詩句を喚び覚ます。

この黄色い瓢《ひさご》に口をつけて、ささやかな棲家《すみか》を遠く愛しみ、
俺に何が飲めただろう。ああ、ただ何やらやりきれぬ金色の酒。

俺は、剝げちょろけた旅籠屋《はたごや》の看板となった。
——驟雨が来て空を過ぎた。

小林の愛用のこの語句が、ランボーから借りてこられたものだなどと言うのではない。ランボー

の原詩は、小林により日本語として翻訳された時に、その言葉は小林のものと成り了せた。小林に於ける翻訳とは常にそういう創造行為であって、横のものを縦にしただけでなかったことは言うまでもない。初期の小林の散文詩風の作品に、随所に顔を見せるこの語句のいま一つの例をとろう。

――背景には奥行きのない、風のない、空気もない様な、剝げちょろけた空があり、見据えていると、なまぐさく口の中が乾いて来る。私は面を背け、腹立たしい程の感動で、この孤立した文句を呟く、――。（「眠られぬ夜」）（傍点引用者）

傍点を付した箇所にみえるオクシモロン＝撞着語法に注意してほしい。私はさきに小林の「リアリズム」が、虚無から身を起こし、自分を閉じこめる「外界といふ実在」にめぐり合おうとするところに現れることを指摘した。「剝げちょろけた空」という語句に形象化されているものは、小林が「紀行断片」以来ランボーとともに自意識を解体した果てに見た「外界といふ実在」の姿であった。ならばここに形象化されずに止まなかった「外界といふ実在」とは何であるのか。

一言で要約すれば、「虚無といふ生」のことである。換言すれば「現実といふ永遠な現前」（「『悪の華』一面」）なのである。

ここに、小林という認識者の独特な相貌がみえる。小林の批評を宙吊りにするあの写真機のような眼とは、虚無に促され、「なぜか眼は見る事を強いられていた」（「眠られぬ夜」）という詩人の眼である。ひとつの虚点であるその眼に、対象はあるのではない。彼が見ることによって、そこにはじめて対象は現前する。小林が「言語の問題」を問うのは、このような地平においてだ。言語を、事物化・社会化する「リアリズム」に抗し、「言語の観念性批判性」を死守し、「言語の純粋化」を目指すフランスサンボリストの運動に、「正当な知的な運動」を看ようとするところに、「見ることを強いられる」小林のリアリズムがあったのだ。それこそ、「社会化しえない私」（加藤典洋）の一点に賭けての「リアリズム」批判であり、またここに、「散文による詩」（江藤淳）と呼ばれる小林の批評を貫く、細い一筋の絃が鳴っている。

しかし、「外界といふ実在」に出合おうとして、遂に「剝げちょろけた空」を見てしまった小林における「詩」が、自身に別れを語げようとする時が来る。

小林はそれを、「夏よ去れ」という詩で、こんなふうに歌っていた。

夏よ去れ

心明かすな
夏よ去れ
眼を閉ぢて
目蓋はかろし

蜘蛛の糸
雨には切れず
切れぎれに
惑ふわれかな

夏草よ
光りをあげよ
海行かば
水脈《みを》は晃《きら》めく
今日もまた
空は美し
鑯色《さがいろ》の蝦網《えびあみ》のべて
指またに
水搔《みずか》きつくり
凬に乗り
何を嘆きし

曇り日の
雲の裏行く
はだけたる胸

汗ばめる腹
風は死に
黝《くろ》き山肌《やまはだ》
鱗《うろこ》ある魚を乗せて
野の草の
靡《なび》くは何ぞ

あゝ　夏よ去れ
心明かすな
棲《す》みつかぬ
季節よ
失せ行け
切れぎれに

惑ふわれかな

記紀の歌謡を思わせるこの文語調の、一見端正ともみえる詩に注意していただきたい。近づいて眼をこらせば、覆いようのない亀裂がこの詩を内部から解体しようとする光景が見えてくる。ここでもまた深い断層を、「心明かすな／夏よ去れ」と「切れぎれに／惑ふわれかな」という二つのリフレーンが支えとめているが、裂傷はふかく暗い。

このとき、小林が「棲みつかぬ／季節」と断ぜざるを得なかったものとは、大正十四年の春、小林が出合ったランボーという事件、「紀行断片」以来、小林が育みかつ宿命のように戦ってきたもの、小林の内部の「詩」にほかならなかった。

昭和五年に小林が書いた「私が育てた私の秘密」(「ランボーⅡ」)が、ほんとうに小林によって握り潰されようとしたのは、このときなのである。そこで小林は次のように言っていたはずだ。

——以来、私は夢をにがい糧として僅かに生きて来たかもしれないが、夢は、又、私を掠め、私を糧として逃げ去った。

そして、小林が昭和十二年自らの批評の原理、「見る事と生きる事との丁度中間に、いつも精神を保持する事」(「イデオロギーの問題」)という批評の定式を自己に課そうとしたこのとき、「外界といふ実在」は戦争という相貌をもって、小林を取り囲んだのであった。

小林がつぎのように、この戦争へ向って、小便臭い「自分の穴」を運命のように掘りすすめたのは必然なことと言わねばならない。

――日本に生まれたといふ事は、僕等の運命だ。誰だって運命に関する智慧は持ってゐる。大事なのはこの智慧を着々と育てる事であって、運命をこの智慧の犠牲にする為にあわてる事ではない。自分の一身上の問題では無力な様な社会道徳が意味がない様に、自国民の団結を顧みない様な国際正義は無意味である。僕は、国家や民族を盲信するのではないが、歴史的必然病患者には間違ってもなりたくないのだ。（……）いろんな主義を食い過ぎて腹を壊し、すっかり無気力になってしまったのでは未だ足らず、戦争が始まっても歴史の合理的解釈論で揚足の取りっこをする楽しみが捨てられず、時来たれば喜んで銃をとるといふ言葉さへ、反動家とみられやしないかと恐れて、はっきり発音できない様なインテリゲンチャから、僕はもう何も期待する事が出来ないのである。

（「戦争について」昭和十二年十一月）

これが「剝げちょろけた空」という「虚無の生」の象徴を見てしまった小林が、強いられたように戦争という現実の「壁」、ふたたび「外界といふ実在」へ出合おうとする精神の一光景である。このとき小林が、「からくり」の一節、「誑かされることが生きることではない。生きることが誑かされる事なのだ」と呟いていたかどうか、私は知らない。ただつぎのような小林の声が、今まさに跨ぎ越えようとする深淵の方から、聴こえてくるように思われる。

これらの「断層」や「深淵」は、「ランボーⅢ」（昭和二十二年）と「『罪と罰』について」（昭和二十三年）の中に、その痕跡を窺うことができるだろう。

後者に例をとれば、

――ラスコオリニコフの心の中で、彼の夢が反響する様に今は読者の心の中で、ラスコオリニコフといふ作者の夢が反響する時である。時が歩みを止め、ラスコオリニコフとその犯罪の時は未だ過ぎ去ってゐないのを、僕は確かめる。そこに一つの眼が現れて、僕の心を差し覗く。突如として僕は、ラスコオリニコフといふ人生のあれこれの立場を悉く紛失した人間が、さういふ一切の人間的な立場の不徹底、曖昧、不安を、とうの昔に見抜いて了ったあるもう一つの眼に据ゑられてゐる光景を見る。言わば光源と映像とを同時に見る様な一種の感覚を経験するのである。（傍点引用者）

そして、深淵から覗いたような、深い詠嘆がやってくる。

――ああ、青い空、だが、お前はその希《ねが》いの正確な発音を何処《どこ》から借りて来た。（「眠られぬ夜」）

それにしても、肉声の発するその声さえ、借りものといふ疑念を払拭出来ないその「希望」とは、そもそもいかなる「詩」の運命であろうか。

我々はここに紛れもない、日本の「散文と詩」が相格闘する一光景を垣間見ざるを得ないのである。晩年のニーチェは、「私は語るべきではなかった、歌うべきであった」と言ったが、歌うべきものを解体するしかない小林にとって、歌の解体そのものを語ることを強いられていた。これは前述したように、ボードレールが彼の詩的散文において覗き見た冒険というほかないものである。

（平成十七年）

小説からの序章

『ちくま日本文学全集』全五十巻の中に「川端康成」がある。最近まで、この本に『山の音』が収められ解説を須賀敦子が書いていることに気づかないでいた。解説の表題が「小説がはじまるところ」とあり、その内容にとりわけ興味が惹かれた。須賀が日本の小説の解説を書いているとはめずらしかったのだ。私が『山の音』を読んだのはこうした経緯があったからである。『山の音』は戦後の日本の荒廃の只中で多くの友人等を喪い、五十歳を迎えた川端の死への意識が色濃く作品へ反映していることは明らかであろう。いやそれだけではない。日本の伝統文学を踏まえた川端の文章は、翻訳文化に漬かった私の頭に容易に入りがたいものがあった。およそ川端の小説ほど西洋的な小説観から遠いものはない。

ここで比較的に筋目のある冒頭の数行を引用してみよう。

——尾形信吾は少し眉を寄せ、少し口をあけて、なにか考えている風だった。他人には、考えていると見えないかもしれぬ。哀しんでいるように見える。

息子の修一は気づいていたが、いつものことで気にはかけなかった。

息子には、父がなにを考えていると言うよりも、もっと正確にわかっていた。なにかを思い出そうとしているのだ。

父は帽子を脱いで、右指につまんだまま膝においた。修一は黙ってその帽子を取ると、電車の荷物棚にのせた。

これが会話の文になると次のような調子となる。長くは引用できないが、ここに出てくる一見抽象的な語彙に注目していただきたい。

——「閻魔の前に出たら、われわれ部分品に罪はごぜいません、と言おうという落ちになった。人生の部分品だからね。生きているあいだだって、人生の部分品が、人生に罰せられるのは酷じゃないか。」

「でも。」

「そう。いつの時代のどんな人間が、人生の全体を生きたかというと、これも疑問だしね。……（後半省略）」

この「人生の部分品」と「人生の全体」という語彙が、川端の会話文ではとても納まりが悪く、いったい何を言いたいのか判然としない。

まず人間の「人生」を「部分品」と「全体」とに区分して、「部分品」に罪はないとか、「人生」の「全体」を生きるとかという議論を、ひそかに心を寄せている息子の嫁である菊子と彼女を病院へ送る途中で交わす会話に持ち出す主人公の尾形信吾は、どこかにおかしなものを抱えた人間なのではないかという疑いが兆すのを抑えることはできない。

国が敗れたということより、たとえば親しい友人の横光利一に先立たれた衝撃は川端になにものにも代え難い喪失感を与えたに相違ない。それは昭和二十三年一月に書かれた横光への弔辞に強く刻印されている。

——横光君

ここに君とも、まことに君とも、生と死とに別れる時に遭った。君を敬慕し哀惜する人々は、君のなきがらを前にして、僕に長生きせよと言う。これも君が情愛の声と僕の骨に沁みる。国破れてこのかた一入木枯にさらされる僕の骨は、君という支えさえ奪われて、寒天に砕けるようである。

私はここまで書いてきて、とんでもない誤りをしていることに思い至ったことを告白しなければならない。それはこれまで私が書いていたことと反対のことを表明することになるだろう。

それは冒頭に引用した川端の文に戻って考え直すこと。即ち、主人公の尾形信吾に添ってこの小説を読み直すことである。それは考えることがなにかを思い出すようにすることなのである。

私は川端が三十代に書いた「末期の目」を思い出した。すると引用した会話の文への理解が広がるのだ。あの「末期の目」の想念から判断すれば、死と生の世界が境をなくした幻のような世界から見ると、「部分品」はそのまま「全体」となりその逆もまた真だということが不思議でなくなった。もともと「生」と「死」が交錯する場所が、川端の末期の目に見えた「人生」なのだからだ。

ここで前述の須賀敦子の解説「小説のはじまるところ」に、目を転じてみたい。この短い解説には、ノーベル賞を受賞した川端が夫婦でイタリアに立ち寄り夕食のテーブルを囲んでの会話に、川端が須賀へ語ったエピソードが書き留められているので、少し長いがそれを引用したい。

――食事がすんでも、まわりの自然がうつくしくてすぐに立つ気もせず、スウェーデンの気候のこと、あるいはイタリアでどのように日本文学が読まれているかなど話しているうちに、話題が一年まえに死んだ私の夫のことにおよんだ。あまりに急なことだったものですから、と私はいった、あのことも聞いておいてほしかった、このこともいっておきたかったと、そんなふうにばかり今も思って。

するとと川端さんは、あの大きな目で一瞬《いっしゅん》、私をにらむように見つめたかと思うと、ふいと視線をそらせ、まるで周囲の森にむかっていいきかせるように、こういわれた。それが小説なんだ。そこから小説がはじまるんです。（中略）わたしはあのときの川端さんの言葉が気になって、おりにふれて考えた。「そこから小説がはじまるんです」。なんていう小説の虫みたいなことをいう人だろう、こちらの気持ちも知らないで、とそのときはびっくりしたが、やがてすこしずつ自分でも書くようになって、あの言葉のなかには川端文学の秘密が隠されていたことに気づいた。ふたつの世界をつなげる『雪国』のトンネルが、現実からの離反（あるいは「死」）の象徴であると同時に、小説の始まる時点であることに、あのとき、私は思い到らなかった。

イタリアの詩人たちを紹介する、詩を愛する須賀敦子という女性の、川端文学を理解しようとする行き届いた聡明な日本語は快いばかりといってよいだろう。

ここには上質な日本語の品のよい佇まいがある。谷崎原作の映画「細雪」をむかし見ていて、四姉妹が京都の平安神宮の境内の桜をみながらそぞろ歩きでの会話のえも言われぬ言葉の美しさに、思わず感涙したことがあるが、それに通じるものがここにはあるのだ。

それに引き替え川端の『山の音』にはそうした風景の描写も哀切な会話もない。川端は自分の文学を「奇術師」と呼ばれて「ほくそ笑んだ」らしいが、そうした変身の妙から伝統文化が戦争の惨禍により破壊された日本の戦後の現実を、鎌倉に住む一家庭の荒廃した構図のうちに描こうとしたらしい。

さて、昭和二十年の中盤に書かれた『山の音』から二十数年を経た昭和四十年代の世相を背景に、田舎から出てきた一青年が電車の棚に爆破装置を置き、死傷者を出した罪により死刑判決を受けるまでを描いた小説『風の吹き去るもみがら』（工藤嘉晴著・牧歌舎発行）に目を移してみることにしよう。偶然にも、青年が爆発物を置いた電車は、『山の音』の尾形信吾の帽子を息子の修一が網棚にのせた同じ横須賀線であった。昨年に自費出版されたこの小説さえ、今から五十数年のむかしを時代背景としており、日本の戦後はここに七十年が経過していることになる。

小説『風の吹き去るもみがら』の時代背景はミニスカートブームと東大安田講堂事件から、昭和四十四年前後。主人公は花笠音頭で知られた山形県尾花沢から東京へでてきた中卒の若末善紀という若者である。なかなかの野心家で周囲から「何考えているか分からない『インテリ大工』」ということになっているのだ。

——生活がそれなりに安定してくることと裏腹に憤懣が募っていった。性格的には常に現状に満足出来ないものを抱えていた俺は、いつも苛々していた。

こうした若者が頻発する爆破事件に刺激されて猟銃を趣味にし、勤めている工務店の工事部品から爆発物を作るに至るという筋には、特に変わった趣向があるというわけではない。作者は事件の事実を忠実になぞることにある種の義務感を覚えているかのごとくである。

この本の帯に、「思わぬことから列車爆破事件を起こしてしまった青年の心の葛藤をその生い立ちからつぶさに追うセミ・ドキュメンタリー」とある。しかしだ。実際にあった事件を材料に作者の書いたものは、単にこの帯でいう「セミ・ドキュメンタリー」にとどまるものではなくなっている。主人公の若末善紀が事件を引き起こすまでの顚末が、ドキュメンタリーの域を遥かに越え、生々しい細部の描写に作者の偏執が窺われるのだ。ここに小説家の想像力が働いていることは明瞭であろう。だが作者の筆があまりに主人公に密着してその細部に拘っていることから、読者の自由に掣肘《ぜいちゅう》を与えているとの批判がでることも否定できないだろう。東京拘置所での生活が始まるまでに、およそ小説全体の五割を超える分量が若末善紀の行状に割かれているのである。それほどまで筆を割く必要が作者の方にあったとしても、たいていの読者はどこか自己中心的な特異な体質を持ったこの青年の過度な描写に息を継ぎたくなるのも確かで、軽薄短小な現代読者は途中で読書を中断する可能性もあり得るだろう。特にあの高度経済成長下の昭和四十年代ならいざ知らず、経済の限界が取りざたされ、世界同時不況と所得格差であえぐ一方、情報機器からの大量な情報の波にさらされている都会生活を送る多数の読者層、例えば村上春樹的な小説の嗜好者にとっては、この主人公についていけないものを感じるのではないかという危惧を払拭できない。

それかあらぬか、作者は壁の中での生活を始めた主人公にこう言わせている。

——こんな長い文章を書いたのは、五年前の〈放浪記〉以来だ。

ここまで来て、私はこの小説の出だしの見事さに一瞬息をのんだことを想い出したのだが、その期待は延々と続く若末の「放浪記」の濁流に流されてしまったのだ。かつて太宰が苦心したという、小説の冒頭の文章を引用してみよう。

——初めは夢の中だと思った。黒い波が身を包み、軒下を塊となって通り過ぎた。

これはまさしく、二〇一一年の三月十一日のあの大地震と原発事故のテレビでみた映像を甦えらせてくれたのである。

『風の吹き去るもみがら』（以下『風』と略記する）の冒頭は作者の深層意識が思わず露呈したとも思われるが、あの大災害と原発の惨事は夢ではなかったのだ。川端の『山の音』（以下『山』と略記する）は敗戦後すぐに書かれたものだが、「国破れて山河あり城春にして草木ふかし」という杜甫の漢詩を踏まえていることは既に述べたが、現在、戦後の奇跡的な復興を遂げた日本が直面しているのは、一九九五年の阪神淡路大震災に継いで、二〇一一年の東北沿岸部の震災と津波による原発のメルトダウンという天災と人災による生活と自然の破壊である。

川端が横光利一の弔辞で述べた「僕は日本の山河を魂として君の後を生きてゆく」とした日本を

取り巻く自然環境と東アジアの政治経済状況は、七十年前の敗戦の記憶が年々に薄れゆき、東アジアの経済圏の名目GDP（中国と日本と韓国三国だけでも）の総計は、欧州とアメリカに優に匹敵している。そして、経済的にはGDPにおいて日本は中国に追い抜かれ世界三位に転落して、経済成長率は一％にも達していない。更に中国による南シナ海での海洋進出、北朝鮮の核開発の脅威に挟撃されている現状にある。小説『風』の主人公ならずとも、国民の潜在意識下の苛立ちは募り、毎日のように頻発する殺人事件や爆破事件、小説『山』に兆した家族の崩壊と超高齢化社会での認知症患者の増加はマスメディアを賑わしている。

小説『風』の主人公が拘置所で「上告趣意書」を黙読中に、鉄窓から聞いたヘリコプターの騒音は、昭和四十五年十一月の三島由紀夫の市ヶ谷自衛隊基地への乱入と直後の割腹事件の、当時の空気を取り込む小説の一技法なのであろうか。

ともかく『風』の若末善紀が、東京拘置所の中に入り「上告趣意書」を書くにつれて、全体の五割超のそれまでの青年の若末と異なる成長は目を見張るものがある。いや、前半の長い若末善紀の青春の彷徨を、この成長へのスプリングボードと作者は意図し、その準備段階としていたとしても不思議ではない。文章も無駄な力がぬけ、逃避行の疲れも手伝ったように素直な日本語となって、よりなめらかに一語ごとに粒立ってくるのが分かる。それは前半での若末の逮捕に近づくにつれて一層に顕著になっている。

そのまえに読者がごく自然に共感できるところは、若末の逃避行中で故郷の実家へ向かう道中を描いた文章だろう。ここでは若末に冬の日本海のように現れるのは、他人との共生感に相違ないからだ。ここでは「お前ってヤツはそういう男なんだよ。他人が嫌いなんだよ。特に自分という他人がサ！」と力こぶを入れる必要もなくなっている。そして最後に工務店の社長との車中での会話が若末のこの娑婆での最後となるのだが、この工務店の社長は若末の戦中に死んだ父を彷彿させる存在ともなっている。

――車は桜田門に近付いた。左手にくすみ古ぼけた警視庁の建物が現れた。近くの路上には何台もの装甲車が駐まり、正面を車止めの柵と機動隊員が固めている。建物の上には初冬の透明な空高く、微かに夕焼けの残照が残っている。（中略）若末はこの道順が好きだった。ここを通るといつも気持ちがスッキリとした。中心にいるという喜びが自然に湧き上がり、ある高揚感に包まれた。

やがて新潟出身の社長の声が若末の耳に聞こえ出す。そしてこんな一言がその社長の口から漏れるのだ。

――「日本は昭和二十年八月十五日に無条件降伏した」。少し首をねじり森を見やった。「そして次の十六日から生まれ変わったことになった」。眼鏡を外し、ハンカチで顔をゴシゴシ拭うと又掛け直した。

「でも変わったのは言葉だけだった。その事を思いしらされたというより、感じまいとしてひたすら走ってきた世代だよ」。背を窓に押し付け、運転している若末に上体を向けると、序々に声を高めた。

そしてこの社長の口からこんな一言がもれるのだ。

――「一番ケジメをつけていないヤツがあそこにいるじゃないか」。社長は一寸首を巡らした。若末も合わせて辺りを見回したが何のことか解らなかった。車は大手町のビル街の渋滞に巻き込まれていた。

――「今日は楽しかったよ。色々と話が出来て。明日からは現場近くだから少しは朝寝も出来るかな。……それじゃ、身体に気いつけてナ」。運転席に戻ってハンドルを握りしめながら、傍らに立つ若末の顔をじいっと見た。その眼差しは寂し気でもの言いたげだった。若末は後になってよく思い出した。

ここまでが若末が捕縛されるまでで、つぎの段階から訴訟へと入っていく。即ち東京拘置所の壁の中である。

『山』を書いた川端がノーベル文学賞を受賞したのが昭和四十三年十月。その川端が逗子の仕事部屋でガス自殺を図ったのが昭和四十七年四月のことであった。

『風』は後半になって知的な対話が出てくる。大まかにいえば、聖書からは「ヨブ記」と「マタイ伝」、三つ目が「マツロワヌ国」である。

ところで、川端の『山』との関連で『風』について語ろうとする本論では、こういった問題は後で触れることにして、最初にとりあげた川端の『山』にみた「人生の部分」と「人生の全体」とを復活させ、別の照明を当ててみたいのである。それというのも、『風』の後半に二審で一審の「死刑」を支持して控訴棄却をうけた若末が期限ぎりぎりに控訴して、上告趣意書を書く段階でそれは現れるのだ。その部分を引用してみよう。

――真実の証明は俺のこの胸の中にあるじゃないかと何度も叫びたくなった。

来る日も来る日も事実、事実と追っかけていると、目にみえるこの世界というものは所詮〝半分〟でしかないのではといぶかる気持ちが湧いて来た。どんなに本当らしく事実を並べても、それは俺の真実とは離れていく。

――裁判を通じて初めて俺は世の中を知ることが出来た。その成り立ちが分かった。世の中って半分なんだ。それは最大に見積もっての話で、本当は半分の半分なのかも知れない。（中略）俺は決して自分が無実だと言っていない。ただ事実の上での罰を請うているだけだ。真実というのは全ての事実に基づいたものであるべきだろう。ただここにあるのは全部じゃない！

ここで若末が強調しているのは、『法廷のなかの人生』（佐木隆三著：岩波新書）ということだが、裁判の成り立ちが最大に見積もって世の中の半分からそのまた半分の事実に基づいての判断しかされないことに、若末は不条理なものを感じているのだ。しかしこれは、川端が尾形信吾に言わせている人生論と無縁というわけではない。『山』には閻魔さまが出てくるように、あの世での「裁判」でのことである。ただ若末が壁の中で感じている理不尽さは、現世の法律上の「訴訟」のことなのである。若末が述べている「すべての真実」を訴訟の場にのせるのは若末が「べきだろう」という言い回しをしていることから明らかなように、それは事実上不可能に近いのである。この辺りの問題を小説にしたのが、大岡昇平の『事件』というう裁判小説なのだ。大岡は「事実」と「フィクション」の関係に鋭利な拘りを持つ作家であるのは、最初の『俘虜記』にすでにその萌芽はでている。『歴史小説論』(同時代ライブラリー一九九〇年)において、大岡は集中的にこの問題を論じている。裁判は法廷において文学と同様に真実を追究する国家制度だが、可及的に最大限の事実を俎上にのせることは理想ではあっても現実的に不可能なのである。それは所謂「ノンフィクション」という分野の小説が、その虚構性の重心を「事実」の方に相対的に置いているだけだと言ってもいい。かたや「訴訟」における「事実」は「構成要件事実を明確に主張して相手側から争われればこれを証明しなければならない」ような事実だけに限定されるのである。民事でも刑事でもだいたい同じであるが、「刑事訴訟においては、被告人を処罰する方向ないしその罰をおもからしめる方向の事実については、すべて『厳格な証拠』による『合理的な疑いを超える証明』が必要とされていて、客観的な、或る意味で絶対的な証明がなされなければならない。民事訴訟の証明は、争われる程度に応じてそれを超える限度で行えばよく、その意味で相対的であり、証明の客観性も相対的な比較における『優劣の程度に対する判断の公正さ』の上に存在するだけで、それ以上に客観性を担保するものは要求されない」のである。しかし、「刑事の裁判においては、被告人が法廷で訴因のすべてを告白して争わない場合でも、裁判所は証拠によらずに訴因をそのまま肯定することはできない」

(『裁判と事実認定』蓑田速夫著。一九九六年自費出版)として、強制による自白など一定の自白を証拠から排除する法則(憲法三八条二項、刑訴三一九条一項)を働かせているのだ。刑事が民事と比較して厳格に事実を限定するのは、その最高刑が人為によって人を殺すことから要請を受けているからに他ならない。若末が塀の中で人が変わったように知的になるのは、自由を拘束された果てにくる「死刑」が想像裡に立ち現れるからだ。作者が若末に「インテリ大工」という渾名を持たせたのは、こうした伏線を周到に張ったからだろう。

さて、川端の小説にでてくる義父と嫁との会話は、ほんの茶飲み話程度の日常会話と見えるが、『風』のほうは「死刑」がかかっているだけ、ラディカルな糾問口調となっている。この論法は「カエサルのものはカエサルへ返せ」という聖書の「マタイ伝」へとつながっていく問題なのだが、川端の『山』という小説のそれが壁の中の糾問と比べて、決して軽い話だということではない。国家制度という人為によらなくても、生物としての人間にも確実に死はやってくる。川端の『山』の老境にさしかかった尾形信吾(六十二歳)は、人間の条件では若末と同じ状況にあるのだ。壁の中の若末が「死刑制度」について一考するくだりがあるが、これもこの小説では看過できない重要な事柄だといえるだろう。

英国の作家ジョージ・オーウェルは、インドで警察官をしていた体験を元に、短編『A HANGING』(「絞首刑」)で一人の死刑囚が刑場へ連れていかれる一場面のスケッチにより、現に生きている人間をこの世から抹殺する死刑制度の理不尽な光景を、どんな死刑廃止論よりも鮮明かつ直裁な照明を当てて見せてくれた。その引用は若末が最終的に死刑を執行される事から軽く扱うわけにはいかないだろう。

――絞首台までは四十ヤードばかりだった。私は前をゆく囚人の裸の茶色い背中をみつめた。彼は両腕をしばられているためにぎこちなく、しかししっかりと、けっして膝を伸ばさないインド人特有の例のピョコピョコした足どりで、歩いていた。一歩ごとにその筋肉はくっきりとその場所におさまり、剃り残した一ふさの髪が上下にゆれ、足は濡れた砂利の上にその跡を印していた。そして一度、看守たちが両肩をつかまえていたにもかかわらず、かれは路上の水たまりを避けてちょっとわきによけた。

奇妙なことだが、私はその瞬間まで、一人の健全な、意識をもった人間を破壊するということが何を意味するか、一度も気づいていなかったのである。囚人が水たまりを避けるためにわきによけるのを見たとき、私は、一つの生命をそれが絶頂にあるときに断ち切ることの秘密、その言いようもない不正を見た。この男は死にかけていたのではない。われわれが生きているのとまったく同じように生きていた。彼のあらゆる器官が活動していた。――腸は食物を消化し、皮膚は新陳代謝し、爪はのび、組織は形成され――すべてが厳粛な愚かしさの中に営々とはたらいていた。その爪は、彼が踏落とした板の上に立ったときにも、十分の一秒の余命をもって空中を落下してゆくときにも、まだ伸びているであろう。その眼は黄色の砂利や灰色の塀を見、その脳はいまも記憶し、予見し、推理した——水たまりについてさえ推理した。彼もわれわれといっしょに歩き、同じ世界を見、聞き、感じ、理解していた一群の人間であった。それが二分後には、突然バタンといったと思うと、われわれの一人が消えてしまう——一つの精神がなくなり、一つの世界がなくなる。(小野協一訳)

これ以上になにを言う必要もないだろう。描写は完璧であり地の文はピッタリと一枚のコインのようにそれに添って比類がない。

死刑制度について、アルベール・カミュの『ギロチン』という本がある。残虐な犯罪に憤慨したカミユの父が、死刑執行の現場を見に出かける。しかし帰ってきた父は黙ったまま寝込み嘔吐した、そういうエピソードが冒頭に語られている。「個人の心のなかにも、また社会の風習のなかにも、死が法律の枠外へはずされない限り、永遠のやすらぎは存在しないであろう」と、カミユは論を結んでいる。これは新聞で読んだことだが、犯罪者に死刑が執行された。しかし、それが被害者の親を癒やすことはなかったという記事があった。これ以上、死刑制度について語ることはない。

川端の『山』の尾形信吾に人生の「部分」と「全体」と言わしめたものは、死を意識しだした老人の人生への疑問と不安であろう。だが戦後七〇年を過ぎた今日の現代日本において、この社会の「部分」になることでようやく息を継ぎ、部分品の人生観を自己自身の全体感にまで引き寄せることに成功した作品例を見ることができるのである。それはまだ若々しい世代における、禍々しくも奇態な様相を描きながら、生きることの過酷な現実を踏み台にして、苦汁はあるのだが新鮮な果実のごとき作品に一抹の笑いさえ盛り込んでみごとに誕生させた小説がある。それが、第一五五回芥川賞を受賞した『コンビニ人間』（村田沙耶香）であろう。

——そのとき、私は、初めて、世界の部品になることができたのだった。私は、今、自分が生まれたと思った。世界の正常な部品としての私が、この日、確かに誕生したのだった。

——朝になれば、また私は店員になり、世界の歯車になれる。そのことだけが、私を正常な人間にしているのだった。

これはどういうことなのだろう。『風』の若末善紀の姿勢はこれとは逆のベクトルで反抗的な身振りの末に、意に反して反社会的な事件を起こしてしまう。川端の『山』と工藤の『風』と村田の『コンビニ』とは、作者はもちろん描かれた時代背景も主人公も、そして小説の作為も構成もまったく別物であることは言うまでもない。『山』が戦後すぐ、『風』はやがては世界一の経済力を誇る以前、そして『コンビニ』は経済成長が止まり、超高齢化社会を間近にした若い世代が、格差にあえぐまさに今の時代の小説なのである。

多少話が広がりすぎたようなので、ここで一旦『風』に焦点を戻すことにする。

『風』は東京拘置所に主人公が入ってから、主人公の意識のレベルは房にいる長山らとの会話を重ねるにつれて深度を増していく。「人生の半分」との認識はさらに高く深い次元のものとなっていることは注目すべきところだ。裁判の夢を見て「被告人を死刑にする」との裁判長の宣告を聞き、夢の場面が護送車へ変わったところで、事件以前の「俺がオレを見ている」という乖離感が濃度を増してくる。それにつれて、「それはとても理不尽なようでもあり、当然なことにも思える不思議な拘束感」が主人公へやってくる。この「不思議な拘束感」が主人公を夢へ誘うものである。

――「こいつはシケイだ、シケイだぞ」すると俺を取り囲んだ皆も一緒に体を左右に揺らして唱和した。……これは夢だと必死に思おうとしながら目を覚ました。

この辺りから若末善紀の意識は、夢と現実とのあわいに浮遊する境域へと入っていくのであるが、この「体を揺らして唱和する」夢の感覚はこの小説の底に最後まで伏流水のように流れていき、終末に吹き上げるものだ。こうした意識下で若末は、連続射殺事件の長山徳夫と会話を交わし、歌を詠む鳥越やその師匠の尾原、そして隣の房にいる警官殺しの片桐との交渉を持つのである。

「人生の半分」との主人公の根本にある認識は、この小説のキーワードのように度々出てくるので、読者は否応もなく注意を振り向けざるを得なくなる。房内での片桐との会話にもこれは出てくるので取り上げてみよう。

――「あの世に鉄砲は持っていけねえだろう」、突き放すように若末は言った。

「アノヨ、アノヨっていうけどね。アンタ本当に信じてんの？」

「アノヨっていうか、生まれ変わりはあるような気がしてる」。咄嗟に出た返事だったが、相手の返事が無いので若末はそのまま続けた。

――「お前なんかに聞くんじゃなかったよ」。バタンと窓を閉めた。だからそんな世の中って別に

〝全部〟じゃ無いんだよ。心で呟きながら若末も観音開きの窓の取っ手を引いた。いつか説明をしてやってもいいけど、どうせ分かって貰えないだろうな。

つぎに運動場での長山との会話にも、若末のこの言葉は繰り返される。この場面ではこの二人は人間とカエサルとの関係から神までの小難しい議論をし、そのあげくに「エネルギー保存の法則」を確かめようと、離れた距離から互いに全速力で正面から衝突するという「ジッケン」を行うことになる。しかし、それについては後に述べることにしたい。

――「オメエは前に、世の中なんて所詮ゼンブじゃねえって言ってたけれど、あれはどういうことなんだ？」

「ゼンブの他に未だ何かあるのか？」。皮肉そうに唇を歪めながら追求して来た。

「俺の心の中にあるゼンブに比べれば、コノヨの全部は小さく狭いものに過ぎないということなんだよ」。叩きつけるように言い、そして続けた。

「外に表れているものは形を変えて永久に続いていくだろうけど、そんなものが全部だと思うから人間は間違うんだ。俺にとって、それは最大に見積もっても半分にしかならないとここに来て分かった」

「キリスト教に入信したのもそのきっかけというわけか？」。考えこむ表情で長山が口を挟んだ。

若末がキリスト教に入信したのは、訴訟で難渋し孤立無援のなかで聖書を朗読され、「ペテロの手紙」のこんな文句に牽かれたからであった。

――「このように、キリストは肉において苦しまれたのであるから、あなたがたも同じ覚悟で心の武装をしなさい」。そして自分も一緒に十字を切った。……風のふきさるもみがらのイメージは若末のなかで膨らんでいった。

こうした若末の行為を促したのは、自身が気づいているように獄中生活にほかならない。「閉じ込められると色んなことがみえてくるらしい。……自己流のキリスト教だ。大工の倅イエスとは俺だ」とは若末自身の表白である。若末の「自己流のキリスト教」の特徴は長山との議論によく示されている。

長山との議論は、イエスの言葉「カエサルのものはカエサルへ」をめぐっての存在論的な対立から始まるが、若末の「キリスト教」にどこか独自なものがあるとすれば、「ただ俺には、この世の中の事はどんなに知り尽くしたとしたところで、たかだか半分だという気持ちは抜けないだろうよ。それにこんな間違いだらけの人間にどれだけの事ができるんだ？　だったらこの自分、間違いなくここでこうしている自分だけを全うしたい」という「この自分」という単独者を取り出したことにある。「この自分」があって、そこにヨブの呪詛と愁嘆が、イエスの「エリ　エリ　レマ　サマクタニ」の絶望と喉の渇きへの共感が生まれ、イエスへの愛が引き寄せられてくるので、その逆にはならないのだ。

「唯一絶対のものとしての俺、それで十分じゃないかというよりそれしか無いんだ」という若末が実際の牢屋の中で掴んだ実存、この一点にこそこの長編小説の思想のすべてが収斂する場所だと言えるだろう。

時代は戦前に遡るが、これは詩人の中原中也が友人の小林秀雄に同棲中の泰子を奪われ、やがては自分の子供の文也を失い、狂死するように三十歳の若さで没した詩人の抒情詩が収斂する場所と同じだという私の連想がゆるされるならば、それは「命の聲」という詩集『山羊の歌』の一編がこのような地点に立って書かれ、「一つのメルヘン」という「夢」が湧出する源泉がここにあると思われるからである。まず、「命の聲」の最後の一行を書き留めておこう。これも中原中也という詩人が、若き命を燃焼し尽くした果てに摑んだ独自の実存の思想なのである。

――ゆふがた、窓の下で、身一點にかんじられれば、萬事に於いて文句はないのだ。

牢屋にいる若末が封筒貼りや文鳥のアヤに餌をやったりしている。そうした穏やかで静かなときに、房の外から街のざわめきが聞こえてくる場面は、この小説ではとても素直な文章で綴られているところだ。私はそんなところを読んでいるとき、ふと詩人のヴェルレーヌの「叡智」という詩の数編がよみがえるような心地がしてならなかった。

屋根の向こうに　空は青いよ、空は静かよ！
屋根の向こうに　木の葉が揺れるよ。
…………。

神よ、神よ、あれが「人生」でございましょう
静かに単純にあそこにあるあれが。
あの平和なもの音は
市《まち》の方から来ますもの。

—どうしたと言うのか、そんな所で、
絶え間なく泣きつづけるお前は、
一体どうなったのか
お前の青春は？

（堀口大學訳）

このヴェルレーヌという詩人を誰よりも親炙していたのが、中原中也であったのは申すまでもない。

詩集『山羊の歌』の「命の聲」という詩は、中也にしては長い詩である。その最終の詩句が「ゆふがた身一点において感じられるならば文句はないのだ」というもので、このありふれていながらも、ある種の断念と意識の集中を呼び起こす中也らしい詩句は、非凡といっていいものだ。

中原中也という詩人は、詩について独自な思索をしていた人だ。例えば、自分が書いた詩を朗読

して、聲が形成する呼吸に「呼気」と「吸気」があることに注目している。人間の命が呼吸によって維持されている事実は誰でも知っていながら、あまりに自明なことから無意識となっている。海から陸へ上陸した祖先の生物が肺呼吸を覚えるのにどれだけ長い時間を要したか誰も知らない。一時、私が顎関節症で罹った東大の医師は三木成夫《しげお》をいたく尊敬していたが、上陸に失敗して海にもどったサメの解剖研究をしていると聞いたことがあった。人間の呼吸は吸う息と吐く息が交互に相まって命は持続される。このあまりに自明なことを中也は詩人として意識化したのだ。なぜなら彼は自分の詩を朗読することによって、その詩句を錬成しようとしていたからだ。さらに中也の詩についての根源的な思索は、件の「命の聲」の最終句によく似た口吻を持つつぎのような断想にも印されている。

——これが「手」だと、「手」という名辞を口にする前に感じてゐる手、その手が深く感じられてゐればよい。

ソシュールの言語論や解剖学者の三木成夫の形態論の知見を学んだ現在では古いということになろうが、中也の時代では革新的な思考と言えただろう。そして、「一つのメルヘン」という詩が白昼夢のごとき領域で書かれていることは、誰もが想像することに違いない。

秋の夜《よ》は、はるかの彼方《かなた》に、
小石ばかりの、河原があって、
それに陽は、さらさらと
さらさらと射しているのでありました。

陽といっても、まるで硅石《けいせき》か何かのようで、
非常な個体の粉末のようで、
さればこそ、さらさらと
かすかな音を立ててもいるのでした。

さて小石の上に、今しも一つの蝶がとまり、
淡い、それでいてくっきりとした
影を落としているのでした。

やがてその蝶がみえなくなると、いつのまにか、
今迄《いままで》流れてもいなかった川床に、水は
さらさらと、さらさらと流れているのでありました……

この詩の「小石の上」の「蝶」は「死」の暗喩としてこの詩に生命を賦活している。中也はよく「死を夢見る」詩人であった。フランスの詩人で哲学者のポール・ヴァレリーは、「思索において、人は暖炉にもたれかかるように『死』にもたれかかる」とどこかに書いていた。中也が「死を夢見る」のは絶望の淵からであって、詩人を「魂の労働者」だと宣明したのは中原中也であった。

「初めは夢の中だと思った」。『風』の冒頭がこう始まり、その後に続く一文章が、あたかもあの三・一一の震災による大津波を思わせることは既に指摘したことである。この小説にユングのいう集合的な無意識があるとすれば、津波によるおびただしい犠牲者の死と今なお復興が待たれる人たちの自殺の急増であろう。ただそれが作品の表面に出てくることはもちろんない。作者は若末善紀の横須線での爆破事件による多くの死傷者を出した廉《かど》で、死刑の宣告を受け、死の予感と戦う獄中生活を余儀なくされている若末の内面と外部環境を描いているだけだ。しかし、この小説において夢が度々に噴出することは注目せざるを得ないところだろう。先に引用した長山との運動場での議論のあと、二人が全速力で向かい合って走る「ジッケン」の場面の結びでは、つぎのようなくだりを読むことになる。

――見下ろす角度で思い出した。明るい褐色のグランドとレンガ塀、鮮やかな緑の花壇に咲くチューリップやヒヤシンスの中の無邪気そうな囚人六人、看守の表情も穏やかだ。そういえばあの漆喰の落書きもいいものだったのだ。若末は了解し、了解すると夢は終わってしまった。

そうしてもう夢を見たことすら想い出すことは無かった。

若末と長山の白熱した議論の後に続く、エネルギー保存の法則を証明する衝撃的な「ジッケン」は、稚気に類した「夢」に終わる。それも「見下ろす角度で思い出される」だけで、一場の夢はもう思いだされることもないのである。この視線は「ホラホラ、これがぼくの骨」と詩った中原中也の視線と重なり、「考えることが思いだすこと」と同義のような川端の『山』の主人公尾形信吾の思考パターンを思いださせずにはおかないものだ。

かくして『風』の主人公の若末は小菅に移り、巣鴨の東京拘置所での拘束生活は終わりを告げ、死刑執行の時はますます急を告げて主人公の前面に迫ってくるのである。


さてここで、後ろを振り返るようにこれまでの論旨を改めて読んでみよう。『コンビニ』についての私の読解はあまりに大まかで、いま少し検討を加える必要があるだろう。私は先に川端の『山』と工藤の『風』との比較で、「部分」的な人生感を「全体感」に広げることに成功していると留保をつけながらも前向きな評価をした。

しかし、それはどうもこの小説の表層から全体を単純に割り切ったものではなかったかという疑念を払拭できないのだ。なぜなら『コンビニ』そのものが「部分」なので、それを「全体」感にしようとする女性主人公「私」のけなげな努力そのものが、どこか不自然で歪んだものだという印象がぬぐえないからだ。『山』から『風』と進んできた線がここへきて、下へ曲がり折れている様子が痛々しく思われてならない。女性主人公の「私」がそれに気づいていれば、なおのことである。この小説の長所はこの「自意識」が下地にあることだといっていいだろう。

――肉体労働は、身体を壊してしまうと「使えなく」なってしまう。いくら真面目でも、がんばっていても、身体が年をとったら、私もコンビニでは使えない部品になるかもしれない。

――気がついたんです。私は人間である以上にコンビニ店員なんです。人間としていびつでも、たとえ食べていけなくてのたれ死んでも、そのことから逃れられないんです。私の細胞全部が、コンビニのために存在しているんです。

こう述懐している「私」は大学を出ながらパートをしている。パートや派遣社員という非正規の労働者は、二〇一六年の雇用統計では全雇用者の四割を超えている。彼及び彼女等は低賃金と身分差別という格差に苦しみながら働かざるを得ない状況にある。『コンビニ』に登場する白羽さんという支店長でさえ正社員とは思われない。こうした非正規の社員は、ちょっとしたことから馘首されたらお終いである。特に支店長となれば、管理職扱いで朝早くから夜遅くまで働かされる。残業代のカットは当然、穴が開いたら部下の仕事まで補わなければならない。その支店長が会社のオーナーへ不満を漏らしたことで、バイトのくせに生意気だと即日解雇された事例まであるくらいだ。小説『コンビニ』はこうした過酷ともいえる労働環境での「私」の奮闘ぶりが少し異常でさえあるのだ。

――あ、私、異物になっている。ぼんやりと私は思った。店を辞めさせられた白羽さんの姿が浮かぶ。つぎは私の番なのだろうか。

この白羽という男性が街の隅におどおどとうずくまり、身を隠しているのを見つけた「私」は詰問すると、白羽がこういう。

――僕に言わせれば、ここは機能不全世界なんだ。世界が不完全なせいで、僕は不当な扱いを受けている。……この世界は異物を認めない。僕はずっとそれに苦しんできたんだ。

この「私」と「白羽」とのやりとりはこの『コンビニ』という小説の本質に迫るとても面白いところだ。「私」は苦境にある「白羽」を自分の家に強引に連れて帰る。これからがまた笑える科白が行き交い、現代を相対化し風刺するような面白さに満ちている。

デフレ経済で企業同士がしのぎを削っているのが現在である。『風』が一九六九年の東京オリンピックを前にした右肩上がりの経済下、『コンビニ』は世界同時不況で、閉塞感の漂う時代を背景とする現実を勘案すれば、主人公の「私」と「白羽」との関係の逆転は見るに忍びないものがあることも確かなのだが。

画家のアンリ・マティスは『画家のノート』の中で「全体こそ唯一の理念である」と述べた。画家の目指す「全体」の理念はタブローにおける美的なる調和と統一である。『風』の若末と長山の議論の根底にはこの「理念」が政治的な理想として生きていた時代背景があった。しかし、『コンビニ』の時代においては、そうした「理念」はもはや見当たらない。グローバル化した資本主義の政治・経済は限界を前にして疲弊に喘いでいる。そのような中で、小説『コンビニ』の主人公の「私」は人生の「部分」感を自己のなかへ繰り込んで「全体」感を摑もうと、自虐的ともいえる努力をしている。しかも一抹のユーモアを湛えた小説に賞の選考委員の賛辞が集まるのは当然だろう。

この村田沙耶香の芥川賞となった小説を、試みに「不況下の文学」と括ってみるとしよう。すると昭和二十四年にできた『山』はどうなるのだろうか。批評家の中村光夫は戦争直後から講和条約が結ばれるまでの文学を「占領下の文学」と呼んだことがあった。ならば『風』を加藤典洋が「アメリカの影」の副題に「高度成長下の文学」と呼んだ一連の作品の中に置いてもおかしくはなかろう。『山』の尾形信吾と『風』の若末善紀、そして『コンビニ』の「私」（古倉恵子）の主人公を並べて、戦後七十年という時の流れに泳がせてみたらどうであろうか。昨年のWHOが発表した「世界保健統計」によれば、日本人の平均寿命は八十三・七歳の世界一、これは二十年以上前からのことだそうである。GDPでは必ずしも国民の幸福度は測れないだろうが、平均寿命が世界一伸びている日本は健康そのものだと言ってもいいにちがいない。

『風』には獄中の隣人片桐に、若末の人生の「部分」感について、「説明しても分かってもらえないだろう」と独りごちる場面があった。このとき、説明しようとした若末の脳裡に、唯識論と輪廻転生の大乗仏教の奥義があったのかもしれない。川端と親しく交流した三島由紀夫が、『豊饒の海』の四部作に「世界解釈」を企て、この仏典の不思議な奥義を導入しようとしたことは、専門諸兄等には周知のことであろう。三島と深い交友をもった川端がまたこの仏典に通じていないはずはなかっただろう。若末は幾度も人生の「部分」感を述べ、果ては世界の「半分」しか知ることができないと言及する背景には、それなりの思考の痕跡があったはずである。そして、川端が『山』で主人公の尾形信吾に「人生の部分品」というような、川端にしてはこなれない言葉を小説の会話文に使ったのにはどのような背景があったのであろうか。既に引用したところだが、再度、前後の文章を補足しておきたい。

――この横須賀線に毎日乗るだけで、いい加減おっくうだね。このあいだも、料理屋で会があって、老人の集まりだから、よくまあ何十年も、同じことをくりかえして来たものだ、うんざりするね。くたびれたね。もうそろそろお迎えが来ないか。

　菊子は「お迎え」という言葉が、とっさに分からぬようだった。

――閻魔の前に出たら、われわれ部分品に罪はございません、と言おうという落ちになった。人生の部分品だからね。生きているあいだだって、人生の部分品が、人生に罰せられるのは酷じゃないか。

――「でも。」

「そう。いつの時代のどんな人間が、人生の全体を生きたかというと、これも疑問だしね。たとえば、その料理屋の下足番はどうだ。客の靴を出したりしまったり、それだけが毎日だろう。部分品もそこまでゆけば、かえって楽だと、勝手なことを言う老人もいてね。……

この「人生の全体」から「料理屋の下足番」までの間には、どうにも看過できない空白と飛躍があるのではないか。川端はこの「人生の全体」という抽象的・概念的な言葉で一体なにを言いたいのであろうか。一人の作家として川端には、東京空襲の直後にその惨状の現場を歩いて見て回った経験があった。黒焦げの累々たる死者に自分を擬してもおかしくはないだろう。まだ戦争の記憶が生々しい戦後の川端の目に、先の戦争はどのように映ったのであろう。「人生の全体」という言葉、「部分品」という言葉との間には、川端の戦争体験が横たわっているように思われてならない。『山の音』は自然の猛威を暗示して不気味である。谷戸の多い鎌倉は海からの風に煽られて、激風が山そのものを動かす恐怖に襲われたこともあったろう。そのとき、川端の脳裡に累々たる無数の死体が甦ったとすれば、個々の人間の死の意味が「部分品」という言葉に受胎されたとしてもおかしくはない。その中には友人の横光利一もいたことだろう。自然でさえも無疵ではいられないことを、川端は戦争の体験を通じて知ったはずだ。川端にしては舌足らずな、『山』におけるこの文章に隆起しているものは、戦争へのどうにもならない「怒り」であったにちがいない。中村光夫が「占領下の文学」と呼称した「戦後文学」ではないが、江藤淳の『閉ざされた言語空間』を参考にこれを川端にまで援用するならば、川端における表現上の「擬態＝韜晦《とうかい》」とも想像されるものが、ここに路頭していると見ていいのではないか。

工藤の『風』の主人公には、明らかにこの時代の空気への反抗心が透けてみえる。三島の自決への安易な嫌悪は、若い主人公への屈折した心情への作者の肩入れにすぎなかろう。作者が小説の材料にした「横須賀電車爆破事件」の若末善紀は、昭和四十三年の「父の日」に事件を起こしている。六月十六日の十六という数字に作者が随所にこだわっている最大の理由は、東京での美智子という女性との出逢いと結婚の「誓い」の日付であろう。この恋愛の挫折こそ本小説の重要な鍵となるものであることは強調しておこう。

この実在の犯罪者の方は房内で歌を詠み、「死に至る罪」という歌集を出した真面目な青年だったとのことだが、この事件を素材にした『風』に幾度も記される「半分の自分」という言葉には、デンマークの哲学者のキルケゴールの『死に至る病』にある一章句が、現実の歌集の題名と呼応しながら、ここに照応しないではおれないものだろう。

――自己が自己自身の可能性のなかでこれこれに見えるということは、半分の真理でしかない。なぜかといえば、自己自身の可能性においては、自己はまだ自己自身から遠く離れており、あるいは、ただ半分だけ自己自身であるにすぎないからである。

――呼吸はひとつの矛盾である。……。しかし、健康な身体はこの矛盾を解いている。そして、呼吸していることに気づかない。信仰もまたそれと同じである。（『死に至る病』ゼーレン・キルケゴール）

同じように言うならば、『コンビニ』の「部品」になろうと自虐的なまでにけなげな奮闘をしている「私」（古倉恵子）は、川端に倣っての甚だ失礼な言い方をすれば「料理屋の下足番」と同類といってもおかしくはないだろう。

これまで偶々取り上げた三つの小説において、川端の『山』は占領下の、工藤の『凪』は高度経済成長下の、村田沙耶香の『コンビニ』は世界同時不況下の、それぞれの時代における、自然の呼吸を奪われた時代閉塞の息苦しい文学の特質を表現していて余りあるものだ。それはキルケゴールの「絶望」と同じように、呼吸のように意識されることはないのだが、これらの文学作品は無意識のうちに「全体性」という可能性をもとめていることは、現代世界の状況を予兆して興味深いところである。『凪』が小説の冒頭から「夢」を暗示し、「夢」を希求して終わるこの小説は、想像力による文学の可能性を考えさせるものであろう。

詩人の中原中也にとって、詩は己の実存を賭する「祈りのようなもの」（「若き詩人との対話」フランツ・カフカ）であった。

　風が立ち、浪が騒ぎ、
　　無限の前に腕を振る。

（「盲目の秋」）

スイスの精神病理学者ルートヴィヒ・ビンスワンガーに『夢と実存』という小論がある。若き日のフランスの哲学者ミシェル・フーコーはこの小論に、その数倍する難解な「序文」を寄せている。その序文の冒頭はこんな具合に始まっている。

――フッサールの『論理学研究』が一八九九年に出版され、フロイトの『夢判断』が一九〇〇年に公刊されたという、この年代の一致は、いくら強調しておいてもよいと思う。この二つの本は、人間がおのれの意味作用を捉えなおし、その意味作用のうちでおのれ自身を捉えなおそうとする二つの努力だったからである。

さて、フーコーがビンスワンガーの『夢と実存』へ卓越した分析と洞察をしていることには驚くしかない。フーコーはフッサールの研究がいかにフロイトの仕事に寄与しているかを鋭利な批判を加えつつ、「結局のところ、現象学的分析が、多様な意味志向的な構造の根底に浮かびあがらせるのは、表現行為そのものなのである」と言っている。フーコーはフッサールのこの著作の末尾にあるつぎの一文に照応する透徹した「実存」と「夢」との豊かな関連を示唆していることはたしかなことであろう。

――夢の始まりと、覚醒のおわり、内的生活史のゆくえとは、それぞれ無限にのびている。なぜなら、われわれが、生命と夢がどこで始まるのか知らないのと同じく、われわれは人生の道程において『もっと高い意味において、「単独者」であること』が人間の力を超えているということについて、くりかえし想起させられるからである。

フーコーの「序文」には、「想像するとは、夢みているおのれを夢みることなのである」「叙情詩は季節的なものでもあり「真昼の夜」なのである」「夢こそ詩の最初の心象であり、そして詩は言語活動の原始的形式、『人類の母語』なのである」等、「実存と夢」についての宝石のような洞察が燦めいているのだが、このフーコーの「序文」から、その最後の文章を引用して、この小論を終わらせることにしよう。

――してみれば、想像力の中心に夢の意味作用を結びつけることによって、実存の基本的諸形式を復原し、実存の自由を明らかにし、実存の幸不幸を見定めることもできるであろう。けだし、実存の不幸とはつねに自己疎外〔狂気〕のがわに記入されるものであり、実存の幸福とは、経験的なレベルにあっては、表現の幸福ということでしかありえないからである。

フーコーは一九〇〇年にフロイトの『夢判断』が公刊された意味を強調したが、この最後の一文の背後に、一九〇〇年に発狂したままその生涯を閉じたニーチェの影をおぼろに想起していなかったはずはなかったであろう。小林秀雄が友人の中原中也の最期を語ったと同じように。

（平成二十九年）

文芸批評家の想像力

以前に小説家の想像力について述べたことがあります。今回は、この小説家とその作品を主に論じる文芸批評家という人達へ焦点を当てることにします。彼等も作家と異なる方法から想像力により文章を書いているのでしょう。では彼等は一体どういう存在なのでありましょうか。江藤淳という批評家は「小林秀雄」を論じた批評文の冒頭で自分へこうした疑問を放っています。江藤淳は小林が「自覚的な」批評家であると指摘します。自覚的とは自分の仕事を「自身の存在の問題として意識している」ということだそうです。江藤が批評家を論じるにはまずこの了解の一歩が必要だった。一般的に批評家の想像力はここを起点に始まるのですが、特に小林を論ずる場合は、ここに焦点を当てる必要を感じたのでしょう。

詩人も作家も画家も、それなりにすぐれた仕事をする人には、その人の側には必ず影のごとく立っているのがこの「自覚的」という意識であります。なぜなら、創造的な仕事というものは、この影との内的な対話を通じて現れるからです。文芸批評家が働かす想像力は、作家や作品だけではないのですが、作家を論じる場合には作家自身の内的な対話から、あたかも医者が手術に際して患者の身体にメスを入れるように、その作品なり作家の内部に分け入ることから、彼と作品を見ます。場合によっては麻酔薬を注射して作品を仮死体にして、その身体を解剖することで、作品を内側から照射して新たによみがえらせることさえ行います。江藤淳の『成熟と喪失』は六十年代の一連の作家の作品にそうした方法で、鮮やかな光を当てたと言えるでしょう。

或いはまた、こうした方法を拒否して作品というテクストを作者から切り離して、「エクリチュール」(ロラン・バルト)という独特な言葉を使い、「テクスト」に基づいて想像力を行使することでの批評を展開した例もありました。バルトは日本に来て『表徴の帝国』という日本論も書いて、華麗な批評活動を展開したのです。

日本の加藤典洋という批評家は、『敗戦後論』で日本の戦後を論じました。敗戦の前後に日本の根幹に関わる問題をみたからです。こうした一連の日本の戦後論を、『戦後入門』としてまとめた一書を最近に刊行しています。また『村上春樹は、むずかしい』という新書を出しています。この批評家が村上春樹に注目したのは、戦後間近に中村光夫が「占領下の文学」で当時の文学を論じたように、「高度経済成長下の文学」として村上春樹のデビュー作『風の歌を聴け』の新しさを評価したからです。気分がよくてどこが悪いというメッセージをこの小説に看取したからだと加藤自身が述べています。この批評家の想像力は右を見るときに、左も同時に見る複眼性とこれらを反転させる手法に特色があります。加藤氏はカフカの「世界と私との戦いでは世界を支援せよ」というフレーズに惹かれているのですが、このカフカ独特の二重性とその逆転は、そのまま加藤の『敗戦後論』の批評の想像力に援用されています。氏はあるところでエドガー・アラン・ポーの短編「ヴァルドマアル氏の病歴の真相」の異常な結末に快感を覚えたことを告白しています。このポーの短編は死の瞬間に催眠術をかけられ、そのまま生と死のあいだに宙づりになっていた仮死体が催眠術を解かれた瞬間に、みるみると異臭を放って腐敗していくのですが、このところにえもいわれぬ快感を覚えたと述べています。長い詩なので引用はできませんが、金子光晴の詩に「大腐乱頌」という作品があります。あの詩も加藤と同じ快感を詠ったものかも知れません。腐敗は特段に負のイメージだけではない。腐敗することにより物質はその隠れた味覚を引き出されるプラスの面もあるのです。人間は歳を重ねて成長していきますが、ある時点から老化に向かいます。現在、日本人の大多数の高齢者はそうした経験をしています。そのことを自覚的に書いた最初の小説は谷崎の『鍵』や『瘋癲老人日記』でしょうか。加藤典洋という批評家の想像力はポーの短編やカフカのフレーズに牽引されています。それと同質の想像力から、日本の敗戦とその後の成長という歴史的経験を探ろうとしました。一九九五年の『敗戦後論』は（それ以前の著書『アメリカの影』もそうです）、明治維新から百二十年を経た日本の近代が敗戦により一旦死んだ状態から戦後が始まったのですが、日本人がその戦争における内外の死者を正式に弔うこともできないままに戦後五十年を生きてしまった。特に、戦勝国のアメリカとの関係にいろいろな問題を指摘しています。

ここで少し横道にそれますが、あのカフカの『変身』は日常の中の異常と同次元での異常の中の日常を書いていています。セールスマンをしていた家族の一員が、ある朝気懸かりな夢から起きてみると、自分が巨大な毒虫に「変わり身」（多和田葉子の翻訳はカフカの作品理解に寄与してくれます）をしていることを発見します。しかしこの男はその朝も会社へ出かけようとするのですが巨大な虫になってしまった身体は以前のように自由に動いてくれず、自分の部屋から出ることもできません。このグロテスクな光景を家族がそして会社の上司も知ってしまい、一騒ぎになるというわゆる変身譚の小説です。ただカフカのこの小説は単に読者の意表をついただけなら、この小説が同時代に異彩を放つことはなかったのです。そのような物語はたくさんにあったのですから。カフカの文学の独自性は、それが日常の時間性を特別に変化させることもなく進行するところにあるのです。これはフッサールという哲学者が現象学で行ったことに対応するでしょう。カフカは自分が書いたこの小説を妹たちに朗読したところ、妹たちは大層笑ったそうであります。

加藤氏に話を戻せば、死んだはずの日本が、ポーの短編のように催眠術にかけられ仮死体となり、氏はその腐臭を、神戸淡路大地震と地下鉄サリン事件が起こる以前から嗅いでいたことを、あの評論は表現していたかのようです。そしてそこから、カフカの『変身』の主人公グレゴール・ザムザが自身の身体のねじれに抵抗するように、日本というねじれた身体へ投影し、このままでは腐臭を発し続ける仮死体の日本の異常性を、新たな場所から出発させることはできないと考えます。そして憲法9条を改正する提言を行っています。なかなか大胆な意見だと思いますが、もちろん異論がないわけではありません。それは国連中心的な政治姿勢にあるでしょう。現在の国連が多くの国民国家の混乱に対処できずに機能不全に陥っていることは明白です。ところで、この国連の発想は(現在の欧州共同体もそうですが)、フランス的な知性を代表するつぎに紹介する人物にその一端を負っています。

ポール・ヴァレリーという哲学的な批評家は文学一般から目を背け、海辺に落ちている貝殻という自然物についての、精密かつ精妙なる「人と貝殻」のようなエッセイを書いています。この二十世紀の知の巨人の想像力は、自然が創りだしたえも言われぬ完璧な美的作品に透徹した知的な想像力を働かせます。「一体誰がこれを作ったのか」と。この素朴な疑問は芸術の制作物へと広く深く浸透していくのですが、斉藤磯雄の日本語訳の努力にもかかわらず、その文章の理解には難解なものがあります。ここでヴァレリー自身の言葉を一個の貝殻を机上に置いてみるようにしかこのエッセイを紹介することができないのが残念です。この写真の貝殻は伊豆のある温泉で食卓に出たばい貝ですが、私はそれを家に持ち帰り写生しながらその自然の形と文様に驚嘆してしまいました。ヴァレリーの文章は一個の貝殻を模写する画家の筆が執拗にたどるその線や陰影のごとくに、繊細にして強靱であります。いったい人間に何ができるのかと呟く、ヴァレリーの若き日の作品『テスト氏』が、一切の曖昧なものを拒絶する身振りをそれは思い出させます。件のエッセイの一部を引用することでひとまず、『テスト氏』のあの孤独な部屋から足音も立てずに引き下がる語り手のように、わたしもこの場から退場することにいたしましょう。

――貝殻の問題はささやかなものながら、こうしたことのすべてをかなりうまく例示し、わたしたちの限界を照らし出すのに十分である。人間がこの物体の作者ではなく、偶然がこの物体に責任をとるわけではないので、わたしたちが「生きた自然」と名づけたものを、きちんと発明する必要がある。「生きた自然」の仕事とわたしたちの仕事との差異によって、かろうじてわたしたちは「生きた自然」を定義できる。だからこそ、わたしは人間の仕事とはどういうものなのかを少し正確にしなければならなかったのだ。

さて話を本題に戻し、加藤典洋の場合をさらに敷衍しなければなりません。しかし『敗戦後論』以降、氏の想像力はその後に起きた人災（東日本沿岸部の「原発事故」）、そして自然災害（東日本大地震）を飲み込んで拡大・深化いたしました。多数の著作が書かれています。それらに一々応接するゆとりはありませんが、二〇一六年の夏から秋にかけて出された三冊の本『言葉の降る日』『世界をわからないものに育てること』『日の沈む国から』の三冊の、その最後の本から、「『戦後』の終わり」と「『災後』のはじまり」へ加藤は複眼的な想像力をはたらかせている。特に、映画（「ゴジラ」）や漫画（「鉄腕アトム」等）のビジュアル系から読者へ働きかけることで批評の視界を広げ、このふたつの文化アイコンの一対を聖書のヨナに仮託して未来へ結びつけようとの努力は示唆に富むものと思われました。一九七〇年代に、パラオやペリリュー島など、東南アジアの島々でダイビングをしていた経験から、実体験的に共感できる部分があったことを、激戦地の草地にうずくまった赤さびた戦車の残骸や水に浸って不気味に静まり返る洞窟を覗いた記憶と共にここに書きつけておきたいのです。

（平成二十九年）

「最後の批評」(江藤淳)

吉本隆明の死去に伴い思いだす人物は、一九九九年の七月に六十六歳で自らの命を絶った江藤淳という文学批評家のことである。

学生のころに、図書館で『小林秀雄』を読んでいて、胸を熱くした覚えがあった。この人における喪失感というものが余程に深いことは、社会学者の上野千鶴子が『成熟と喪失』は涙なくしては読めないとの感想を書いていたのを読み、さもありなんと納得したものだ。

吉本のところで記したことだが、二人の対談で印象的だったのは、吉本が現実の政治に傾倒している江藤を前にして、あなたほどの人があああした世界へ肩入れしていることは、もったいないのではないかとの趣旨の発言に、江藤が色の為す態で次のような反論をしたことだ。

――私はあれを文学だと思うからやっているのです。

吉本が江藤淳の『作家は行動する』や『表現としての政治』等を読んでいないはずはなかったのに、ふとしたはずみに口をついて出てしまったのは軽率だったからでは勿論ない。思想家の吉本からみれば、現実の政治などは文藝批評の対象に値しないとの考えがあったからのことだったのであろう。

ときおり江藤淳が見せる激情はさすが、三島の自決について小林秀雄との対談中、あれは一種の病気だとしか思えないとの江藤に対し小林が、そんなことを言ったら、ああいうことは日本には幾らでもあった。大塩平八郎の乱はそうしたものだろう。あなたは日本の歴史を病気だというのかと一喝し、江藤は一瞬、ことばを失う様相をみせた場面があったことが思い出される。

江藤淳の明敏にして情熱を湛えた文体には、深い喪失感と同時に強い抑圧の感情がその心底にあり、それこそ、『アメリカと私』から連綿とつづく、アメリカの占領政策の内実に迫る「一九四六年憲法—その拘束」等の論考になったものと思われる。それにしても、『自由と禁忌』における丸谷才一や吉行淳之介への筆誅ともいえる批評文は、凄まじいものであった。なにもここまで言うことはないのではないかと思ったほどだ。これに較べれば柄谷行人の座談会での「馬鹿野郎！」発言などは幼稚なものだ。江藤はよほどに堪忍袋の緒が切れたのにちがいない。それは文学だけではなく、現状の政治への絶望にちかい不満からも来ていることは明白であった。「大空白の時代」「それでも小沢君を支持する」等の文章に、そうした危機感の顕れをみることができる。

江藤が自裁した七月二十一日の夕刻、私は大久保百人町の方角を見下ろす職安通り沿いのビルの六階にいた。その大久保百人町こそ江藤が生まれ育ったところであった。天気が急を告げるかのように、荒れて風雨が激しくなった。辺りに闇がしのびより暗雲がたれこめる天候の異変に驚き、私が大久保百人町の辺りを凝視していたのは偶然といえばあまりの偶然であった。江藤淳はちょうどその時刻に自らを処決したのであったらしい。氏が自分の出生の地である場所が、淫猥なホテル街へ変貌していく様に、深く傷つきその憤りも露わにして書き記した『戦後と私』から、その一文を引いておきたい。

――「私はある残酷な昂奮を感じた。やはり私に戻るべき『故郷』などはなかった。しいて求めるとすれば、それはもう祖父母と母が埋められている青山墓地の墓所以外にない。生者の世界が切断されても死者の世界はつながっている。それが『歴史』かも知れない、と私は思った」

この文章のあと、「戦後は喪失の時代としか思われなかった」と江藤は、はっきりと述べている。ところで、私は「江藤さんの決断」についての朝日新聞の呼びかけに、めずらしくも投稿したのだが、それがその年の十二月に本となって送られてきた。私が書いた文章の題名は「最後の批評」であったが、朝日新聞社はその下に、「ではなかったか」との留保の文言を加えていたのにはあっけにとられた。

江藤は自決に際し、次のような文章を認めている。

――心身の不自由は進み、病苦は堪え難し。去る六月十日、脳梗塞の発作に遭いし以来の江藤淳は形骸に過ぎず。自ら処決して形骸を断ずる所以なり。乞う、諸君よ、これを諒とせられよ。

平成十一年七月二十一日　　江藤　淳

私は江藤の自決に三島の自決を投影させたかったのかもしれない。自死はそのまま批評家の「行動」として受けとめようとしたのだ。だが吉本氏の「追悼私記」は江藤の自死に、森鴎外の岩見の人、森林太郎として死にたいという願望と同質なものを見ようとしている。私は投稿でつぎのようなことを書いていた。

――若い時代に大学の図書館で『小林秀雄』に熱い感動を覚えて以来、江藤淳氏の書くものはほとんど読んできた者です。

『妻と私』読後の、なにかのっぴきのならない悲哀と痛苦は、しばし私の胸にわだかまりました。顧みれば昭和四十一年、『戦後と私』の中で「この世の中に私情以上に強烈な感情があるか」と揚言し、「文学とは私情を率直に語ることではないか」と述べた批評家、最後まで「戦後」との妥協を排した者の、孤独で甘美さえ漂う『妻と私』はいまからすれば氏の「白鳥の歌」だったのでしょうか。

三島由紀夫、そして川端康成の自殺に冷淡とも思える批評を放った氏が、同じ道を選ばれたことに一度は当惑を覚え、たとえ荷風散人のようであれ一単独者として生き続けて欲しいと思いましたが、「私情」に殉じることとさえはばからぬ江藤淳氏の生き方と死に方は、ほんとうの「私」も、また、ほんとうの「公」も見失った戦後に対する身を挺しての「最後の批評」ではなかったでしょうか。

晩年は漱石論を書きつぐ傍ら、ますます衰亡を深めていく日本への警鐘を鳴らし、戦後文学が占領政策の検閲によっていかに抑圧されたかという実証研究等へも捧げられました。

一友人は手紙で、「思想よりもなによりもその人生を感じさせる」との感想を書いてきましたが、氏ほど人生と相渉った思想を感じさせる、熱き硬骨漢として生きた人間もまた、今の世には珍しいのではありますまいか。

ここには、江藤淳の批評への私の批評が入り込んでいることは言うまでもない。「荷風散人のようであれ一単独者として生き続けて欲しい」というところに、『荷風散策——紅茶のあとさき』（平成十一年刊）の一文に、私が感じた違和があったからである。それは「偏奇館炎上」の最後の文章であった。江藤氏は荷風を売文の徒ではなく、自分も売文に四十年間暮らしてきた者として、荷風の境地を仰ぎみようとしている。私はここに江藤氏の謙虚な姿勢を取り損ねた次第であった。

読者は自分の作った像で、一作家を判断しようとする。今から冷静に眺めれば、吉本氏の判断の方が正鵠を穿っているのかもしれない。

（平成十二年）

ヴァレリー素描

「私」とは最大の虚構である。

一九六九年の黄昏時、日本橋の兜町の路上で私にやってきたこの奇怪な思念から、人はいかなる自己を支えることが可能なのか。この不可解な淵のうえに、いったい彼のどんな人生がゆるされているのだろうか。

私が『テスト氏』に逢ったのは、生きることが自己をささえることであった、そんな青年期の一季節のことであった。

——しばしば、僕は、自分にとって、何も彼も終わった、と思い込んだ。そして、この或る苦しい局面を、ただ全力をあげて解き究めてみようとした。

『テスト氏の一夜』は、一八九六年、ヴァレリー二十五歳のとき、「サントール誌」に発表、因みに同年ヴェルレーヌ死去、ベルグソンが『物質と記憶』を発刊している。

読者は件の文章に素朴な疑問を抱くことができる。即ち、何も彼も終わったと思われたものが、どうして〈苦しい〉わけがあるだろうかと。なるほどこの疑問は当然だが、正しくはない。なぜならここに、ヴァレリーが『テスト氏との一夜』を書いた契機ではなく、それが書かれた動機と、

「僕」が『テスト氏』と出逢う必然とがあるからである。

夙に、一八九三年、ヴァレリーは詩作を廃していた。

――〈人間の特徴は意識にある。そして意識の特徴はその中に現れる凡てのものを不断に汲み涸らし、この凡てから休みなく洩れなく超脱することにある〉

この不断の運動こそ、ヴァレリーの精神であり、彼にとって言葉はこのために極限まで精密化されざるを得ないものであった。

――〈私は詩人ではない。が、倦怠した男なのだ〉

と当時、ヴァレリーは一友人に宛てた手紙に書いている。このヴァレリーの倦怠が、いったいどれほどの意思に酔いしれ、奇怪な自意識の星雲のなかにあったかは、一八九四年に発表された「レオナルド・ダ・ヴィンチ方法論序説」にその詳細を知ることができるだろう。

『テスト氏との一夜』は、こんな彼の「半ば文人、半ば野人、或るいは一口に内的なといってもいい一青年期」に書きあげられたものである。読者は己が手で詩を葬り、言葉の虚偽性から能う限り自由になった「僕」とともに、『テスト氏』との面接に導かれ、彼の声を聴き、彼の挙動を見ることになる。

ところで、「私とは最大の虚構である」とは、私とは私であるという不断の認識に貫かれているはずである。意思の陶酔と骨を裂くほどの倦怠とは、人間精神の二つの気分的面貌である。詩人とはこの力学を極限まで体験する人間の謂いである。ヴァレリーが師として慕ったマラルメは、こうした精神の絶嶺を登りつめた果てに書いた『イジチュール』の草稿を、ヴァレリーに読ませながら、「私は狂ってはいないだろうか」とことばを洩らしている。こうした仔細は、トーマス・マンの『トニオ・クレーゲル』からすれば、「詩人になるためには何か監獄のようなものの事情に通じている必要がある」ということになる。どんな人生もゆるされていないとは、そういう意味である。が、にもかかわらず人は生きなければならない。自己をささえ、しかもその姿勢のまま、人生という断崖の上を野原を行くように歩いていかなければならない。「僕」が出逢った『テスト氏』とはこうした精神の一怪物であった。

――彼等こそ、生活が透き通ってしまって姿も見えぬ、世の孤独な先覚者なのである。

ヴァレリーは後年、『テスト氏との一夜』に序文を寄せて、「テスト氏」は現実の世界では数十分ぐらいしか生存できぬだろうと書いている。

――では何故テスト氏は存在し得ないのか―この疑問こそ彼の魂である。この疑問が諸君をテスト氏にしてしまうのだ。何故かというと、彼こそ可能性の魔自身に他ならないからである。

自己を支えようとすることは、即ち生きることではない。私は私であるという絶対の明証は、私は他のものであるという希求をふくまないものであろうか。これもまた、絶対の明証を独り牢獄のなかで生きぬこうと決意しているカミユ『異邦人』の主人公ムルソーには、星としるしに満たされた夜が、はたして訪れなかったであろうか。

ヴァレリーは「海辺の墓地」で詩っている。

Regarde, moi qui charge......

（変わりゆく私をみよ……）

一九四五年。

「可能なるものの中にわたしを喜ばせるものが認められない」と「手帖」の余白にしるし、七月二十日午前九時、ポール・ヴァレリーは死去した。

ヴァレリーは何者であるかという問いは、ヨーロッパ文明そのもののなかへと我々を導くものだ。一八七一年から一九四五年に亘るヴァレリーの生きた時間は、ヨーロッパが一人の人間のかたちをとって、自己についての可能な限りの思いを廻らした歴史であった。

ヴァレリーは信じていた、変換する精神の力を。

〈この人は夙に、言わば人間の可塑性（la plasticite）と呼ぶべきもののおろそかに出来ぬ所以を知っていたのだ。彼はその限界と機構を探った。わが身の可鍛性（la malleabilite〉についてはどれほど思案を重ねねばならなかった事か〉『テスト氏との一夜』（小林秀雄訳）

精神の力を信じるとはこういうことである。

（昭和五十八年）

『吉田健一』（長谷川郁夫）

メールか電話だったかで「小沢書店」がなくなったのはほんとうに残念ですと誰だかが言っていたのは覚えていたが、その書店の店主が長谷川郁夫という人だとは知らなかった。また吉田健一の命日が八月三日であることを知らずに、本の巻末までその愉楽の時間を味わい尽くして、ちょうど今日がその日だなんてまるで狐につままれたようで、私はほんとに仰天してしまった。これは嘘のようだが本当の話である。吉田の言葉の「文学とは本のことだ」という至言が、こわいように思われたのは冗談でもなんでもなくて、私がいま語ったことは事実なのだから仕方がない。

私は吉田健一のファンではなかった。ファンになるためにはこの人ほどの学識も語学力はもとより、品性に欠けているように思われた。しかしである。私は長谷川郁夫のこの量塊のある一書を読むことで健一さんのファンになった。吉田さんの『ヨオロッパの世紀末』『英国の文学』『ラフォルグ抄』等の読者であったことは事実だが、そのあまりに早すぎた死にことばもなく、しばらく吉田さんのことを忘れていた。だが神保町の「ランチョン」には入ったことはある。それは古本屋の街路を歩いていると、「ランチョン」の硝子窓からこちらをみる視線を感じ、それでのこのこと階段を上がってテーブルに座るとそこに吉田さんがいて、私もギネスのビールを飲むことになり、それからギネス党員になったからだった。いやみえすいた嘘のような本当の話はこの辺にして、私はこの本について語らなくてはならないのだ。

石榴の実はどの石榴の実の粒も正確に三六五個あるというのがスペインの巷説にあるそうだが、この本のどのページを開いてもそこに、日本では稀有な文芸評論家にして随筆家であり『金沢・酒宴』等の長短篇の小説家であった吉田健一という人間が詰まっていて、あの奇天烈な笑い声が聞こえてくるのである。滋味あるエピソードには事欠かず、むかし懐かしい人の名前を見つけて、よくぞ小まめに調べてくれたものだと驚嘆するばかりであった。たとえば「『鉢の木会』異聞」におけるエピソードでは著者の筆は縦横に駆け巡って仔細を語り尽くしている感がする。

マラルメの詩を暗唱して電話で聞かせ、篠田一士がひとつの間違いもないことを請け合ったそうだが、私はシェイクスピアの詩の魅力を教えられたのはたぶん健一氏であったし、ラフォルグの「水族館」を読んでから、上野の水族館へ幾度か通うことになったのもラフォルグというより吉田氏の翻訳のせいだろう。出雲橋の「はせ川」は探したことはあったが、私の時代にはもう見つからなかった。「はち巻岡田」の菊正宗ぐらいは一人で飲みに行ったことはあり、また友人を誘ってみたこともあったので私のスノッブぶりもいいところだったのだ。地方の友人が小林秀雄の全集を持っていて、吉田健一を読むとホッとしたと述懐していたがその通りであって、師の河上徹太郎と小林秀雄の最後の対談をCDで聞いていると、酔っぱらった小林秀雄のランボーぶりがそこはかとなく窺われるのでもそれは解った。この本には吉田氏の繰り返しのトートロジーを幾度か語っているのだが、私も以前にこの繰り返しをあるリズムの尊重と受け取り、それは散文より韻文で感じ考えた吉田文学の本質を言い当てているのだと思う。
このあたりで、若き日に吉田健一氏が愛読したラフォルグの長い詩「最後の詩」の最終節を引用したい。ここには『ヨオロッパの世紀末』を吉田さんが書く素地が十分にあって、ラフォルグが詠嘆する白鳥の歌が聞こえない一行もなく、その繊細な吐息はそのまま吉田さんの溜息に重なるように思われるからなのである。

あれはあすこにゐて、今晩は何と暗いのだろう。
人生は何と騒々しいのだろう。
そして凡ては人間的で、決まり切ったことなのだろう。

我々は何と死ななければならないのだろう。

それでは、孤児の美しい眼に隠された
数々の話を愛する為に、
自然よ、私にその年になったと思ふだけの
力と勇気を与えてくれ。
自然よ、私に頭を上げさせてくれ。

我々は何れは死ぬのだから。

……ともかくも、この一書は近年に読んだ日本文学の最良の川筋を抜き手をきって泳いでいる著者の爽快な飛沫を浴びせられて、読者をして文学というものが生きることであり、それがそのまま楽しみであることを覚らせてくれる稀有なる本であることは確かなことに違いないのだ。

（平成二十七年）

『黒猫』（エドガー・アラン・ポー）

アメリカの作家エドガー・アラン・ポーに『黒猫』という短編があります。高校生のときに英語の勉強で読んだものです。

ポーは本国アメリカでは理解されずに、フランスのボードレールという詩人の目にとまり、翻訳されて、フランスの詩人たちに影響を与えました。アメリカの作家、詩人には酒に溺れる傾向がありますが、ポーもそうでした。しかし、その才能はたいしたもので、倒れかかった雑誌社の編集長を引き受けてから、ポーが次々と書く短編小説で盛り返したこともあるくらいです。彼は詩人であっただけではなく、「詩の原理」や「構成の原理」を書く明晰な理論家でもありました。こうした点が、ヴァレリーやマラルメ等のフランス象徴派詩人に海を越えて感化するものがあったのでしょう。こうした詳細はアーサー・シモンズの『象徴派の文学運動』（岩野泡鳴訳）によって、日本の文芸評論家たちに知られたところです。

ポーは若いときに、少女のようなヴァージニアという女性と結婚しましたが、それほどの時を経ずに、彼女に先立たれています。彼の詩にはこの乙女への深い愛情と憧憬を詠んだ詩があります。それが「アナベル・リー」ではないでしょうか。妻の早すぎる死は、詩人の魂に癒えない傷痕を残したはずです。酒に溺れだしたのもその故でしょう。だが、アメリカの詩人は、フロンティアを求め、建国そのものの活力を詠い、ホイットマンのように勇気と希望の膨大な詩集をつくる者がいるように、そのままへたり込んでしまうほどヤワではありません。たぶん小説『黒猫』の構想のモチーフには、夭折した妻への強烈な憧憬と自責の念が混在しており、そのふたつながらを葬送したいという深層意識が隠れているように思われます。同時に猫という動物への鋭敏な観察と洞察がこの短編を迫力あるものにしていることは確かでしょう。猫の大きく開かれた眼は、子猫のうちはともかく、大きく育っていくうちに、飼い主の愛情の深浅、性格、性癖までも観察する異様な力を持っていることを、詩人のポーが知らなかったはずはありません。この愛憎表裏の感情が最愛の妻の死から、二人で愛情を注いだ猫への憎悪の対象へと逆転していく屈曲した心理を、詩ではなく散文で表出するエネルギーをポーに『黒猫』を書く動機を与えたのではないでしょうか。理知的な詩人でありまた小説家のポーの文章は最初の一行から、最後の一行まであたかも老練な手つきでチェスの駒を動かすように、無駄のない正確な文章を構築していきます。プルートォーという大きな黒猫の殺害からはじまり、二匹目の猫の殺害のあいだに、主人公のアルコールによる錯乱と相俟って狂気に駆られての暴虐な行為に止めに入った妻を、ひょんなことから死に至らしめてしまうまでの文章は、機械の歯車が動くかのように遅滞なく進むのです。殺した妻を猫と一緒に壁に塗り込む行為は、へそ曲がりとも片意地とも表現されています。この偶然による連続する二つの犯罪は二十年後のドストエフスキーの『罪と罰』に影響を与えたと推測されます。そのあとに、二匹目に飼った猫の首のあたりに、死刑台を思わせる白い毛の斑点を認めた「私」は第二の犯行にいたるのですが、その文章はもう狂気の発作の連続でしかありません。まるで詩におけるリフレーンの繰り返しと同類のものだといえましょう。

『モルグ街の殺人事件』等の探偵小説の創始者であったエドガー・アラン・ポーの「断末魔の知性」(三島由紀夫)は、『ユリイカ』のような宇宙論を展開することも可能な壮大な世界を抱懐していたのは驚嘆すべきことです。また、「群衆の人」という作品は、アメリカの社会心理学者のリースマンの「孤独な群衆」と響き合うテーマがみられます。『アウトサイダー』で一躍世界に躍り出たコリン・ウイルソンは、『敗北の時代』(丸谷才一訳)で、「他人志向的人間」と「自己志向的人間」の類型を取り出して、二十世紀の文学にみられる「敗者の思考」を批判する著書を書いています。

これは余談ですが、日本人はアメリカの歴史をあまり知りません。フランス革命がアメリカの独立宣言の影響下から生まれたので、その逆ではないのですが、転倒して理解している人が少なからずいるのです。また、ポーが活躍していた時代は南北戦争の以前でありますが、この南北戦争の戦後思想がアメリカのプラムマティズムだという、鶴見俊輔の見方は面白い(「アメリカの哲学」)。現代のアメリカ映画はあまりにパターン化して好きではありませんが、西部劇はどんなものでも惹かれるものがあります。その世界は南北戦争以前のアメリカの風景がよく映像化されています。それ以後の映画の中には、南北戦争はまだ終わっていないのだという科白がときおり聞こえます。アメリカの銃社会は簡単にはなくならないし、アメリカが健在なうちは世界の保安官という地位はなかなか捨てられないのでないかと思われます。

(平成二十三年)

『ドルジェル伯の舞踏会』(レイモン・ラディゲ)

凡そ四十年前、二十歳で夭折した青年が書いた「最も淫らな最も貞潔な恋愛小説」レイモン・ラディゲの『ドルジェル伯の舞踏会』(堀口大學訳)を読んだ。そして後年になってもその衝撃的な体験が忘れられなかった。いずれは再読してみようと思いながら、何年が経ったことだろう。だが今回においてもその読後感に変わりはなかった。もとよりこの人生に人間心理の機微を覗いてそれを精緻に解析しようなどとは、普通人はよっぽどのことがないかぎりやらないものだろう。文学から人生を帰納しようとする傾向が強い若者でないかぎりそれは必要ないからである。

「あの小説の終わりに近づく数節に流血の惨事を見ない読者を僕は信用しない」と三島特異の作品論「ドルジェル伯の舞踏会」(昭和二十三年五月)において、読者を選別しているのはいかにも若年の三島らしいものだ。しかしながら人間の心理を一行また一行とたどることができる一般読者なら、あの最後の数節の果てにドルジェル伯爵が夫人に向けて発した科白。

「――さあ　マーオ　眠りなさい！　僕がそれを望む」

この瞬間に身の毛のよだつ思いをしない読者が果たしていないものであろうか。だが誰もそれがどこから来るものであるかを三島のごとく思案しようとしないものだ。人間の心理がラディゲのペンの先から、手術台の上に鮮血のごとくに流れだす。三島のように「幾度読んだかわからない」ほどの関心が湧くかどうかは別だが、誰もがレイモン・ラディゲがはめていた「天の手袋」を見たはずもないに違いない。まして三島がサーカスの軽業師さながらに、手術台の上に取り上げた反時代的なアポリアである「倫理」などはさらぬだにのことであろう。

「僕の時代が全くもたぬものを、僕一人が乗り超えねばならぬ」とは、なんというアイロニーだろう！　傑出した批評家でもあった三島が、その五年後に書いた小説『ラディゲの死』（一九五三年）はまさしくその延長にあった。その最後に三島はコクトーの『阿片』からのっぴきならない一行を引きだしている。

「一番賢明なのは、事情がそれに価する時にだけ狂人になることだ」と。

堀口大學訳の『ドルジェル伯の舞踏会』に若くして三島は魅了された。作者ラディゲその人にだ。遺族の了解を得て編集された『三島由紀夫のフランス文学講座』（鹿島茂）一冊ほど詳らかにその事情を明かしてくれる書物はないだろう。

――ランボーは天才であった。それはよろしい。が、ラディゲの天才はそれと同じ意味ではなかった。ラディゲは逆説的な天才だった。つまり「平凡」の天才、散文の天才、小説の天才（！）だった。（昭和二十八年「レイモン・ラディゲ」）

こうしたラディゲ熱はその十年後の「一冊の本」の末尾ではつぎのようになるが、その本質は変わらない。

――私はラディゲの作品そのものと呪縛からのがれたのちも、ついに、ラディゲが目ざしていた人間と生の極北への嗜好からは、のがれることができなかったのである。（昭和三十八年）

これには三島自身の青春と「戦後」への総決算としての小説『鏡子の家』（昭和三十四年刊行）が批評家の不評に晒されたことと、決して無縁なことではないだろう。

『鏡子の家』で描かれる時代は、昭和二十九年から昭和三十一年までの二年間である。この時期は昭和二十八年の朝鮮戦争の休戦で朝鮮特需が終わり不景気に陥った時期であり、再び景気が好転して高度経済成長の一歩を踏み出した時期にあたる。

三島は「小説の人物の背後に経済が動いている」とし、以下のように時代背景を語っている。

――つまり経済学的ロマネスクをとらえようという野心があった。五十四年は朝鮮戦争の特需がとまり不況のドン底だった年だ。将来の見通しは暗く当時の青年は未来に希望をもたなかった。ところが恐れられた不況は少しずつうわむきになって好転し、そして財閥は不況をテコにして、不況によって独占資本を復活していく。ニューヨークは一九五六年に史上空前の繁栄をする。一方、青年たちはそうした景気立ち直りの方向とは何の関係もなしにますますみじめになっていく。経済が不況から立ち上ると同時に人間がボツラクするというアイロニーを使うために、この時期を選んだのだ。（三島由紀夫「〝現代にとりくむ〟／野心作『鏡子の家』三島氏に聞く」）

三島は昭和三十五年頃から大長編を書きはじめなければならないと考え、十九世紀以来の西欧の長編小説とは違う「全く別の存在理由のある大長編」、「世界解釈の小説」を目指して、『豊饒の海』を昭和四十年六月から書き始めたという。

昭和四十一年には、林房雄と対談「日本人論」。昭和四十三年には、中村光夫と対談「人間と文学」を行っている。この中村光夫との対談で三島は「論理も体系もない芸術の宿命や限界に、大きな哲学の論理構造を持つ大乗仏教の唯識の思想のような「人間を一歩一歩狂気に引きずりこむような、そういう哲学体系」を小説の中に反映させた長編を書き出したと述べ、第二巻の連載中には、汎神論のような宗教の世界像のようなものを、「文学であれができたらなあ」という願望を示しながら以下のように語っている。

——そういう世界包括的なものを文学で完全に図式化されちゃったら、だれも動かせないでしょう。日本だったら「源氏」がある意味でそうかもしれないし、宗教ではありませんけれども馬琴が一生懸命考えたことはそういうことじゃないか。仁義礼智忠信孝悌、ああいうものをもってきて、人間世界を完全にそういうふうに分類して、長い小説を書いて、そうして人間世界を全部解釈し尽くして死のうと思ったんでしょう。

（三島由紀夫「対談・人間と文学」）

さて最後に、本題に戻って、ジャン・コクトーが書いた序文から、無粋な引用をしておきたい。

――彼の最後の言葉はこうだった。

十二月九日、彼が僕にいった「ねえ、恐ろしいことになっちゃったんだ。三日のうちに僕は神の兵隊に銃殺されるんだ」。これを聞くと僕は涙で呼吸がつまりそうになってきた。僕はそれとは反対の情報を発明していって聞かせた。すると彼は言葉を続けていうのだ。「君のその情報は僕ほど正確じゃないんだ。もう命令は出てしまったんだ。僕はその命令を聞いたんだ」

そのあとで、彼はまたこういった。「色が行ったり来たりしている、その色の中に隠れている人たちがある」

僕は、その人たちを追い出してやろうかと尋ねた。すると彼が答えていった。「君にはその人たちを追い出せないんだ。なぜって、君にはその色が見えないんだもの」

ついで、彼は無意識状態に陥ちた。

彼は口を動かしたり、僕らの名を呼んだり、驚いたような表情でその視線を自分の母や父や、手の上に置いたりした。

レイモン・ラディゲはこれから始まる。

彼は三冊の著書を残した。未発表詩が一冊『肉体の悪魔』（Le diable au corps）

これは彼の未来に対する約束の傑作、それからその約束を実行した『ドルジェル伯の舞踏

会』(Le baldu Comte d' Orgel)。

この傑作の最初の一行はこう始まっている。

——ドルジェル伯爵夫人のそれのような心の動きは、はたして、時代おくれだろうか?

そして、あの悲劇の絶巓においてヒロインへ投げかける伯爵の最後の一句は、訳者により異なっている。

堀口大學の他に、生島遼一、江口清の訳も参照してみよう。

——さあ、眠りなさい! いいかい(生島訳)

——さあ、マオ、眠りなさい! 眠るんだよ(江口訳)

この三人の翻訳の日本語を比べてみると、やはり堀口大學訳におけるマーオが世俗の断崖へ追い詰められての劇的な姿を、一番みごとに彫琢していることでは、一頭地を抜きんでているだろう。「僕」という伯爵の主体がここで、ヒロインであるマーオのまえに厳然として現れねばならない。悲劇は観客のために最大限の効果を発揮しなくてはならないからだ。

(平成二十八年)

Ⅲ

芸術・武道論

（美術・映画）

アンリ・マティス試論——懐疑を超えるもの

——ガブリエルなんとか言ってくれ給え、造形された思想は美しくはないだろうか？

「詩についての対話」ホフマンスタール

——無限のなかにおいて、人間とはいったい何なのであろう。

これはニーチェが第一級の信仰者と認めたパスカルの言葉である。狂ったように「常識」を説いたと揶揄されたニーチェの、神なき信仰の「悲劇」に比べるなら、『パンセ』の断片は、神へと人間を導く、巧緻にして熾烈なる懐疑の「宇宙」であった。

このパスカルの「宇宙」を近代の絵画の展開において、懐疑を超えて、簡潔にして犀利なデッサンと色彩との絶妙な調和の「宇宙」として、タブローという二次元の上に現前させたアンリ・マティスという画家に、二十世紀芸術の危機を超える希な人物を見ようとするのがこの小論の試みである。

『パンセ』につぎのような一節がある。

――絵画とはなんとむなしいものだろう。原物に感心しないのに、それに似ているといって感心されるとは。

十七世紀のパスカルのこの根底からの冷徹ともいえる絵画批判は、十八世紀に活躍した小説家のバルザックの短編「永遠の傑作」に同様な疑問が提出されていることは興味深いものだ。さらに十九世紀の近代絵画の父と称されたセザンヌのタブローへの変革の情熱を引き継いだともいえる、二十世紀を代表する画家のアンリ・マティスの『画家のノート』(以下『ノート』)にこんな証言を記していることは注目に価するだろう。

――私たちの文明は画家を必要としていない。少なくともほんのわずかしか必要としていないのです。

この証言はパスカルの絵画への「懐疑」に谺し、それに応答するかの響きを持っている。だが世間に流布しているマティス絵画の「常識」からすると、いかにも奇異とも思えるこの証言こそ、二十世紀の絵画の懐疑の深淵と混乱とを跨ぎ越え、ピカソと並び立つ現代絵画の開拓者として瞠目すべき断固たる意志の表明であったと言っても過言ではないであろう。

かつて、マルセル・デュシャンは、気取った言葉使いでつぎのように語ったことがある。

――マティスの着想は、ヴァン・ゴッホ、セザンヌ、スーラの出現に直接続いて、絵画の物理学の新しい道を開くための巧妙な企てになった。

(「デュシャンは語る」ピエール・カバンヌ)

マルセル・デュシャンとアンリ・マティス。この組み合わせは一見奇妙に思われるだろうか。だがニーチェが、「哲学をばかにすることが哲学だ」と言ったパスカルの「嫡子」であるように、デュシャンその人がP・カバンヌとのインタビューで語った「マティスの発見」によって、絵画における「網膜的」なものへの反抗を開始する重要な契機になったとするなら、デュシャンもまたマティスの「嫡子」と言っても、決して過言ではないのである。

そしてさらに言えば、マティスの西洋絵画における「空間」と「色彩」をめぐる思索と探求に比べるなら、デュシャンの「網膜」への反抗は、それ自体が「網膜的」な反抗として、両義的な境域にとどまるものだと言ってもいいだろう。

マルセル・デュシャンのあの意味深長な「遺作」の痛々しさは、デュシャンという人間の、あたかも軽業師的な反抗（＝犯行）がみられるからだ。あの「遺作」は、「見ること」そのものへの暗喩と諧謔を示すものとしても、穴の開いた扉の内側に横たわり網膜に晒される裸婦は、もはや網膜を拒絶してはいない。むしろ、逆の事態をはしなくも暴露しているところに、彼の反抗の限界が露呈されているといっていいからである。あの扉の穴を覗く者の網膜は、横たわる裸婦へ向かい、いかにも猟奇的な欲望を促し、裸婦がそれを受け入れるがごとき通俗的な常習を、逆説的に懐古させることによって、まさにアイロニーとしてかろうじて二十世紀絵画への「遺作」となっていると言っていいからだ。

一体デュシャンは、マティスからなにを「発見」したのであろうか。これは近代、いや現代芸術と絵画の歴史を展望する重要なる「鍵」になるほどのものである。

かたや画家アンリ・マティスのまえに立ちはだかった困難は、芸術に奉仕する手を信頼する一方で、それ以上に感情と理知とによる探求を重視すること。即ち、デッサンによる線と色彩の葛藤が引き起こす「不協和音」に躓きながら、その苦しい格闘の軌跡を果てまでたどること。かつまたその一方で、その苦々しい痕跡を残すまいとするエレガンスを最後まで維持すること。ここに「自己表現」と「絵画」との間に開いた深淵とパラドックスに、橋を架け難問を解こうとした近・現代絵画史の避けがたい課題が浮上しないはずはなかったのだ。現代ではすでに隘路ともいえるこの芸術と絵画の王道にあくまで留まろうとするところに、マティスの栄光と魅力の核心があったからである。

マティスの隠そうとしたこの「不協和音」に気づいた最初の人物は、一九五一年に日本で開催された「マティス回顧展」を見てまわった小林秀雄であった。氏はマティスの絵画が途中から「苦し気」に見えたことをエッセイに記している。これはデュシャンの言う「着想」、言い換えれば、「絵画の物理学」を直感する鋭い洞察にほかならない。このことは画家自身が、自分の作品が観客にとっての「安楽椅子」になることを意図した画家の夢に反するが、マティス芸術の楽屋裏への透徹した一瞥として、刮目すべきことと言わねばならない。

このことは小林秀雄が、この年から「ゴッホの手紙」を書き出していることに符節を合わせているといえるだろう。同じような文学上の課題を氏自身が初期の段階から抱懐していたことを思うと、

かろう。絵画の世界に同質の問題をみたのも不思議ではない。つぎの一文を横目でみておいても無駄ではな

――……ゴッホが、何年もの間、ひたすら自然から学ぼうとしていた時、彼を支えていたものは、何を置いても先ず正確なデッサン、驚くべきミレーの描線であった。パレットから出発しようとして、彼が痛切に意識した自然という対象と、内部から創り出すものとの対立は、たゞあくせくやってみる他はない実際の技術上の、デッサンと色との葛藤とならざるを得なかったと思われる。

（小林秀雄「ゴッホの手紙」）

画家自身が『ノート』で語った、「デッサンと色彩の葛藤」のことは、彼を論ずる者で知らぬものはないほど、見過ごすことのできない命題であった。だが画家の活動は、そういう簡単な図式ではかたづかない、「不透明」な難題をかかえて、マティスという画家の上にのしかかっていたのである。

――どれも笑わせない似ている二つの顔も、いっしょになると、その相似によって笑わせる。

これが「原物」を見るパスカルの眼だ。幾何学と繊細な精神を兼ね備えたパスカルの明察は、だれもが覚えのある心理の陥穽を衝き、ここに余計な「懐疑」などは入る余地はないのである。ただ彼はものが関係の仕方によって、新しい構造と力をもつことに注意を促したに過ぎない。だがこの精妙な指摘には注目すべきものがある。

（『パンセ』）

――人は精神が豊かになればなるほど、独特な人間がいっそう多くいることに気がつく。普通の人

たちは、人々のあいだにある違いのあることに気がつかない。（『同』）

こういう高度な「常識」を説いた数節後に、つぎのような有名な箴言を紹介すれば、読者は退屈するだけかも知れない。

――人間は屋根屋だろうが何であろうが、あらゆる職業に自然に向いている。

向かないのは部屋の中にじっとしていることだけだ。（『同』）

だがここに一人の人間がいて、日がな一日部屋に佇みながら、静物やら裸婦に向かい合い、その「原物」をキャンバスに描くことを、職業にしようとする人間がいたとする。これほど奇態な職業を、この世で想像することほど愚かなことはない。なるほど、一生で一番大事な職業の選択は、往々一偶然に左右されるものだ。（アンリ・マティス『ノート』）

マティスの場合も、二十歳の盲腸炎という病気がそうであった。だがさきの「証言」をした人物が、このわずかな画家の一人であり、その素描を海の息吹のような情感に定着し、自分の生涯とその連続性についてのはっきりとしたイメージを獲得し得た人間、その名前を「アンリ・マティス」と呼ぶならば、この人物は注目に値すると言わねばならないのである。

現代絵画は、自然の表現から始まり、フォルムの処理の内に示され展開される。このことは、絵画が「空間」をめぐる思考の歴史となることを意味した。かつて美術評論家の宮川淳は、「書くという行為そのものを思想と化する」新しい思想のあり方を語り、その延長上で「見る」ことの根源的な可能性に言及し、「描くこと、書くことを通じて〈見ること〉そのものが自己形象化される」と述べた。マティスの画業こそその証明となるが、宮川淳の言説には〈身体〉への考察が抜け落ちているように思われる。なぜなら身体こそ、画家の言語機能の重要な要素であって、絵画とは何かという問いは、画家の身体とは何かという問いの中に埋め込まれているように思われるからだ。

このことは、『精神としての身体』（市川浩）ではつぎのように記されている。

「芸術家はいわば世界を自己の身体と化することによって、世界の内面に住まい、その両義的一元性を表現する道を模索する」と。市川のこの著書は画家という存在の構造を考察するに際し、非常に精緻にして有益なる一書であることをここに記しておきたい。

同様に、『身体の零度』（三浦雅士）において、原初から近代に至るまでの、身体への呪術的な装飾を施し、変形を強いてきた人間の歴史を語り、その書物の末尾をつぎのことばで終わらせていることは、画家と身体との関係性を象徴する銘記すべき洞察と思われる。

「舞踏は人類とともに古い。それは身体によって、宇宙における人間の位置を確認する行為だった」と。

マティスの大作「ダンス」や肉体から直接に誕生したジャズという音楽に、マティス芸術のモチーフの源泉があるのは、この三浦の言葉と強く反響しあうのは偶然ではない。

かつて近代の荒れ地を彗星のごとく駆け抜け、

——俺は場所と定式を求めて彷徨った。

と詠った「呪われた詩人」の覗いた『地獄の季節』（ランボー）の一句を想い描かざるを得ない「近・現代」という荒れ地に、マティスの静穏にして明澄な探求は、かの天才詩人が「見者」として見た「幸福」を綴った「飾画」の一節を思い出させるものがある。

明るい休息だ。熱もなく、疲れもなく、寝台の上に、草原の上に。
友は、烈しくもなく、弱くもなく。友よ。
愛人は苦しめもせず、苦しめられもせず。愛人よ。
尋ね歩く仔細もない空気とこの世と。生活。
――では、やっぱりこれだったのか。
――夢は清々しくなる。

（小林秀雄訳）

さて、画家であるマティスは「装飾と表現は同じものだ」と、端的にこう言っている。装飾は無意識なままでの人間の本能のひとつなのであると。

かつて美術評論家の宮川淳は、「マチスと世紀末芸術」において、「二十世紀の純粋造形が可能になるのはこの世紀末のメタフィジックが還元されたときである、この還元を促したものは、ほかならぬ装飾そのものの自己運動ではなかっただろうか。おそらく、ひとたび見出されたとき、自己運動を起こさずにいないのが装飾なのである」と言った。そして、アール・ヌーヴォーがマティスの芸術に意識的に取り入れられるのが、フォーブ時代につづく一九〇八～一七年ごろとして、「赤のハーモニー」や「コーヒーわかし、水さし、果物入れ」に装飾的モチーフの展開をみている。

こうしたマティスの思考が明確に本格化した作品のひとつに、ここで触れてみておこう。

それは二十世紀美術の傑作と讃えられた作品「装飾的背景の中の人体」（一九二五～二六年）である。オスカー・ワイルドは「装飾こそ芸術の親だ」と言った。

事実、作品「装飾的背景の中の人体」において、裸婦は周囲の壁や床の敷物等の装飾的な物体と等価に描かれ、これらの自然の中にとけ込んでいるかのようである。辛うじて裸婦の腰から肩に走る垂直線が裸婦の頭部を支え、ほぼ水平に膝にのせられた左腕と半跏趺坐風の両足によって、初めて裸婦は人体として存在する格好である。これこそ「装飾」が「表現」そのものであることを例証した作品であろう。そして、宮川淳のいう自己運動する装飾、またその「還元を促したもの」が、ここでは非常によく整序され抑制されていることを強調しておくべきだろう。それはマティスの理想が、詩人ボードレールの「豪奢・静謐・快楽」の美でありながら、「整いの美」をそこに含んでいたからであった。装飾はこのとき初めてマティスという画家の思想として肉体化されたといえるだろう。

このことを「装飾的背景の中の人体」の絵を直視するならば、人体から鋭角的に床に向かって突き刺さって伸びた右脚は、自己運動化するタブローを左膝と相俟って、装飾の無意識の流動化をその足下で押さえこみ、揺るぎもない画面を描きだしていることに注目するべきだろう。

この作品について、造形的意図が優先され、裸婦の表現がなおざりだという批判は、今述べてきたようなマティスの理知の力、行き届いた目配り、絵画空間への絶えざる思索への無理解にもとづくものと言わざるをえないものである。

——私のタブローの配置の仕方全体—人体が占めている場所、それらを取り巻く余白の空間、釣り合いなど、そこではいっさいが役割をもっている。構図は画家が自分の感情を表現するために配置するさまざまの要素を装飾的な仕方で調える技である。

これは一九〇八年にすでにマティス自身が「ノート」で述べていることなのである。ところでマティスの特別に重要なキーワードがある。それは簡単すぎて明瞭なつぎのフレーズである。

——表現は人が全体として把握する彩られた表面から生まれる。

先に二度引用した「証言」は、現代における画家の位置を示すものであるのに対し、このフレーズはより具体的に、画家が対峙するタブローのあるべき姿を表したものだろう。かつてマティスは「ノート」の中で、「全体こそ唯一の理念である」と書き記した。だがこの「全体」とはいったいいかなることなのであろうか。

この一見難解な概念を理解するため、つぎのような具体的な二つの場面を想定してみよう。

ある晴れた日の真昼、海岸に立っている一人の男がいるとする。特別な障碍物がなく、男の目が正常ならば、彼の目は広い海を一望に見渡すことができるはずである。だがもしその男が、「海」の「全体」を見たいという渇望を抱いたとしたらどうであろうか。これは奇態な欲望であり、不可能な思念である。通常私たちは海の一部を見て、「海」を見たという思いで満足している。だが厳密にいうなら、視野の限りに見える海といえども、海というものの「全体」ではない。それは男の視野の限りにしか見えない海であり、海の断片にしか過ぎない。だが海という自然には、男の欲望する「全体」は存在するが、男がその「全体」を視覚的に見ることは不可能である。地球儀に海は青色で表現されているが、海という自然の全貌を一挙に見ることはできない。男の認識への欲望には、充たされることのない苦渋が滲むであろう。ここにこそ「全体こそ唯一の理念」とする現代絵画の根本的な思想の核心が、また既述の市川浩の画家という存在の構造が対応する。

しかし、これと異なるつぎのような場合を想定してみよう。

例えば、映画「奇跡の人」でモデルになったヘレン・ケラーのように、見えず、聞こえず、従って言語活動の不能な人間には、「世界」はまったく失われている。彼女は触ったものが何であるのかを知らない、謂わば「混沌」の世界にいるのだ。娘の姿を不憫に思った両親はサリヴァン女史という家庭教師を雇うことになった。彼女は子供のヘレン・ケラーに手話を必死に習得させようとする。土が「土」であり、木が「木」であることを、すなわち、個々のものが固有名詞をもち、それらの名辞が統一された世界が「世界」というものを形成しており、人間はその中に住んでいることをである。哲学者のハイデッガー流に言えば、「世界―内―存在」としての人間のありさまを知ることだ。しかし、一つの単語が一つのものを表すことを知ることのないヘレンに、「世界」の端緒を摑ませることさえも、サリヴァン女史は苦闘することになる。さんざんの苦労の末、ある日、井戸の蛇口からほとばしるものに反応しているヘレンの姿を発見する。サリヴァン女史は駆けつけ、今現にヘレンが手に触れているものが、「水」であることを「WATER」という綴りの手話で理解させることに成功するのだ。ヘレンの口からたどたどしい「水」＝「WATER」というシラブルが発せられる。ヘレンは遂に「世界」への糸口をこの一つの「言葉」から摑むのである。なんという驚きがヘレン・ケラーという少女を襲うことであろうか。これは深く感動する映画の一場面なのだ。「言葉は存在の棲む家である」という前述のハイデッガー哲学の一フレーズを、思い出してもよいだろう。この場合、ヘレンは自然の一部である「水」の「全体」（存在）を全身で覚知したといえるだろう。

他方、海を前にした男はどうであったか。彼には「海」の「全体」が失われている。目は見えるが盲目も同然なのだ。自然としての海は彼の欲望を歯牙にもかけないほどに広大無辺だからである。こうした人間の認識における不能感に絶望し、この宇宙の無限に驚嘆し、震撼した男がいた。

――無限のなかにおいて、人間とはいったい何なのであろう。

あるいは、あまりに有名な言葉ではあるが、

――この無限の空間の永遠の沈黙は私を恐怖させる。

（『パンセ』）

西洋的な絵画における「タブロー」という考え方は、パスカルにみられる西洋的な宇宙観を示すものだ。「全体こそ唯一の理念である」というマティスの言葉は、この西洋的な位相から発せられている。

——人間だけがおのれの出会うものを超えて存在へと超越し、おのれの出会うものすべてを存在者として統一的にみることができるのである。

（『哲学と反哲学』木田元）

画家とは、この「統一的にみる」人間の超越的な営為をタブローを前に思索する存在である。恰も舞踏家が宇宙の中で自分の位置を確認し、詩人が「無限にむかって腕をふる」（中原中也）かのように。

論を元に戻せば、かくして前述の男の立場は画家であり、ヘレンの姿は詩人に似ていることは言うまでもないだろう。

画家であるマティスが、タブローに「全体」という理念を探求した少し前に、一人苦闘していた画家にセザンヌがいた。

セザンヌはサント・ヴィクトアール山を望むパリから離れた場所で、孜々《しし》としてそれに挑戦していたといえるだろう。三次元空間の自然から、第二の「自然」ともいうべきタブローという二次元の平面に、自然を模写するのではなく、自然を創造することのからくりを意識的に構成しようとしていたのである。セザンヌの描くリンゴはリンゴではなく、ナプキンはナプキンではなくなった。

これは現代絵画という言語表現の産声であった。この表現の場としての「タブロー」こそ、セザンヌからマティスが受け継ぎ、その造形の全精神を傾倒する「美」の探求を行う精神の場所となったのである。そして、近代において「美」の探求とは、ボードレールがそうであったように、「美」の発明と同義である。

遠近法の創設と排除、視覚への精妙な洞察と揶揄、自然でさえその関係の在りようにより、別の意味が出現することを、パスカルはエッセイの断片に散りばめている。このパスカルに現代絵画における思考の原型を見いだすのはこのためだ。パスカルは人間存在の裸形の条件を、その地獄絵を白昼に晒したが、マティスは同じ動作から、わたしたちに慰安をもたらし「楽園」を提示しようとしたのである。

さて、マティスは自身の『ノート』に記している。

——物体は空間のなかに占める位置に従って自分の関係を見つけます。

デュシャンはこれを「絵画の物理学」と言ったまでだし、葦のような人間の精神が踏み耐えた造形的思考のなかに、再びみいだすタブローという「表現」なのである。だがマティスさえこの「タブロー」という空間に限界のある懐疑の影が忍び寄るのを覚えずにはいられない。後に、マーク・ロスコが巨大な色彩の平面に、祈りにも似た絵画の「言語表現」を見いだすのは、

——自分が生について抱く感覚とそれを表現する仕方とを区別することができない。

というマティスが色彩の表現のプロセスそのものを、方法的に解析したその延長に顕現されたものであった。

『絵画の思考』における持田季美子の、「あざやかに染色された気体が茫漠と漂うロスコのキャンバスは、現実界とは別の聖なる世界へと通じているふしぎな窓のようだ」という指摘は、室内を戸外へ開放する開かれた空間である「窓」が、マティスの絵画に度々登場する背景を示唆しているように思われる。

例えば、窓の外にある風景を鮮やかな青色と赤色の桟で切り取った「金魚鉢のある室内」にある金魚の弱々しい赤は、最晩年の傑作「赤の室内」において増殖し充溢されるのだが、このとき窓の「外」と「内」は力強い赤色の装飾を介して連続するのである。

画家という存在によって、自然と人間の内なる「自然」が連続し一体となるのだ。そこに「美」は顕現する。さらに言えばこのような「美」によってのみ、人間は人生の連続する全体感を手中にできるのである。

――AとBの色をつなぐCの色が必ず存在する。

自分の家で物体の空間の関係を発見しようとしたマティス芸術の「可能性の中心」（レオナルド・ダ・ヴィンチ）とはこのようなものであった。

そして、パスカルの絵画芸術への正当な問いかけは、マルセル・デュシャンで臨界点を迎える。作品「泉」は端的なその表現であった。ここで「絵画の物理学」という表現を、「絵画の経済学」

に換言すると、興味ある光景を見いだすことができるだろう。自然という「原物」があるのになぜ人は、それを模写して数を増やすのか。なぜ人間の眼と手は自然をさらに別の、例えば「タブロー」というものに変換しようとする欲望を抱くにいたるのか。そもそも人間の創りだす「美」とはなんであろうか……。

ここでまた先の「呪われた詩人」が「地獄の季節」で次のように詠ったことを思い出してみよう。「ある夜、俺は『美』を膝の上に坐らせた。――苦々しい奴だと思った。――俺は思いきり毒ついてやった」と。

かくして詩との訣別は、彼の必然の運命となったが、マティスが手中にしようとしたのは、この詩人が尊敬ししかも侮蔑したボードレールの「楽園」なのである。ここにマティスの苦闘が「美」に変貌する奇蹟のようなものがある。

そもそもにコスモス（宇宙）を失い、肉体の不能性に気づき、ロゴスの不毛性を自覚しはじめた、西洋的な近代文明への懐疑を、作家のD・H・ロレンスは、「新約聖書」の「黙示録」についての卓越した考察において語り、「宇宙」との有機的関連を欠いた肉体と精神に警鐘を鳴らした（「現代人は愛し得るか――黙示録論」）。そしてロレンスの驚嘆すべき一書『無意識の幻想』における「性の誕生」は、彼の最後の力作である小説『チャタレー夫人の恋人』に結晶されているのだ。ここですこし横道を散歩し、彼が描いた自然の描写をみてみよう。

――コニイは昼食後すぐに森へ出かけた。本当に気持ちのよい日で、早咲きのタンポポは光り耀き、早咲きのデイジイは真白だった。はしばみの茂みは半ば開いた葉でレース編み細工であり、名残の花序が煤けて垂直にたれさがっていた。黄色いキンポウゲはもう群生していて、あるいは平べったく花を開き、あるいは押し合って縮こまり、ぎらぎらと黄色が光っていた。それは黄色、初夏の黄色だった。そして桜草はひろがり、蒼白い奔放さに充ち、群がり集った桜草はもはや恥じらいを見せていなかった。ヒヤシンスは、つぼみを青白い穀粒のように持ち上げて、その生きいきとした濃緑は海だった。一方、馬道には忘れな草がふんわりと盛りあがり、オダマキは紫インクのひだ紐をほころばせ、茂みのもとには青いバーズエグシェルがいくつか見える。どこもかしこも、点々とした蕾結節であり、生命の誕生であった。森番は小屋にいなかった。

（十二章より）

さて、この自然描写には小説的な書割り型の要素は微塵もない。先述したマティスの「証言」は、生＝性＝自然とが乖離していく人間の文明生活と現代芸術に対する、ロレンスの根源的な問いかけに照応する。セザンヌが創造した自然からタブロー（平面）という創造（価値変換）は、金や銀という自然に代わる「貨幣」という新たな美（経済価値）の発見と創造を意味していた。現在の市場経済ではこの「貨幣」は、商品そのものとして投機の対象となり、実態経済から遊離した金融システムの網の中で、世界経済を差配する怪物的な存在となろうとしている。かつて赤瀬川原平が千円札を模写して芸術作品として話題になったことがあったが、こうした前衛芸術は、マルセル・デュシャンの後継者であるのは言を待たない。同じように単なる紙切れに過ぎない紙幣が、商品の媒介の手段として価値を持ち、様々な金融商品が市場を拡大し、実態以上に「金」が膨張し、統御できない事態を「恐慌」と表しても過言ではないが、絵画の世界においても「自然」から浮遊した作品が、芸術の商品として流通する様相を呈しているのが現代芸術の市場世界であった。

こうした状況において、まさにマティスの「証言」は自然と絵画との媒介性が担保され得なくなった文明への危機表明であり、また、媒介者としての画家の価値の低落（インフレーション）への警鐘であったのである。

「わずかしか必要としない」とはそういう意味である。マティスがセザンヌから学んだものは、自然の媒介者としての信念と価値である。マティスが自然から感受した「情感」を重視し、それを表現の場に定着しようとしたのは当然であった。そうでなければ、「デッサンと色彩との葛藤」に直面することもなかったであろうし、後年、色彩に直接にデッサンする「切り絵」の方法により、この葛藤を克服し「色彩とデッサンの合一」へいたる道は、それほど簡明な「問題の解決」ではなかったであろう。なぜならマティスは古典的な意味でのデッサンの信奉者ではなかったからだ。彼は線と明暗による形の描写に、避けがたい問題をみた者だ。絵画は視覚との闘いである（エマニエル・レヴィナス）という思考を、マティスは実践し発見していたといっていいのである。

——モチーフを取り巻く小さな空間を脱出して、宇宙空間を感じとることを、しばし考えた。

ここに後年、「切り絵」の世界を、また視力をほぼ喪失した後も、手をもってブロンズを練り彫塑を造ることへの道へと前進する姿勢が衰えることはない。

先にも述べたように、マティスはやがてタブローそのものが、作品として自然から離れて一人歩きするときが来ることを、予期しなかったはずはなかった。デュシャンのレディーメイドという考えはその端的な表明である。工業製品と芸術作品の相違はどこにあるというのか。便器を「泉」と題して展覧会場に飾ることで、デュシャンはその境界を単に破壊しようとしたのではない。マティスの「画家を必要としない」時代を、画家の介在しない一商品の展示によって表徴しようとしたのである。絵画においても複製技術の発展により、本物とその複製品とは、容易に鑑賞者にとって代替可能な時代がすぐそこに押し寄せてきていることに、彼は明敏に反応したに過ぎない。商品の多量生産が始まり、写真技術が一刻一刻の運動を即時に写し取る時代に、タブローに対峙する画家の制作活動とはなんであるのか。すでにデュシャンは「階段を降りる裸体」という絵画作品で、画家の眼を写真家の眼に置き換えてみせていた。いまや絵画をいや芸術そのものは根底から揺り動かされようとしていたのだ。芸術は大衆が「芸術」と呼ぶものに、その位置を譲ろうとしていたのである。

ここで目をウィーンの街角に転じてみてもいい。同じこの頃ウィーンの街角を彷徨っていた一人の芸術家の卵がいた。その男こそ後に、アドルフ・ヒトラーとして政治の世界を、軍事力という暴力をもって蹂躙し、世界地図の平面をまさに野獣派的に、荒々しく塗り替えようとした怪物そのものであった。芸術家になることに失敗した彼は、食い詰めた果てに一兵士を志願し、遂にドイツの最高権力を奪取する。「大衆」を最大限に酔わせ、活用することによってである。ヨーロッパの地政学的キャンバスを、彼は絵筆ではなく人間の血で塗り替えた。未来派宣言の中には、このような男が出現する思想的な萌芽と蠢動がすでにほのみえていたことを、ここで思い出してみても無駄ではなかろう。

さらにその先の現代では、有名な女優の顔やコカコーラの瓶を数多く並べることで、現実に芸術は成立するに至っている。成立しているとは、それが商品として価値を持っているという意味である。このことは貨幣がそれ自身単なる紙切れにすぎないにも拘わらず、商品と商品との交換を媒介する手段として価値を持つことから、やがて貨幣それ自体が商品として取引(投機)の対象となる、現代資本主義経済の活動そのものを想起してみていただきたい。

パスカルの絵画への先見的な懐疑が、いまも失われていないのは、自然から絵画の独立をかちとったとみえたそのとき、商品に姿を変えた第二の「自然」が、「作品」のまえに同じ姿をして立ち現れるからだ。自然は芸術に復讐する、模倣された自然がつぎに芸術を模倣することによってである。

この頃、「ピンク色のヌード」でマティスは、自分の制作過程を写真に記録させていたことは、興味あることである。なぜなら芸術とは結果としての作品に価値を見いだすより、時間の推移によって完成へ向かって変化するその持続の過程にこそ、その芸術活動の証明があることを、彼に意識させていたからである。これはマティスの反時代的な知性の抵抗というより、芸術作品への自然な姿勢である。フランスの哲学者ベルグソンは、「時間の歩みをとどめて現在のなかに未来を保つ快感」を曲線の優美さに見いだしていたではないか。

さらにボードレールが『パリの憂鬱』の一節に、「流れる雲」にしか関心を抱かない不思議な男を「異邦人」として描いたのは、詩人自らの「宿命」をそこに託し、「時間」というものの美しい形象をそこに見たからにほかならない。

こうした知的な感興は、詩人にして哲学者のポール・ヴァレリーが、パスカルにむけた鋭い批評をここで呼び起こさせずにおかない。

――パスカルを読めば彼が絵画をつくろうとしなかったことがわかる。無意味きわまる物体に似姿を骨を折って獲得することによって、そういう無意味な物体の数を倍にする必然性など彼にはみえなかったのである。しかしながら、この偉大な言葉の芸術家は、自己の思考を描きだそう、言葉によるその肖像画をつくりあげようと、いったい何度努力を傾けたことか。事実、彼はついには、ただひとつを除いてあらゆる意志を、同じ拒絶のなかへとおとしこみ、死のほかはすべてを、いわば絵画のような描かれたものと見なすに至ったように思える。

ベルグソンとは対照的に、時間（それはパスカルには「死」を待つ人々の連なりでしかなかった）になんらの可能性も抱かなかったパスカルに対する洗練された批評の毒のようなものがここには滲んでいる。これは明らかに、ヴァレリーの近親憎悪の逆転した投影なのである。彼ヴァレリーも『レオナルド・ダ・ヴィンチ論』によって、自身の思考の可能性における肖像画をデッサンし、『テスト氏』では、悟性の怪物とその単純なまでの裸形の生活を描いたからである。ヴァレリーのパスカルへの態度に一種の知的な憎悪が生ずるのは、ある辛辣な断罪に由来するものだった。それは、パスカルが呻吟しつつ求めたもの（神）を、彼が敢えて退けたからである。

パスカルが「原物」というとき、それは葦の存在にも等しい哀れな人間もそこに含んだ「自然」そのものを指している。「自然」と「虚無」のあいだに彷徨する人間の前に、深淵と驚異とを覗いた彼が、単に絵画を否定したのではない。虚無の深淵から身を起こす「私」が、畏怖の念なき自然の模写を笑うべきものと見たに過ぎない。彼ヴァレリーが同じ類の情熱をもって貶めようとしたものは、彼がデッサンした「悟性の怪物」からみれば、あまりに安易な「言葉の芸術」のレディーメイドが、「小説」という名前をもって俗世に氾濫している光景が彼の目を覆うばかりであったからだ。マティスにあっては、自然の安逸な模写も自然からの奇矯な離脱もあり得るものではなかった。

——画家の仕事は、観察したものを解釈することにあるのではなく、事物が自分の存在に与えた衝撃を表出することにある。（『ノート』）

彼が「情感」という自然から与えられた感覚にこだわり続けたのも、自然を自分を表現するためのきっかけでしかないとみたのも、同じ造形的思考の表裏の関係を強調したかったからである。絶えずセザンヌに還ろうとしたのも、セザンヌほど自然という三次元の世界をタブローという二次元の世界に変換する、造形の精神の零度の位置での意識的な闘いを強いられた画家はいなかったからである。インフレーション下の紙幣のように、いまや芸術にはなんの根拠もなくなりつつあった。こうした文明の荒廃の渦中で、その濁流に抗し、本来薄弱な根拠しかない芸術の運命を洞察し、彼マティスはその生涯を「賭け」（パスカル）たのである。

若き日の彼は、アカデミージュリアン時代に、すでにつぎのように言っていたではないか。

――目は窓にすぎず、その背後には人間がいるのだ。

ここにマティスの自然に対しての造形的精神の態度――自然は情感によって変形されるべきもので、模倣されるべきものではない――がはっきりと宣明されている。色彩は自然の中の色彩と似て非なるもので、空が青いから青で表現されるものではなく、その空を赤で表現する自由はなんら制限されるものではないというように。

マティスはレオナルド・ダ・ヴィンチの「模写できるものが創造できるのだ」という言葉を、自身の『ノート』に写している。彼の旺盛なる模写（デッサン）作品を数多く見れば、それらが次第に、彼自身が言う理想に近づいていることが分かるだろう。

――私は光を、そして精神的空間を暗示するためにはどうしても相互に反応し合うような固有色を全く陰影や肉付けを除いた形で用いて、完全に自分を表現しなければならぬ。

彼が自然から画家の内部に生じた情感を大事にしようとする以上、彼の目が自然から離れることは決してあり得ないのである。

――絵は現実によって喚起される夢の表現や自然についての瞑想である。

――自然は芸術家にとって自分を表現するためのきっかけでしかありません。


これらの、彼が『ノート』に記した片言節句は、目よりその背後にいる人間、その情感に芸術家の黄金のごとき本領を確信し得たマティスという稀有の画家の証言であるのだ。

――喜びを空のなかに、樹々のなかに、花々のなかに、見いだすこと。見ようとする気を起こしさえすれば花はいたるところにある。

――心から、ひたむきに《歌う人たちはしあわせだ》
――芸術家はけっして《囚人》であってはならぬ。

マティスの造形精神の核心に、このように自由かつ溌剌たる情感（センシビリテ）があったということは、どれほど強調してもし過ぎるということはないのである。

オセアニアの旅行でマティスがのぞいた海の光景は、彼の空間を押し広げたはずである。光にあふれた海を自由に泳ぎまわる熱帯の魚たちを見た経験は、「ポリネシア、海」という切り絵に結実した。

――私は周囲に魅了されてタヒチに三ヶ月滞在していた。その間眼にするもの全ての目新しさに頭はからっぽになり、ぼう然としていたが、無意識に多くを吸収していた。

この「無意識」の海こそ、色彩と線の境界と葛藤から、マティスを自由にしたものだろう。なぜなら、光と戯れる魚と海は、画家が夢にみた空間そのものであったからだ。海に潜ることは、一匹の魚の目になり、無重力状態のまま、海という空間に身をゆだねることだからだ。

——魚に壁はない。

こういう感覚こそ、「モチーフを取り巻く小さな空間を脱出して、宇宙空間を感じることを、しばしば考えた」マティスに有益でなかったはずはない。

——切り紙絵の手法の自由さは形態が空間の中を浮遊し、遠近法や厳格な構図の線によって一定の場所に縛りつけられないように見えることからも感じられる。空間は拡張する。それをマティスは「宇宙的」と呼んだのだ。それは構築されるものではなく、流動するなにかである。それは光と一体になり、記憶と想像力の無限の空間を示唆している。形態は、マティスの描いた金魚鉢の金魚のように、重力にしばられずに空間を移動する。（『マチスの肖像』ハイデン・ヘレーラ）

とマティス芸術の本質を美しく表現している。事実、ロシアのシチュウーキンが一目見て買ったという「金魚」の大きな鉢を乗せるテーブルの脚は、最小限にしか描かれていない。ここに重力はなくなり、赤い金魚は自由に空間を移動しているのだ。

『二十世紀美術』の著者である宇佐美圭司はつぎのように語っている。

「この現実は人間がペスミスティックになれる閾値を超えてしまっている」との現代美術への危機感の表明から、「形の表現やエネルギーが消滅していくのではなく、沸きおこるような表現の場が私たちには必要なのだ」として、「イメージの解体をくいとめた」画家としてのマティスを再評価しているのは、マルセル・デュシャンに近い画家の言として奇異に思われるかも知れない。

だが最後に、今日の芸術の混迷について、マティス自身の明敏な判断に耳を傾けて、ひとまずこの試論を終えることにしよう。

――ひとはまずある対象から出発します。次に感覚が生ずる。ひとは空虚から出発しない。動機のないものは何一つない。……彼らは動機をもたず、もはや感興も、インスピレーションも、感動もなく、「非存在の」見地を擁護し、抽象の模造品を作っています。彼らの色彩の関係と称するもののなかにはどんな表現も見い出せません。

晩年、マティスはつぎのように述べたという。

――もし神がいるなら、それは私自身だ。

パスカルがこれを聞いたら、どのような感想を抱いただろうか。

これは瀆神ではない。現代画家がその歓びにも似た労苦の果てに絞り出すように洩らした自己への矜持であり、絵画という芸術の媒介性を信じた、謙虚で偉大な一人の画家の「神」への賛歌というべきだろう。いつ頃のことであったか、ニース近郊にある「ヴァンス礼拝堂」へ日本から赴き、礼拝堂の椅子に腰掛けて思わず落涙していた一人の日本人の漫画家を、私はテレビで見たことがあった。

マティスが創ったこの小さい礼拝堂こそ、最晩年にマティスの苦闘の跡を溢れる光で洗い浄め、彼が生涯を通じて夢見た宇宙の空間そのものであったのである。

（平成十七年）

映画について

カフカは映画に独特の感覚を持っていた。『審判』は映画化されたが、作品の本質は伝えることができたとは思われない。『変身』を映画にしたとしてもただ滑稽になるだけだろう。文学では「詩」がその本質を一番深く体現し、散文では小説となるのだろうが、映画化されて喜ぶ一流の作家はまずいないはずだろう。小説を書こうとする者が、映画への対抗意識を持たざるを得ないのは、文章は映像とはその本質上に異次元のものであることを知悉しているはずだからだ。映像は文章による想像力を豪雨のように押し流し、立ち止まることを許さない。人をスクリーンの前に座らせ、呪縛するのが映画である。二十代では、映画のこうした魔術に、ある種の妬ましさと軽侮を覚えていたことがあったが、いま一度そうした感覚に立ち戻ってみたいと思いながらも、それが容易でないことを知るだけだ。技術の圧倒的な力はそれほどまで強烈なのだろう。人々は今では、新しい技術を中世の錬金術のごとく追い求めているほどである。現に今こうして使用しているパソコン入力での文章構成に慣れてしまうと、万年筆やボールペンで文章を書くことが億劫となる。紙に文字を書き連ねていくことは、一字一句を手探りしながら、文章を練り上げることに意識を傾注していかざるを得ない。記憶の抽出の開け閉めに相当なる労力を費やさねばならない。パソコンは便利な道具だが、詩や小説の真の豊かさをどこかで衰退させるのではないかという危惧を押さえることができない。映画という表現手段は、こうした懸念を最初から封殺させてしまうものだ。それはほとんど快楽の拷問とでもいえる一方通行の強制力を発揮するトポスだ。人々は自分の時間が掠め取られることを承知で映画館に入る、あるいは、テレビで映画をみる。いや映画に見させられると言ったほうがよいだろう。パスカルは一室にじっとしていることに人間の大いなる苦痛をみたが、映画館ではそれが真逆となるのだ。目の前を擦過する映像に心は運ばれ、魂までも奪われることを、自ら欲するようにまでなってくるのだ。私は今、技術が人間を変えていく端的な現れを、映画という新しい芸術にみたのにすぎない。

正直な告白をすれば、私は大の映画好きである。若い頃は映画ばかりをみて過ごした一時期があったが、それでも時折、映画の恐ろしさに気がつくことがあった。夢から醒めた人間が、この現実との落差にたじろぎ、あるいは安堵するかのように。またその逆に、この現実のあまりの平板さに、映画に一時の慰安を求めることもある。それが娯楽の娯楽たる所以なのだ。いやいやこの辺で、つまらぬ映画論から離れて、幾度もみて感激したアメリカ映画「北国の帝王」について、少しばかりの感想を述べることにしたい。

この映画は一九三〇年代のアメリカの不況時代に、無賃乗車の放浪者（「ホーボー」と呼ばれる）の男たちの中の「帝王」ナンバーワンとまだひよこのシガレットという若僧の二人組が、ホーボーのただ乗りを決して許さない貨物列車19号車の車掌のシャックに挑戦して、死闘めいた対決を描いた一九七三年のアクション映画である。まだ二十代の作家の中上健次が、この映画の感想を書いている。当然にも的は外してはいないのだが、新しい小説を書こうという若い作家の意気込みが全編に溢れているのが面白いところだ。中上はこの映画の構造を小説として読み解こうとしている。当然、中上の視点はシガレットという若僧に憑依して、その視点から、人生の経験もスキルもあるナンバーワンと車掌のシャックを他者として描いた点を過大に評価して、この映画の映画としての醍醐味を味わい損ねているところだろう。たしかに、この若僧がいなければ、二人の大人同士のつまらない格闘映画となったのに違いはないのだが、若僧にこの映画の「話者」を振るのには感心しない。単なる登場人物にすぎないからだ。そうでなければナンバーワンが、最後にシガレットを列車から突き落として「おまえにはハートがない」と吐き捨てる科白が生きてこないだろう。中上がこのアメリカ映画に感じた「自由」の感覚は、この一言からくる以外のなにものでもないからである。

（平成二十六年）

現代居合道試論

そう遠くもないあるときのこと、日本の武道の紹介番組をテレビで見たことがあった。極真流空手を習い格闘家と知られたニコラス・ペタスが、柔道から合気道、空手、古武道、剣道などの日本の諸武道の稽古場を訪ねて、その武道の技の一端をナビゲイトするものだった。

そのうち、箱根にある神社で居合を教えられたニコラスの顔に怪訝な表情が浮かんだ。私はさもありなんと思わずにはいられなかった。真剣での居合稽古は一人の演武者が、仮想の敵に相対して空気を斬る音以外に聞こえるものとてない静寂のうちに行われていたのである。武道には相対する敵の身体が目の前に存在するのが当然とする固定観念が居合を前にして、ニコラスを戸惑わせたのはしごく当然のことであった。これは現代における居合の本質が、遠く奈良朝あるいは平安の初期に芽生え、戦国時代に工夫考案されて、現代に至る日本固有の歴史的・精神的な背景を知らなければ理解しがたいことであったろう。

(財)全日本剣道連盟が発行の「新版全日本剣道連盟居合」によれば、居合の始祖は奥州出羽の国に生まれた林崎甚助重信であり、その刀法から各流派が分岐して達人たちが生まれた。やがて刀を武器とする専門の武装集団が時代を担う武士の時代は、江戸時代以降に衰退の一途を辿っていくのは、武器としての刀が銃の威力に取って替わられた軍事上の必然の成り行きであった。だが刀工たちによって洗練された文化遺産としての日本刀への崇信は、伝統的・精神的価値として日本人に脈々と伝わり現代に至り文化的な象徴となり、日本刀は「武士の魂」とまで称され武士の道義を顕現するものとなっていた。こうした背景を踏まえて新渡戸稲造は「文化的エートス」として『武士道』なる本を英文をもって世界に向けて著し、さきの戦時期にはアメリカの社会学者、ルース・ヴェネディクト女史が『菊と刀』として、敵国の日本文化の分析の一助としたことは歴史のアイロニーという以外ないものであったろう。

明治維新からの性急な近代化は明治九年に廃刀令が出るに及び、これに反発して同年十月二十四日こうした政府の開明政策に反対して熊本で蜂起した神風連は、明治五年肥後勤王党から保守派・攘夷主義者が分かれて結成された。神慮《ウケヒ》（「ウケヒ」の語彙の起源は「古事記」である）という神事により決起の神慮を得た太田黒伴雄、加屋霽堅を中心に一七〇余名が熊本鎮台、県令宅、県民会議議長宅などを襲ったのは、まさしく変遷する時代への文化的な反動であったのに違いない。だが鎮台兵の反撃にあい、太田黒、加屋らは戦死、八十六名は金峰山頂で自刃し、残りは捕縛されて、翌二十五日に反乱は鎮撫された。

昭和四十三年「文化防衛論」を発表した作家の三島由紀夫は、その最後の著作『豊饒の海』四部作の第二巻「奔馬」で、この神風連の乱を取り上げているのは刀に対する上記の文脈から出てきたものと思われる。第四巻「天人五衰」を書きあげ、昭和四十五年十一月二十五日に市ヶ谷の自衛隊東部方面総監部総監室で日本刀（関の孫六）により割腹した三島にとって、日本の文化における日本刀の持つ意味には刮目すべきものがあったに相違ない。本格的に剣道を習い居合まで手をのばし、映画「英霊の声」を自作自演し、江戸中期に書かれた山本常朝の『葉隠』に心酔した三島には、文武両道は当為として必然的な生き方であり、死に方であったと思われる。

さてここで、文武両道について若干の補足をしておきたい。

これほど理解が困難な言葉は、現代ではめずらしいのではないか。たぶん戦前なら、いや明治維新前ならば、幾分なりとも身体に通じるものがあったであろう。

先日、NHKの「美の壺」で「日本刀」がとりあげられていた。テレビに出て来た刀工自身がこれまでに「いまどき刀なんてどうして作っているの？」と言われたことがあるという述懐を聞いて、成る程と思われた。これほど素朴で本質を突く質問があるとは思われないからだ。刀工が精魂をこめて作っている刀とはそもそもいったい何であるのか。なんの道具であるのか、道具ならその用途がはっきりしているだろう。だが近世の時代を経るにつれその用途は次第に薄れて、明治に廃刀令が出され、戦後には占領軍により没収の対象となってしまった。にもかかわらず、優れた一流の刀は骨董・美術品として文化財なるものとして生き残った。その美事な拵えの故に、また刀そのものが放つ妖しく優美な魅力の故に、一部の刀匠たちが刀を作り続けたが故にである。他方において、それは武道に取り入れられて剣道として勝敗を争う競技となり、さらにその延長に、明治百年を記念する頃と期を一にして、剣道会の組織に真剣を使っての居合道部会が発足して、刀は許可を得て特定の場所での使用が許されるようになったのである。近代スポーツとしての剣道に飽き足らない者達によって、室町期に出現した居合は、敵を想定した演武という形式をとって現代に甦ったのだ。

この現代的な意味合いを端的にいうなら、伝統の刀を使い、想定の敵を斬る演武におけるヴァーチャル・リアリティーの追求にあると言えるだろう。そして「文武両道」という言葉は江戸時代以前には武士階級の当然の生活様式で敢えて言挙げする必要もなかったに違いないのである。

この言葉は江戸中期に書かれた『葉隠』などを称揚した戦前の一時期、そして作家の三島由紀夫が市ヶ谷で割腹自殺を遂げる数年前に、『若きサムライのために』（同様に『源泉の感情』にも掲載がある）の対談集において評論家で戯曲作家であった福田恆存との対談などで発しはじめてから広がったように思われる。実際に三島は剣道をやり居合も習った文字通りの「文武両道」の作家たらんとした人物であった。そうした氏の一景が対談を回顧した一文に窺える。

——居合い抜きの稽古の帰り、対談の席に現われた三島由紀夫氏は、左手に会津藩由来の真剣を持っていた。遅れてきた石原慎太郎氏が「いくらか上達しましたか」とひやかすと刀を袋から出してテーブルを片すみに寄せ、居合いの型を解説入りでやってみせてくれた。真剣が顔の横をかすめるのはいい気持ではないが、私は氏の腕前を信用することにした。真剣だけに、すごい迫力だった。

（「守るべきものの価値」（編集後記）石原慎太郎）

昭和四十二年の「論争ジャーナル」の行われた三島と福田との対談のタイトルは「文武両道と死の哲学」なる物々しいものであるが、今、これを読んでこの対話の全文をスッキリと理解できる人はたぶんそれほど多くはないであろう。しかし、この対談は憲法の「縄ぬけ」の話からして、極めて今の時代性にフィットしているから不思議である。その直後に福田の方がつぎのように切り出している。

――僕は編集部から、戦後は生の論理ばかり流行して、死の論理がまったく無視されている。そういう傾向について三島さんと対談してくれという事で、それなら話が合うだろうと思って出て来たんです。

この「文部両道」という思想は、三島の中で煮詰められ、「文」と「武」の二つの対極に明瞭な一線が引かれると同時に、その二つを三島が強引に結びつけようとしている志向が色濃く出ていることが了解される。この「文」と「武」の背理と合一を理解することは容易ではない。現に埴谷雄高は三島に頻りに「死ぬ」必要はないことを当時の座談会で説いていたのが印象に残っているのだが、現代では、この二つの領域が共に曖昧模糊となっているのは必然なことであろう。「ことば」に命を賭けることも、「武」が文字通り命がけの行動であること、この両極を三島のように同時に見ようとする目を持つことは至難の技であることは、三島が、福田へ暗々裏に力説していることだからである。

三島自身が作家の武田泰淳との対談「文学は空虚か」（「文芸」昭和四十五年十一月号）で、「文武両道」の不可能性と、日本刀への最終の感慨を吐露している。

この二年前の昭和四十三年十月二十三日、政府は、明治維新以来の百年を記念した「明治百年記念式典」を日本武道館において天皇、皇后の臨席の元に挙行し、賀屋興宣の音頭で万歳三唱をもって終わったが、そうした時代のうねりを機に明治維新以来の百年の近代史と、戦後四十年の現代史のいずれを重視すべきかの論争が文学者のあいだで繰り広げられた。こうした歴史観や文明論は、戦中の小林秀雄やいわゆる京都学派の学者等による文芸雑誌「文学界」の座談会「近代の超克」を淵源とし、現今の憲法論議にまでつながる意味深い射程をもって、日本近代の歴史・文化・政治を通底する本質論が穿たれているものといっても過言ではない。

そして、奇しくも同年の（財）全日本剣道連盟京都大会において、古流の各流派を糾合しての案を披露し、翌年の四十四年五月に（財）全日本剣道連盟は現代の居合に七本の技を制定した。これは剣道のスポーツ化が単なる「当てっこ」に終始する弊害から、居合における真剣刀の操法を知り、手の内を習得することを主体に、剣居一体の精神をもって伝統文化の継承を目標としたことは疑いがないだろう。

歴史家の奈良本辰也は『五輪書』の「五法の構え」について、「構えるのではなく、斬るのだと思え」という武蔵の主旨に添い「剣は敵を斬るための武器」以外のなにものでもないのだと言っている。その剣をもって、現代の居合は現実の敵の不在により、仮想敵を想定しての演武で空気を斬る以外の術はなく、やがてその姿は単なる演舞、即ち、空疎なる演技に退落する陥穽を内包するに至る。そうした内的な必然の鋭意な自省なくしては、現代の居合の浅薄な「道」を説くことは無意味であり、その正鵠を穿つ言葉の発見にいたることは甚だ難しかろうと思われる。

これと同様な実情が、一九八〇年代の文芸に現れるに及んで、鋭利な批評家でありまた劇作家であった福田恆存は、現代文学への訣別となる批評において、つぎの一文を書き付けたのであった。――現代の作家たちが直面しているかのごときディレンマは、遠く半世紀前における近代日本文学の発想に窺いうるものであり、のみならずずっと今日に至るまで近代日本文学の主題として把捉しうるものであるといえよう。

また新しくは、一昨年に物故した思想の巨人あるいは剣豪とも崇拝された批評家の「言語にとって美とは何か」なる言語論の概念を援用するならば、そこに「自己表出」はあっても「指示表出」が欠落していることは明らかと言わねばならないだろう。さらに、この批評家と並び評されたもう一人の批評家の言辞に照応させるなら、「他者」がいないということになるのであり、文学であればそこに「詩」はあっても「散文」になっていないという批判が生まれるに違いないのだ。元来、他者なる「敵」とは剣呑なものである。小説の文体を論じ、勝海舟の思想と行動を瞥見し、「みんな敵がいい」と言い放ったこの批評家が、遂には自裁して果てたのは、健康の故ばかりではなく、その抱懐した思想の運命に殉じたとも見えなくはない。

他者の不在はあたかも鏡に映った自己に等しく、その像を見る視線はやはり自己の中にあるしかない。宮本武蔵の『五輪書』は、「実の道」において鍛錬した武蔵の経験の収斂した果実であるが故に、そこには現代の居合道が学ぶことの尽きぬものがある。現代の居合に問われている序破急、緩急、呼吸、間とは、『五輪書』で武蔵が説く拍子なるものに呼応し、平仄の合うものではなかろうか。

「惣而《そうじて》兵法の身におゐて、常の身を兵法の身とし、兵法の身を常の身とする事肝要也」（五輪書・水の巻）。武蔵のいう「実の道」とはこうしたものだが、「刀と身体が融合して、何かまったく新しいひとつの運動が、運動感覚が創りだされなくてはならない」と小林秀雄の「実用主義」を敷衍してのプラグマチズムをここに呼び寄せる論まで現れてくるのは当然の成り行きであろう。

先夕、フランスのパリ大学へ政府給費留学生として赴き、フランスで三段に昇格し一時帰国した青年の演武を見た。私はそのエレガントとしか形容しようのない技をそこに見てある感慨を覚えたが、いかにもフランス仕込みの日本武道の影をそこに見たような気がしないではなかった。また、その演武にはただ一人の「敵」の気配すらもないとの厳しい指摘もあり、これはまた傾聴に値する現代の居合の実態を明示するものとして悟らせられるものがあった。なぜなら、ここにこそ現代の居合の最大の難問（アポリア）があるからである。想像で描かれねばならない「敵」とは、古来からの武術としては通常の意味合いでは矛盾以外のなにものでもないではなかろうか。これは私も少しばかり体験した中国における現代の太極拳も同様のことであろうと想像された。

少しく脇道に逸れたきらいはなくはないが、現代の日本の武道としての居合道が、気剣体の一致による「美」の完遂にあることは、永遠に翹望しなければならない理想の形姿であることには間違いはなかろう。そして、さらに踏み込んで言えば、現代の居合はもはや普通の意味での武道とは異なる、なにか別のものに変容しているといった方がいいのかもしれないのだ。敵を仮想するしかない武道は限りもない仮構と内面化に晒される宿命を背負うことを余儀なくされるからである。制定居合における一挙手一動への細かい配慮は、逆説としての武道のかたちを維持貫徹するために必要不可欠な掣肘以外のなにものでもないだろう。幾つかの古流がこれを補完するものとして細い命脈を保っているが、不在でしかない敵は、やがては緩慢なる形骸化の宿命は免れないに違いないのだ。

十八世紀の欧州に生まれたルソーの「自然人」なる思想は、やがて「社会契約論」として結実したが、そうしたルソーの平和へのパトスは、カントによる精密なる論理化により「純粋理性批判」として鍛えられ、「永遠平和」として哲学的な基礎付けを得た一方、十九世紀の帝国主義の攻勢、国民国家の成立、列強の植民地争奪戦の高波は、ついに二十世紀の二度の大戦となり総力戦の度を拡大した。ここにおいて、『平家物語』さえも生んだ伝統としての「武」の思想は国家に編纂されていったと言っていいだろう。そして、「平和」はかろうじて国際連合なる機関による調整に担保されているのが現下の情勢なのである。

一八九六年、フランス人のフェドリック・ピエール・クーベルタン男爵により創設された近代の祭典オリンピックは、「武」のスポーツ化を促し、勝敗よりも「参加」の意義を称揚するものであったが、日本の武道としてこの国際的な競技に選ばれているのは、「柔道」のみであり「剣道」さえ加えられてはいないのは周知のことだろう。ましてや、現代の居合はこの埒外なのは、明々白々の事実である。その「柔道」に目を転じても勝敗にこだわる余り、その競技の拙さは目を背けさせるものに堕落しているではないか。真剣をもって敵に対峙する「型」を現代に伝えようとする現代の居合の意義は那辺に存在するのであるか。これを広く深い視野から熟考しないかぎり、現代の居合は偏狭なるナショナリズムに固まるほかはないのだ。ここにおいて、日本の居合の指導者に課せられた責務は、せめて日本の伝統のなかにこれを正当に位置づけ、以て日本の伝統文化としての居合道を守り抜くことではあるまいか。

最後に『五輪書』とほとんど同時期に『兵法家伝書』を書き、徳川家の指南役であった柳生宗矩のつぎなることばは、現代の居合道の本質に嚮導するものとして揚言しておきたいものなのである。また、この柳生宗矩を教導した沢庵宗彭をも看過すべきではないことは言うまでもない。

――われは人に勝つ道を知らず　われに勝つ道を知る

（参考文献）
1『全日本剣道連盟居合（解説）』（財）全日本剣道連盟
2『神風連とその時代』渡辺京二
3『国家なる幻影 わが政治への反回想』石原慎太郎
4『言語にとって美とは何か』吉本隆明
5『作家は行動する』『海舟余波』江藤淳
6『文化防衛論』『豊饒の海』四部作『源泉の感情』三島由紀夫

7『作家の態度』福田恆存
8『私の人生観』小林秀雄
9『宮本武蔵剣と思想』前田英樹
10『五輪書入門』奈良本辰也
11『兵法家伝書』柳生宗矩
12『不動智神妙録』『玲瓏集』『太阿記』沢庵宗彭
13『剣と禅』大森曹玄
14『剣と禅のこころ』佐江衆一
15『剣禅話』山岡鉄舟
16『剣の精神誌』甲野善紀
17『純粋理性批判』『永遠の平和のために』エマニュエル・カント
18『社会契約論』ジャン＝ジャック・ルソー
19『国家神道と日本人』島薗進

（平成二十八年）

映画『雨あがる』感傷始末

一九九八年に亡くなった黒澤監督が、最後まで拘っていた映画「雨あがる」が黒澤組によって二〇〇〇年に完成し封切られた。

私はこの山本周五郎原作の映画をいったい幾度観たことだろう。観るたびに感動する。晴れ晴れとしたいい気持になる。もちろん原作が良いのだろうが、雨のなかを浪人中の侍、三沢伊兵衛が雨傘をさして歩いてくる場面から、水嵩を増した河面を眺めるまでの移動シーンが、河渡しの人足たちとの会話と一体となってとてもいいのである。人間と自然がこの映画ほど、心憎いまでに映像化された作品は少ないのではないか。そう思いながら、映画の最後まで観ていると、この映画のロケーションの舞台が、私と縁があるところなので、またびっくりとした。

城内の場面では、静岡県掛川市の掛川城と二の丸御殿であることもさることながら、掛川市の職員が映画に参加しているではないか。仕官が叶わず、女房のおたよと連れ立って歩く最後の場面に、遠くに明るく広がる海は、駿河湾か遠州灘にちがいない。すると、今しがた二人が人足に担がれて渡った河は、大井川ではないか。そして、夫婦が登る山道は牧之原の岡からではないかと、次々に連想が湧いてくるのである。

静岡県掛川市は私が生まれ幼年期を過ごした場所で、私がその温かく穏やかな空気を吸って育った土地なのであった。いや、それ ばかりではない。三沢伊兵衛の伝授された剣法は辻月丹が開祖した無外流なのである。私もこの無外流の居合は数年、その道場に通ったことがあり、林の中で伊兵衛が演武する技では、「胸尽くし」や「両車」等は、すでに習ったものであったのだ。過日、東京都武道館の「古流研究会」で英信流、田宮流、伯耆流、無外流を見たが、各流派から教わるものは少なくなかった。この映画のなかで、伊兵衛が師事して師の辻月丹から稽古をつけてもらう道場は、私がしばらく通ったことのある講談社の野間道場でのロケーションなのであった。今は新築されその面影はおおかた失われたが、以前は木造平屋造りの旧い道場が、小高い丘の上に立っていたのだ。この道場の床板は実に武道場としては最適なものに感じられたものだった。

伊兵衛を演ずる寺尾聰の剣術の演技はなかなかのものと思われ、それなりの研鑽を積んでいなければ、あの演武はなかったであろう。御前試合の対手の一撃を見切り、寸前に躱す体と剣の捌きは、相当な演習を必要としたにちがいない。映画の最初のシーンに見られる、雨傘をさして歩く姿はまさしく修練をした侍のそれであったのだ。背筋が張られ、顎を引いて、微塵の上下動もない歩行には、一分の隙もなかった。殺陣は久世浩、武術指導は天真正伝香取新風流の大竹利典、無外流指導は岡本義春であった。

ところで、時代劇では珍しく、殿様が伊兵衛の差料を拝見する場面が出てくるが、原作にはない部分だ。

鍛えは板目、沸えは細やかで、樋映は見事に入っている。刃紋は直刃、匂いも深い。まるで春風に吹かれるようだ。

と、刀を鑑賞するシーンは、刀剣の鑑賞を学んだ者でなければ理解しがたいところだろう。刀剣鑑定の五箇伝によれば、この刀は古刀と推測されるが、室町以前の刀に樋が入っているのはめずらしくはないらしい。無銘とのことだが、殿様が褒める刀が、どこの地方のいかなる刀工によるものか、興味を惹かれるところである。

さて、ここで映画から離れ、原作者の山本周五郎へ目を転じたい。

若い頃には、私の読書範囲には周五郎の名前はなかった。私は西欧の文学からの教養の摂取に忙しく、とても、それほどパッとしない（失礼！）この日本の作家の名前さえ碌に知りもしなかったのである。ところが、ひょんなことから下町の女房と一緒になってから、彼女の書棚にこの周五郎の本が数冊目についた。『柳橋物語・むかしも今も』、『小説　日本婦道記』、『五瓣の椿』、『おさん』、『さぶ』、『大炊介始末』、『季節のない街』などが並び、それらはいつしか私の書棚へ吸収されてしまった。やがて、物故した開高健の影響から、『青べか物語』を読んだ。それでも西欧化した私の感性は動かなかったが、徳田秋声あたりからこの徳田に冷遇された山本周五郎の文学が、チラチラと見え出したのだ。そして、文学の「ぶ」の字も言わずに、まるで、この『雨あがる』の女房にも似た心持で、私の自由気ままな生き方を陰で支えてくれた、遠慮の深い一人の女性の存在を見直さざるを得なくなったのである。

フロベールは「ボヴァリー夫人は私だ」と言ったらしいが、今、私はこう言わねばならないだろう。

「『雨あがる』の伊兵衛の妻のおたよは、私の妻そのものである」と。

佐藤勝という人の音楽が、このおたよのように快かったことを、おしまいになり恐縮であるが、付記しておきたい。

（平成二十六年）

あとがき

人間の人生と同じように「文章の人生」というものがあるらしい。昨年の春、十年ほど書き継いできたブログ「隅田川夜話」の文章を書籍化した。一冊が四百頁を超えるブログ本が四冊書棚に並んだ。エッセイ集が三冊と小説集が一冊。だがなにか物足りない。「文章の人生」がまっとうされていなかったのだ。

そこで新しく本を出版することにした。この企ては昨年の夏から半年を越す長い作業となった。本として世に出すには多くの手仕事が必要となる。また他者との連携が不可欠だ。ブログに登載した多くの文章から選定をし、つぎに構成、本のタイトル、カバーデザインの決定までさまざまな人の協力がなければ一冊の本は出来上がらない。人生と同様にそれなりの時間と出逢いが必要なのである。

過去に詩集を三冊出していた。この本では長短の小説・詩、文芸評論や書評、美術論から武道論までを収めた。ご覧のようにジャンルが多岐に亘ったのは、私の知的感興が赴くままに手にした果実を編纂した結果である。ご覧の通り広い野原に咲くさまざまな花の彩りとなった。タイトルの「花の賦」は、海を愛し游泳した喜びを編んだ詩集「海の賦」に因んだ。海こそは地球の生物が育まれた母体だからである。

世阿弥の「花鏡」に「老後の初心を忘るるべからずとは、命には終わりあり、能には果てあるべからず」とある。ならばこの黄昏ゆく人生の里程に「花の賦」を刻んで、時分の花と為し、果てのない旅路をまた踏み行こうではないか。

偶然にも作品の多くに花の点景がそこかしこに見えている。花が咲くとは笑うことでもあるらしい。誰が笑うことを愛さざらんか。

この本の誕生には、幾人もの力添えを賜わった。編集担当の中嶋さん、また煩瑣な校正や本文レイアウトに携わった方々、そしてブックカバーに魅惑的な絵画を添えてくれた畏友・福田豊さんに心よりの御礼を申し上げる。さらに幾人《いくたり》かの友人・知己へ、また故人となられた諸兄達の懐かしい思い出に。

最後に、我が儘な私の人生に添い、支え続けてくれた妻のとしみへ、大いなる感謝の誠を込めてこの一書を捧げたい。

隅田川　花の帯しめ　流れけり

平成三〇年二月七日

牧田龍二

編集協力・めでぃあ森
カバーデザイン・江草英貴

著者紹介

牧田龍二（まきたりゅうじ）

1947年、静岡県掛川市生まれ。

詩集「弧塔」（1975年）「海の賦」（1990年）「カモメ」（1995年）出版。

プロフィール クロッキー・増田　繁
カバー絵・福田　豊

花《はな》の賦《ふ》

2018年2月7日　第1刷発行

著　者　牧田龍二
発行人　久保田貴幸

発行元　株式会社 幻冬舎メディアコンサルティング
〒151-0051　東京都渋谷区千駄ヶ谷4-9-7
電話　03-5411-6440（編集）

発売元　株式会社 幻冬舎
〒151-0051　東京都渋谷区千駄ヶ谷4-9-7
電話　03-5411-6222（営業）

印刷・製本　中央精版印刷株式会社

検印廃止

Printed in Japan
ISBN 978-4-344-91575-6　C0095
幻冬舎メディアコンサルティングHP
http://www.gentosha-mc.com/